suhrkamp taschenbuch 3192

Toni Bernard ist ein Träumer und Einzelgänger. Oft ist er mit seinem Kahn auf dem Fluß unterwegs, meist zu seiner geheimen Insel, wo er eine flügellahme Möwe versorgt. Seit dem Tod der geliebten Großmutter ist er gänzlich seinen Eltern ausgeliefert. Das Leben wäre unerträglich, wäre da nicht seine Cousine Maï, die kleine Halbchinesin. Maï ist für ihn das schönste Wesen der Welt, und sie gehört ihm. Später einmal, wenn er groß, stark und reich ist, wird er sie heiraten ...

Doch neuerdings zeigt sich Maï immer spröder und kälter, ist nur noch freundlich zu Toni, wenn sie Geld braucht für Kleider und Kinkerlitzchen. Bis sie eines Tages zu ihm kommt und um eine große Summe bittet: Maï ist schwanger – von Tonis Freund Julius, einem Weiberhelden. Toni lädt Julius zu einer Bootsfahrt und läßt das Boot kentern. Julius ertrinkt. Maï, Maï und Blut sind die Gedanken, die Toni auf seiner Flucht begleiten. Bis er sie endlich kriegt, seine Maï, aber die Ehe ist kurz und endet tragisch: Toni ist der König, ein Mann, der liebt und züchtigt. Seit 55 Jahren ist er nun in Haft. Der Wolf in ihm ist tot.

Yann Queffélec wurde 1949 geboren. Als suhrkamp taschenbuch sind außerdem erhältlich: *Barbarische Hochzeit* (st 1682), *Tita* (st 3068) und *Der Geisterbeschwörer* (st 2413).

Yann Queffélec

Hüte dich vor dem Wolf

Roman

Aus dem Französischen von
Andrea Spingler

Suhrkamp

Die Originalausgabe erschien 1992
unter dem Titel *Prends garde au loup*.

Umschlagfoto: Janina Niepce/Rapho/Focus

Deutsche Erstausgabe
suhrkamp taschenbuch 3192
Erste Auflage 2001

Druck: Nomos Verlagsgesellschaft, Baden-Baden
Printed in Germany
Umschlag nach Entwürfen von
Willy Fleckhaus und Rolf Staudt

1 2 3 4 5 6 – 06 05 04 03 02 01

Für Gérard Economos
Für Elisabeth Samama
Für Jacques Thorel und für Solange

Erster Teil

I

Noch eine Insel, und Toni würde es wissen. Noch eine Insel, und Clochy verschrieb dem Teufel seine Seele. Noch eine Insel, und Mamina genas, die Salamoks kehrten in die Hölle zurück: Schluß mit den bösen Geistern, die die Alten quälen und die schlafenden Kinder in den Hals beißen.

Toni ruderte in der Dämmerung durchs verlassene Moor, und das Ruder knarrte. Kein Mensch in Sicht. Der Nebel versperrte den Horizont, der Kahn glitt über die im Wasser stehenden Binsen. Mit nackten Beinen hinten im Boot, Tränen in den Augen, flehte er: Bitte, rettet sie, bitte. Angstgepeinigt sah er seine Großmutter im Krankenhaus, ihr erschöpftes Gesicht, die Salamoks lauernd an ihrem Bett, rettet sie, rettet sie.

Er ruderte mit zugeschnürter Kehle, er wagte nicht, sich zu fürchten, doch das Grauen packte ihn beim Anblick der tiefstehenden Sonne, die den Schatten voranging. Er wich den glatten Torfmooshügeln dicht unter der Wasseroberfläche aus, er gewahrte struppige Skalps und blaue Hände, er begegnete Schlammklumpen, einsamen kropfigen Eichen, Wurzeln, um die sich lautlose, dunkle Strudel bildeten. Im Röhricht unterschied er unförmige schmatzende Wesen und erschrak zu Tode. Maminas Gesicht trieb in den Wellen wie eine Qualle. Bald war die Nacht da und das Gekicher. Die Salamoks würden an die Oberfläche steigen und sich zu phosphoreszierenden Blütenkronen entfalten.

Gleich nach der Schule hatte er Saisine verlassen. Ohne sich um seine Freunde zu kümmern, ohne an Maï zu denken, war er zur Anlegestelle gelaufen und hatte das Tau losgemacht, ungeduldig, in seine Dämonenfalle zu schauen. Es war dort drüben, im Norden der Lagunen, die Geheime, die kleine Insel der Strafe. Er war schon vorbei an der Rohrdommelinsel, am Eingang des eingestürzten Tunnels, am gestrandeten Wrack der Motorjacht Ulysses, an den Masten der alten Stromleitung mit ihren herabhängenden Kabeln, an der Müllhalde, einem stets in Rauch gehüllten trockengelegten Sumpf. Er erreichte das Nordufer, die Torfmooswüste Les Sphaignes, wo seine geheime Insel lag.

Er schauderte. Die Dämmerung war voller Geräusche, gedämpftes Glockengeläut, Geflüster, Lebwohl, seine eigene Stimme, die ihm Lebwohl sagte, *lebwohl, Toni, lebwohl.* Über dem blassen Echo des Angelusläutens hörte er sein Herz klopfen, und er sah seine Großmutter im Krankenhaus, sah die Salamoks, bereit, aufs Bett zu steigen. Bitte an nichts denken. Bitte die Milde des Frühlings, die längeren Tage, die bunten Seen unter den reglosen Blüten, im März das schwarzblühende Riedgras und der weißblühende Hahnenfuß, das rosafarbene und das graue Heidekraut. Im Juni würden die Seen blau werden. Bitte das Bittersüß mit den violetten Früchten, die Libellen, die zu Tausenden über dem Wasser schwirren, die liebestollen Laubfrösche entlang den überfluteten Kanälen, seine Cousine und er beim Baden, Mamina ohne Schmerzen in ihrem Zimmer mit ihrem Kartenspiel und ihren Dominosteinen.

Wenn er zurückkäme, würde er bei ihr schlafen, würde in der durchwachten Nacht ihren Litaneien lauschen, sie würde nicht einmal wissen, daß er da ist. *Dein Großvater hat Engländer auf einer Insel versteckt, die bei den Unwettern im Sommer 35 entstanden ist. Er hat sie, nach einem Gebet aus der Messe, die Geheime genannt* ... Er würde Mamina sagen, daß er die Geheime gefunden habe und auf der Geheimen einen Schatz, einen Seevogel, eine hinkende, von einem Jäger angeschossene Möwe, mitten im Schilf.

Er würde nicht alles gestehen. Die Kämpfe würde er verschweigen.

Der Fund ging auf den letzten Sommer zurück. Er hatte den Vogel gepflegt, die Schrotkörner eins nach dem anderen aus dem zerfetzten Hals geklaubt, das Gefieder abgewaschen und die Wunden mit Jodtinktur bepinselt. Und als der Vogel zwei Tage später wiederhergestellt schien und davonzufliegen versuchte, hatte Toni ihm zwischen zwei Kieselsteinen einen Flügel gebrochen. Seither versorgte er die Möwe liebevoll. Sie war gefräßig, nie satt. Sie verschlang unterschiedslos Kröten, Schmetterlinge, Schnürsenkel, Pfefferschoten, Bienen oder Karamellen. Eines Abends brachte er ein Kaninchen, das er bei einem Bauern gestohlen hatte, auf die Insel, und die Möwe tötete es. Er brachte den Hund des Briefträgers, einen bösartigen Köter, der sich massakrieren ließ. Auch ein Hahn ließ sich massakrieren, eine olivenöltriefende Ratte, ein Weibchen, das er im Keller dabei ertappt hatte, wie es seinen Wurf versorgte. Toni machte die Kämpfe komplizierter. Er dachte sich blinde Turniere im Innern eines Mehlsacks aus. Fischotter, Fuchs, Maus, Hund, Federvieh oder Schlange unterlagen. Der Schnabel des Vogels zerfetzte, hackte Augen aus und Köpfe ab, kastrierte. Die Wut der Kämpfenden, das Todesröcheln versetzten Toni in Schrecken. Auf Knien im Gras neben dem Sack rief er flehentlich: Bitte, macht Mamina gesund, macht, daß sie nicht stirbt.

Der Krankenwagen hatte sie im Morgengrauen abgeholt. Noch eine Insel, und der Alptraum würde ein Ende nehmen.

Er fuhr an der Boje des Wasserbauamts vorbei, einem silbern schimmernden Gespensteramboß. Dort spielte er, wenn Maï schmollte, ganz allein Flugzeugunglück. Eine Vickers Viscount stürzte ins Moor. Toni fischte die Überlebenden heraus, rettete Maï vor dem Ertrinken und brachte sie ohnmächtig auf seine Insel. Unermüdlich begann er das Spiel von vorn, das brennende Moor, die auseinandergebrochene Maschine, Maï mit zerrissenen Kleidern, die wie eine Seerose im Wasser trieb. Doch heute abend hatte er es eilig. Heute abend drohte die Nacht, Mamina starb in einem Krankenhausbett. Heute abend konnte das Flugzeug mit seinen Passagieren ruhig verbrennen. Er würde Maï morgen retten, später, noch eine Insel, nieder mit Clochy!

Dreckskater! ... Die verdammte Seele des Moors. Der verschlagenste der Salamoks, ein Mülleimerschnüffler mit verblaßten Schnurrhaaren, los, bring ihn um! Das Unheil, der böse Geist der Salamoks war in diesem räudigen Biest verkörpert, das Abfälle fraß und die Blumen besudelte. Na komm, Clochy, miez, miez, komm mit Toni, miez, miez. Du wirst Blut pissen, du wirst den Tod pissen, komm mit zur hübschen Möwe. Heute morgen war Clochy ihm auf den Kahn gefolgt, gehorsam, ins Unglück ergeben, ohne den grimmigen Ausdruck zu sehen und den römisch nach unten gerichteten Daumen, krepiere! Während der Überfahrt lag er still zusammengerollt unter der Bank, mit einem schüchternen Sprung landete er dann sacht auf der Insel und schlich, ohne einen Blick für die verkrüppelte Möwe, von selbst in den offenen Sack, federleicht. Die Möwe schlüpfte ihrerseits hinein. Toni verschloß die Ausgänge. Heute abend würde er es wissen.

Er fuhr in die Tritonen-Enge ein, den unsichtbaren Durchlaß, der verstopft war von scharfkantigen, unter dem Tau gebeugten Gräsern. Er kam an. Um ihn dehnte sich eine rosafarbene Wüste, kein Haus, kein Relief außer dem einsamen Schatten der Mühle auf dem Hügel, Dämmerung und von Seen durchsetzte Savanne. Ein Windstoß fegte vorüber, und das Rascheln der wie mit dem Schleifstein geschärften Gräser machte ihn frösteln. Die Geister gingen um, die Dämonen klapperten mit den Kinnladen. Er legte das Ruder weg und holte seine Machete heraus, eine schartige Sichel. Beim ersten Hieb ins Gestrüpp flog ein Reiher auf, fliehende Wunde, heitere Täuschung, er schien Sterne zu versprühen und ins Unendliche zu segeln. Ein Reiher? Warum nicht Clochys Seele? dachte Toni. Warum nicht eine riesige Fledermaus? Warum nicht der von der Möwe besiegte Geist des Bösen? Und indem er mit aller Kraft ins Gras schlug, kämpfte er gegen seinen Kummer und seine Angst.

Das letzte Gebüsch öffnete sich. Die Geheime erschien zwischen den Binsen, ein Piratenschiff, das auf glänzendem Wasser, in dem sich ein abgezehrter Halbmond spiegelte, im Hinterhalt lag. Im Westen war jeglicher Schein untergegangen. Moosgeruch lag in der Luft, schlammig und kalt, die Umrisse der Insel verschwammen in aschgrauem Dunst. Toni tauchte das Ruder ein und ließ den Kahn auslaufen. Kein Laut, während er sich näherte, kein Lebenszeichen, dann das monotone Geräusch des Schilfs, das den Bootsrumpf streifte. Toni nahm die Lampe und ging von Bord. Bitte, rettet sie. Der Lichtstrahl glitt zuerst über die Hütte, groß und unförmig in der Nacht. Der Martersack davor schien leer. Er kniete nieder. Den klammen Fingern entglitt der durch die Feuchtigkeit steif gewordene Knoten. Er öffnete sein Taschenmesser, stach in den Stoff, leuchtete ins Innere der Falle, der Gestank sprang ihm an die Gurgel. Er unterschied einen blutigen Haufen, ergriff eine lange, gebrochene, grauschwarze Feder. Ein Fauchen, und Clochy schmiegte sich an ihn, blinzelte mit seinen müden Augen ins Licht, ein klebriger, gähnender, maunzender Clochy, die verdammte Seele der Salamoks, die Plage der Sphaignes. Verstört betrachtete Toni den Kater, betrachtete den toten Vogel, packte die Katze im Nacken, warf sie in den Sack und schrie, das Messer schwingend: Du hast kein Recht dazu gehabt, Mamina! Hast kein Recht dazu gehabt, hättest nicht sterben dürfen.

2

Das Dorf sieht zu, wie der Trauerzug vorübergeht. Ach, die Alte ist abgekratzt. Ist das nicht das zweite Mal? So lang ist sie schon alt. Jetzt werden sie sich zerfleischen, in Les Angéliques, wegen der Kohle. Die Sauveurs und die Bernards. Alles eingebildete Laffen. Der da vorn, das ist Lucien, der Sohn der Alten, der Erbe. Normalerweise versteckt er sich, er schämt sich. Er hat sogar Schiß, in die Messe zu gehen. Der Pfarrer hat ihn rausgeschmissen. Er lebt allein in einem Zimmer am Ende des Gartens, und seine Frau bringt ihm das Essen. Früher war er Lehrer in Paris, dann hat man ihn von einem Tag auf den andern gefeuert. Das muß man erst mal schaffen! Gefeuert. Man hat ihn gebeten, schnurstracks seinen Platz zu räumen, und zwar am besten außerhalb der Schulzeit. Wissen Sie das nicht? Er soll die Kinder in der Metro angefaßt haben. Gut, seine Frau ist eine Heilige, aber, unter uns gesagt, die Heiligen sind keinen Pfifferling wert! Irène, die heilige Irène, Schutzpatronin der Lüstlinge. Bei der kann auch etwas nicht stimmen, daß sie ihm so einen Sohn geboren hat, einen Strolch von Sohn, Toni, Beschützer der Frösche und Libellen. Er glaubt, er darf alles, der Idiot! An den Motoren der Kähne herumpfuschen, die Schiffsschrauben verdrehen, den Sprit absaugen, den Hühnern der Nachbarschaft mit dem Messer den Bauch aufschlitzen, angeblich um zu sehen, wie sie unter den Federn beschaffen sind. Und der Almosenstock in der Kirche, wie ist der beschaffen unter den Federn? Und der Münzspeicher des öffentlichen Fernsprechers? Und die Passagiere, die er im Sommer auf seiner Barkasse spazierenfährt? Man wird ihm seinen Kahn kaputtmachen. Das Klageweib dort, das ist Maryse, Luciens Schwester, Gaétans Frau. Eine Hysterikerin. Ihr Mann macht es nicht mehr, deshalb ist sie auf der Suche. Sogar beim Begräbnis ihrer Mutter wackelt sie mit dem Hintern. Sie wakkelt zwar in Schwarz, aber sie wackelt, und Gaétan zieht ein Gesicht. Er mag es nicht besonders, wenn man aus seinem

Napf frißt. Ein Schläger, der alte Flic, ein räudiger Hund. Heute aus dem Verkehr gezogen, aber früher der beste Schütze der Gegend. Er jagte das ganze Jahr, nachts, sogar an Weihnachten, hoch oben von den Bäumen des Bois du Vent aus. Er schoß die Wildschweine nach Gefühl. Der Geruch des Tieres zieht das Schrot an, meinte er. Obendrein ehemaliger Gendarm in den Kolonien. Wenn man ihn so hört, hat er da unten auf den Polizeirevieren mehr als einen Lumpen, mehr als einen Dreckskerl kastriert. Jetzt arbeitet er in der Gießerei. Er bebaut seinen Garten, kastriert Salatköpfe. Er hat auch eine etwas sonderbare Tochter, Maï, ein Souvenir aus seiner ersten Ehe in Übersee, Genaues weiß man nicht ... Er redet nie darüber. Ein Gör, noch als ganz kleines Baby im Moor gelandet wie ein Päckchen vom Weihnachtsmann, nach zwei Jahren Waisenhaus bei den Schwestern, Genaues weiß man nicht. Nicht die Hübscheste, Maï, aber trotzdem die Hübscheste. Mit zehn Jahren hatte das Mädchen schon die Lippen einer Frau ...

Das Trauergefolge schreitet im Regen an den Seen entlang. Ein Traktor zieht den offenen Leichenwagen, auf dem der glänzende Sarg Maminas festgebunden ist. Jonas, der Totengräber, sitzt am Steuer. Gaétan mit Baskenmütze und blauem Soldatenmantel lümmelt sich auf dem Kotflügel, mißtrauisch, skeptisch, wie ein Bauer, der ein störrisches Tier zum Schlachthof führt. Die Familie folgt zu Fuß. Toni zottelt hinter Maï her.

Er tritt mit Absicht in die Pfützen. Er haßt seinen Schlips und seine graue Sonntagshose, diese Hose für die Tage der Hostie, des Harmoniums, der schwarzen Läuse, Verzeihung, Mama. Warum nicht ein Frosch mit Gummis! Er wollte ja in Jeans und Schlappen kommen, als Pirat, Mamina mochte das gern. Kommt nicht in Frage, Toni, du wirst mir gehorchen! Halt's Maul, Mama. Verzeihung, Mama. Er haßt seine Mutter. Ah, sie ist hübsch unter ihrer schwarzen Haube, einem Klappzylinder à la Robin Hood, wo hat sie diesen Kopfputz aufgestöbert? ... Papa stützt sich auf sie, sie sagen sich irgend was. Was sagen sie sich? ... Armer Papa. Er sieht nicht sehr frisch aus. Wer hätte gedacht, daß er seine Mutter liebte? Er hat sie nie besucht. Das Gehen fällt ihm schwer. Er weiß nicht mehr, wie es läuft da draußen, mit dem Himmel und dem Regen. Gut steht er ihm, der Überzieher. Er ist groß in seinem Überzieher, größer als zu Hause. Warum gehst du nie aus, Papa? ... Auch er wollte Mamina vorhin nicht küssen. Mama hat sie beide dazu gezwungen. So schön, die Mamina, so weiß in ihrem staubfarbenen Brautkleid, ein verbrauchtes altes Mädchen, das von seinem Prinzen im Kürbis vergessen wurde. »Komm jetzt, Toni, nur ein Kuß, mein Schatz. Tu's für mich ...« »Ich kann nicht, Mama.« Er traute sich nicht, näher hinzugehen. Er saß weinend auf dem Treppenabsatz und sah durch die Finger auf den Sarg da unten, er versuchte, sich ein Boot auf dem Meer vorzustellen, *unter deiner Haut, Mamina, das ist ganz feiner, ganz weicher Sand, wie in der Eieruhr. Ein kleiner Stich mit dem Messer, klirr, und der Sand rieselt heraus, man hätte Zeit genug, alle Salamoks abzukochen.* »Ich bitte dich, Toni, tu's für mich ...« Erst kurz bevor der Leichnam abgeholt wurde, hat er Mamina geküßt und dabei heimlich eine grauschwarze Feder unter ihre gefalteten Hände gesteckt.

Und seitdem hört er nicht auf zu weinen.

Maï hat Schlammspritzer auf den Waden. Verdammt muskulös, die Cousine! Unschlagbar beim Laufen. So was, sie hat rote Söckchen angezogen, ein richtiger Clown! Dafür wird sie büßen. Er ist Maï böse, seit sie groß wird. Wenn Maï aufhört, groß zu werden, wird er sie heiraten. Maï heiraten, das bedeutet, Maïs Blick zu heiraten, ihre schmalen Augen, das Haar und die elfenbeinfarbenen Hände, die Schlammspritzer, den Bienenduft, den Flaum auf den Armen, den angenagten rechten Daumen. Auch ihren Schlitz, den sie nicht mehr zeigen will. Maïs Lächeln ist sanft wie eine Feder, mit einem strahlenden und etwas bizarren, abgebrochenen Schneidezahn. Sie ist zehn Jahre alt, er zwölf, sie können heiraten, oder? Wenn der Papst es ablehnte, wenn der Papst Toni auf eine verlassene Insel verbannte, würde er Maïs Lächeln mit ins Exil nehmen und abends den Frachtern Lichtzeichen senden.

Inzwischen würde er ihr gern den Schlamm von den Waden lecken.

»He! Maï, hast du deine Haxen gesehen?«

Sie dreht sich um und lächelt, ohne zu antworten. Er lächelt, und sein Herz zerspringt beim Anblick des langen schwarzen, über die Schultern fallenden Haars, eine einzige Wellenbewegung, die dem schillernden Reflex der Binsen in der Strömung gleicht, bitte, nimm mich in deine Arme.

»Willst du einen Kaugummi?«

Sie winkt ab und geht weiter. Er hat schon drei im Mund, er wickelt einen vierten aus und amalgamiert ihn mit den anderen. Heute abend wird er von den Argyrus-Tabletten nehmen, Maminas Schlafmittel, das er gestern stibitzt hat. Er geht schneller. Ich mag deine grüne Handtasche, sieht aus wie eine Eidechse. Er stellt sich darin die trockene Puderdose vor, den gestrickten roten Fisch, der in den Torschlüssel beißt, die indochinesische Banknote, die Gaétan ihr geschenkt hat, und natürlich das parfümierte Seidentaschentuch, das ebenfalls ganz trocken ist. Wie die Puderdose, wie die Schlitzaugen. Maï weint nie, oder jedenfalls nicht oft. Wenn man eine Spinne quält, wenn man den Wespen, den Vipern, den Brennesseln weh tut, aber im übrigen das Herz eines Salamok, ein so hübsches Herz. Maï zu heiraten bedeutet, ihr Herz zu heiraten, ihre zarte Haut zu heiraten mitsamt den knospenden Brüsten, die in der Jahreszeit der Liebe, der Laubfrösche, Seerosen und Sternschnuppen aufblühen werden.

Er pflückt im Vorbeigehen ein Schlehenzweiglein, bricht es durch und hält es an die Nase. Hast du gesehen, Mamina? Der Saft steigt auf, die Morcheln kommen bald heraus. Wenn in deinen Knochen auch wieder der Saft aufstiege, könnten wir zusammen in die Morcheln gehen. Wir würden uns ein herrliches Ragout machen.

Der Trauerzug bleibt erneut stehen. Maryse ist in Tränen aufgelöst, Irène stützt sie. Gaétan auf dem Traktor schüttelt mißbilligend den Kopf, wütend, peinlich berührt wegen seiner Frau und zweifellos nahe daran, ihr einen Rüffel zu verpassen, Beerdigung hin oder her. Da lüftet Irène ihren Schleier und herrscht ihren Sohn von weitem an:

»Was glaubst du, wo du bist, Toni? Hör auf zu pfeifen und spuck mir diesen Kaugummi aus.«

Halt's Maul, Mama, Verzeihung. Er wartet, bis der Zug weitergeht, dann streckt er die Zunge in einer rosafarbenen Blase heraus, die er platzen läßt. Und du, Mama, was glaubst du, wo du bist? ... Du hast Kummer, aber er ist unecht. All euer Kummer ist unecht. Du hast Mamina nicht geliebt. Du hast ihr die Spielkarten und die Dominosteine geklaut, du hast gesagt, sie könne die Finger nicht mehr bewegen: so ist das bei den Alten, überall Rheumatismus, bis unter die Nägel, und schmutziger als Kuhschwänze. Ihre Medikamente waren zu teuer. Sie hat so getan, als wäre sie alt und krank. Und jetzt tut sie so, als ginge sie auf den Friedhof, und du spielst die barmherzige Schwester, um den Nachbarn zu imponieren. Du hast sie umgebracht, Mama, du hast mich immer belogen. Ich glaub nicht mehr an deine schwarzen Läuse und deine lieben Götter.

Es regnet nicht mehr. Aus den durchtränkten Wiesen steigt ein Geruch von Humus und Weihrauch auf. Die Schatten werden länger, die Vögel beginnen wieder zu singen. Der nasse Sarg glänzt wie ein Skarabäus. Toni folgt Schritt für Schritt dem Geräusch des Traktors, er folgt dem Schatten des Traktors und dem Schatten von Maï, er sieht zu, wie der Rock wippt, wie der Schatten auf dem Rock und den nackten Beinen sich bewegt, sich spiegelt im Wasser der Pfützen, es ist so nackt, das Wasser der Pfützen. Eines Tages löst sich der Schatten vom Körper, man legt ihn auf den Grund eines Sarges, verschließt ihn unter der Erde, vergißt ihn unter den Schatten, die sich bewegen, und dann nichts mehr, der harte Pulsschlag der Kirchtürme, die Winter und die Nächte.

Da stehen sie ums Grab. Toni betrachtet das gähnende Loch. Er sieht seinen gezogenen Backenzahn vor sich, in der Hand des Zahnarztes, in Lanvaur. Das Gezeter an Epiphanias, am Dreikönigstag, als er die Bohne im Dreikönigskuchen durch seinen faulen Zahn ersetzt hat! Er unterdrückt ein Lachen, und seine Mutter wirft ihm einen finsteren Blick zu. Noch ein Schritt, und sie stürzt, Verzeihung, Mama. Unten bemerkt er den Sarg von Großvater Milo, den man mit dem Gesicht im Wasser auf dem See gefunden hat, die Taschen voller Frösche. Der Sarg sieht neu aus, neuer als die Souris des Mers, sein Kahn. Wenn das keine Verschwendung ist, dieses schöne lebendige Holz, für immer dazu verdammt, einen Großvater, der langweilig ist wie der Nebel, unter den Wurzeln spazierenzufahren. Er nimmt seinen Kaugummi und knetet ihn zwischen den Fingern, dann klebt er ihn verstohlen an den Stiel der Schaufel, die in einem Erdhügel steckt. Er würde gern weinen, aber die Schluchzer bleiben zwischen Kehle und Augen hängen.

Da packt ihn Gaétan im Genick und schüttelt ihn, daß er beinahe fällt.

»Na, du Beuteltier, willst du nicht mit ihr hinunter, hm? Mit deiner Mamina? Da hat's Platz, weißt du.«

Irène greift ein, knallrot.

»Was soll denn das? Sind Sie verrückt? Ein bißchen Ehrfurcht, wenn ich bitten darf. Sie werden sich noch wundern, wenn Sie ihn weiter ärgern.«

Der Sarg wird hinuntergelassen. Toni sieht, wie Jonas sich auf Knien zu schaffen macht, eine Kelle in der Hand, was mag er nur anstellen? Jetzt ist er draußen. Auf ein Zeichen des Priesters nimmt er die Schaufel und reicht sie Lucien. Toni schließt die Augen. Er sieht Clochy aus dem Sack kriechen und geblendet blinzeln, er hört das Fauchen des Katers, das schrille Piepsen der Mauersegler, den dumpfen Aufschlag der Erdschollen auf der Tannenholzkiste, das Kauderwelsch der Totengebete, er nimmt sich zusammen, um nicht aufzuheulen, er sieht seine blutverschmierte Möwe. Maï stößt ihn mit dem Ellbogen, er ist an der Reihe. Er schaut in die Grube, und die Wut steigt in ihm hoch. Ein paar jämmerliche Krümel liegen auf dem Sarg. Sie waren zu faul zum Schaufeln, zu faul oder zu feige. Sie ist abgekratzt, die Mamina, abgekratzt! Ihr habt sie doch selber umgebracht, jetzt muß man schaufeln, sie beerdigen, sie verscharren, man wird sie ja nicht ausstopfen! Er greift zur Schaufel und macht sich ans Werk. Er schaufelt die Erde mit aller Kraft, mit vollem Schwung, taub für das Kreischen der bestürzten Frauen, mit einem Schaufelhieb würde er sie in die Grube befördern, Scheinheilige auch sie! Samt diesem blökenden Pfaffen und dem dicken Gaétan, der aufgedunsen ist wie ein Kuhmagen, ich werde sie alle umbringen.

»Jetzt reicht es, Toni!« schreit die Mutter, und fast hätte sie den Griff im Gesicht gehabt.

»Was reicht?« erwidert Toni keuchend, schamrot schon im voraus, die Augen überall und nirgends. »Hm, was reicht? Du kannst nicht mal ...«

Die Tränen blenden ihn. Er schwingt die Schaufel, zögert eine Sekunde und wirft sie in die Grube.

»Wenn das so ist, wirst du mich nie wiedersehen!«

Er dreht sich um und entfernt sich mit großen Schritten. Als er an Maï vorbeigeht, hört er flüstern: »Schisser ...«

Toni legte noch einen Torfklumpen aufs Feuer. Er schlotterte in seiner rauchigen Hütte. So sehr er sie auch wie ein richtiges Heim möblierte, ein Durcheinander von Gerätschaften, und waren sie noch so klapprig, Sessel, Stuhl oder Nachttopf, auf die Geheime transportierte, so sehr er Wachstuch darüber spannte, seine Höhle war undicht. Ab und zu gab er einen Spritzer Benzin auf die Glut, und die Flammen schossen auf, zerrissen die Schatten. Ein paar Augenblicke lang hielt er sich für einen Riesen der Vorzeit, einen Hüter des Feuers, Auerochsenjäger und Pfeilanspitzer.

Draußen fegte ein stürmischer Wind über die Heide, und die Disteln stießen mit einem trockenen, eintönigen Geräusch aneinander: unüberhörbares Getuschel der bösen Geister.

Schisser! Hatte sie es wirklich gesagt? Hatte er es in ihren Augen gelesen? Hatte er es sich eingebildet? Schisser! O Schande! In Les Angéliques galt er als Schisser: Schisser, wenn er mutig war, Schisser, wenn er nicht so mutig war. Es stand bestimmt in seinem Gesicht geschrieben, ein unauslöschliches, entehrendes Zeichen. Er nahm seinen Taschenspiegel und betrachtete sich zum hundertsten Mal im Feuerschein. Er sah sein mit den Händen gestriegeltes Haar, Sommersprossen, ein spitzes Kinn, sandfarbene Augen, ein Gesicht, das er ganz anders und zugleich genau so gewollt hätte. Weniger spöttisch vielleicht, er konnte nichts dafür. Jedenfalls die Fratze eines Schissers. Er schnitt eine Affengrimasse und steckte den Spiegel wieder ein.

Er fröstelte trotz seines Schlafsacks, der Rauch brannte ihm in den Augen, die Begräbnisschuhe waren voll Wasser, die Hose durchnäßt, das gäbe ein Geschrei bei seiner Rückkehr, Verzeihung, Mama. Sie schrie gern, sie schrie ohne Lärm, schrie, indem sie sehr laut flüsterte, von ganz nah, mit zitterndem, bleichem Mund. Mit Maï wagte sie es nicht. Niemand wagte, Maï anzuschreien, nicht einmal Gaétan. Sie hatte so helle Augen, Maï, und auch so dunkle. Maï veränderte ihr Aussehen wie ein Himmel. Maï verkleidete sich als Flamme, als Biene, als Geige, Maï verkleidete sich als Seiltänzerin, als alte Oma, verkleidete sich als schmollender Toni, als dressiertes Pony. Sie veranstaltete zu Hause Akrobatikvorführungen wie im Zirkus Universal. Er, Toni, spielte unbestimmte, krause Rollen, das dußlige Schwein, das die Kunstreiterin zum Straucheln bringt, den Prahlhans ohne Netz und Trapez, den über das Gelächter gekränkten Clown, den Ansager ohne Redetalent. Mit traumhafter Geschmeidigkeit, das Gesicht unbewegt, schlug sie Räder und forderte den Cousin auf, es ihr nachzutun. Er reagierte mit schwankenden Kopfständen, sie schubste ihn um und sagte: »Das bin nicht ich, das ist der Sturm.« Eines Tages, als sie den Regenbogen darstellte, Kopf nach unten, das Haar am Boden und den Körper gebogen, trat er seine Cousine mit beiden Füßen: »Das bin nicht ich, das sind die Elefanten ...«

Toni sah seine Erinnerung in den Flammen zucken, und die Schatten umschlangen ihn. Früher war er sicher, Maï zu heiraten. Er hielt jeden Tag um ihre Hand an. Das war ihr Geheimnis. Sie sagte: »Klar werde ich dich heiraten, außerdem sind wir schon verheiratet. Aber schwöre, daß du mit niemand darüber sprichst.« Seit sie größer wurde, versprach Maï ihre Hand nicht mehr so gern und nicht, ohne zu feilschen: »Ja doch, ich heirate dich, Toni, aber frag mich nicht jeden Tag, sonst weiß ich es nicht mehr.« Und jeden Tag biß er sich auf die Zunge, brannte auf die Hochzeit mit Maï. Er heiratete sie mit dem Blick. Sein Spielzeug, sein Kind. Das Kind veränderte sich. Seit wann? Eines Tages, als sie am Anlegesteg badeten, letzten Sommer, hatte Maï die Träger ihres Badeanzugs abgestreift, ihn mit den Fingerspitzen über die Hüften gerollt und ihren Jungmädchenkörper zur Schau gestellt. Sie hatte gesagt: »Du bist wie alle Jungs, Toni, ein verdammter Lüstling ...« Abends verlangte sie von ihrem Vater einen Vorhang, um das Zimmer zu teilen. Sie sagte jetzt zu ihrem Cousin: »Dort ist deine Insel, und da ist meine. Und der Vorhang ist das Meer. Kommen verboten, wenn ich dich nicht einlade.« Er wartete, bis sie eingeschlafen war, um das Meer zu überqueren und über ihr Streichhölzer anzuzünden.

Er zuckte zusammen beim Geräusch eines Scheits, das in der Asche umsank. Das Feuer erlosch. Ein Schisser war er nicht. Nur ein bißchen, wie alle Kinder. Kleine Ängste, die er Mamina gestand. *Nimm meinen Stock und zerbrich ihn auf ihrem Rücken, Toni, nimm den schwarzen mit den Knoten.* Er hätte niemand mehr, dem er von seiner Verwirrung erzählen könnte. Genausogut konnte er sich auf der Geheimen zum Sterben legen, und die scharfkantigen Gräser würden sich über ihm schließen. Man würde ihn suchen, man würde die Taucher mit Laternen ausschicken, man würde Dregganker auswerfen, man würde den Schlick durchkämmen, man würde Verdächtige verhaften, man würde die Frösche und die Waldkäuze verhören. Aber kein Polizist hätte soviel Phantasie, nur ein paar Meter vom deutschen Beobachtungsposten entfernt dieses verlorene Inselchen unterm Brombeergestrüpp ausfindig zu machen. Rätselhafter Schisser. Der Schisser war mit allen Wassern gewaschen. Zunächst würde er morgen abend nach Hause zurückkehren. Die Suche hätte begonnen. Sie hätten alle Hoffnung verloren. Er würde zur Tür hereinkommen und es endlich wissen. Er würde in Maïs Augen lesen, ob sie ihn wirklich liebte. Gute Idee. Bis morgen auf der Geheimen bleiben und in den Besitz der Wahrheit gelangen. Er würde die ganze Nacht das Feuer bewachen, sich erkälten. Mit ein bißchen Glück bekäme er Fieber. Er würde sich vergiften, die verrosteten Sardinen essen, die er gefunden hatte, als er zum ersten Mal auf der Insel gewesen war, ein Überbleibsel der englischen Flieger. Er würde die khakifarbenen Fische aus dem Zweiten Weltkrieg verschlingen und todkrank nach Hause kommen, und alle würden ihn verloren glauben. Tränen und zerrissene Taschentücher. Maï würde weinend um seine Hand anhalten.

Nicht gerade hübsch, seine Hand. Zunächst wäre es gut für ihn, sie zu säubern. Auch die linke war ein schmerzlicher Anblick, eine Art torfiger Strunk. Maï hatte lange, rundliche, elfenbeinfarbene Hände. Sie kaute an den Daumennägeln, die sie unter den peinlich gepflegten Fingern verbarg. Morgen abend würde er ja sagen. Ja zu den Elfenbeinhänden, zu den heimlich lackierten Nägeln, zu den angenagten Daumen. Morgen, das war so weit weg. Was für ein Unterschied zu nie? Es war erst halb vier, eine zwielichtige Stunde. Eine etwas salamokische Stunde. Und die Geheime war kein sicherer Ort. Nichts als eine vergängliche Insel, ein Floß, das durch ein paar Fasern mit der Rinde der versunkenen Mortas verbunden war. Eines Abends würden die Salamoks die Fasern durchtrennen. Sie würde unerkannt verschwinden. Er trat in den Schlafsack gewickelt vor die Hütte. Der Wind blies, das Licht war grau. Ein unruhiger Himmel eilte ostwärts, strich über das finstere Heideland der Sphaignes, am Horizont wechselten schräge Schauer und fransige Streifen von Morgengrauen. Er liebte es, auf dem Moor diesen Geruch von Ozean, von Hanf und Honig, von erlahmten Wogen zu atmen, diesen Geruch von zermalmten Krebsen und Blumen, von Algen auf dem Strand, ein Geruch, der vielleicht gar nichts vom Meer wußte, das Meer war so weit weg von den Sphaignes, eines Tages würden sie dort drüben heiraten.

Das Haus der Bernards war von den Seen getrennt durch ein ehemaliges Angelikafeld, heute Weidengebüsch am Ufer und, je nach dem Jahr und der landwirtschaftlichen Laune Gaétans, brachliegendes Röhricht oder Gemüsebeet. Das Haus stand mitten in einem kahlen Garten, der sich an der Straße entlangzog, ein niedriges Gebäude mit silbergrauem Verputz, das einzige Haus der Sphaignes, das stolz ein Strohdach aus einheimischen Halmen und nicht aus dem schlechten Schilf der Camargue oder von Irland vorweisen konnte. Toni schwor, daß er nie woanders leben würde.

Um Mitternacht kam er pfeifend ans Tor. Beim Anblick der Lichter hörte er auf zu pfeifen und setzte sich auf das Mäuerchen gegenüber dem Haus. Kein Laut. Die Enten schliefen, der Wind hatte sich gelegt. Ein Geräusch: das unmerkliche Sirren der Straßenlampe über der Telefonzelle an der Wegbiegung. Die Küche war erleuchtet. Er traute sich nicht hinein. Zu seinen Füßen schimmerte die Kühlschranktür, die als Tränke diente. Er stieß lange seinen Warnschrei aus, einen fast stummen Schrei, den mysteriösen Schrei eines einsamen Vogels, ebenso geheim wie die Nacktheit des Körpers oder das Geständnis einer Sünde, den Schrei eines leidenden Tieres, das ganz leise das Nichts anheult. Er schrie mehrmals aus voller Lunge, bis ihn schwindelte, und ging mit schleppendem Schritt aufs Haus zu. Er zögerte, über die dicht an der Hauswand stehende Lärche in sein Zimmer zu klettern.

Seine Mutter wartete in der Küche auf ihn, sie saß am Tisch vor eine Schale Kaffee.

»Woher kommst du?« fragte sie in müdem Ton.

Toni setzte sich neben sie, lächelnd, mit verschränkten Armen, und sah ihr ins Gesicht.

»Aus der Bücherei, Mama. Ich habe nichts Böses getan. Ich habe Blueberry gelesen.«

»Was ist das?«

»Ein Gedicht von Lamartine über Friedhöfe.«

»Ach ja«, sagte die Mutter ... »Und hat Blueberry dir auch das Gesicht verschmiert und diesen Kaminfeuergeruch angehängt?«

Er zögerte. Er spürte den Blick seiner Mutter wie eine süßliche Flüssigkeit um sich herum.

»Normalerweise machen sie die Heizung im April aus, Ma. Heute war es so kalt, daß man sie wieder angemacht hat. Niemand konnte lesen. Da habe ich mich darum gekümmert.«

»Das sehe ich«, sagte die Mutter. »Und ich kann auch riechen.«

Sie nahm einen Schluck Kaffee, einen winzigen Schluck, sie trank geräuschlos.

»Wie üblich wird alles auf mir abgeladen«, seufzte sie, »absolut alles.«

Sie betrachtete aufmerksam ihren Sohn.

»Sag mal, Toni, ich habe einen Spaziergang zur Anlegestelle gemacht und deinen Kahn nicht gesehen. Das ist doch merkwürdig, nicht?«

Toni machte große treuherzige Augen.

»Er ist beim Unwetter abgetrieben worden, Mama.«

»Deine Pflicht ist, nicht zu lügen, Toni.«

»Aber es stimmt, ich schwör's dir.«

Irène lächelte beflissen, dann lenkte sie scheinbar ab.

»Du hast mir heute viel Kummer gemacht, aber ich will dich nicht schelten. Ich respektiere deinen Schmerz. Auch ich habe Mamina liebgehabt. Dennoch ist es die Pflicht einer Mutter, von ihrem Sohn ein Minimum an Aufrichtigkeit zu verlangen, nicht?«

»Ja, Mama.«

»Also, ich warte.«

Sie war besessen von der Idee der Pflicht, vom Mißtrauen, von der Idee der Sünde, der schwarzen Laus, die sich auf dem Grund des Gewissens verkriecht und das Licht flieht. In der Öffentlichkeit zeigte sie auch gern edlen Schmerz und Selbstverleugnung, sie opferte sich auf in allen Bereichen der menschlichen Not und schwankte mit ihren fünfzig Jahren zwischen Fatalismus und Frömmigkeit. An einem Abend war Gott ihre Wonne, am nächsten Tag war das Leben nur Bluff. Ein Grund mehr, einander beizustehen. Ein Grund mehr, die

Sünder zu bestrafen und die schwarzen Läuse zu jagen. Vom lieben Gott wollte Toni nichts wissen als: Bitte, rette mich. Kein Vaterunser, kein Halleluja: Bitte, Verzeihung.

»Also, Toni, wo warst du?«

»Bei Blueberry«, murmelte er und schloß die Augen, den Kopf zwischen den Händen.

»Was ist los mit dir?«

»Nichts, Ma, ich fühle mich elend, alles dreht sich.« *Wohin fahren wir? Du wirst schon sehen. Dauert es lang mit dem Zug? Frag doch deinen Vater, hör auf, mich zu drangsalieren. Mama, ich hab eine Spinne im Bauch, sie muß mal. Sie muß Pipi machen, die Arme. Was ist das, was so schnell läuft am Ende des Lochs? Das ist ein Wasistdas! Laß mich in dein Bett kommen. Wenn du mich nicht läßt, kommen die Salamoks. Haben die Salamoks einen Schlitz? Hör auf, mich zu drangsalieren. Warum kommen wir hierher? Dein Vater ist krank. Was hat er? Laß mich in Frieden. Ist das klein, drei Jahre? Wo haben wir vorher gewohnt? Hör auf, mich zu drangsalieren. Wie war es da, im Krankenhaus von Papa?*

»Du kannst nicht mehr, mein Schatz«, sagte die Mutter und legte die Arme um ihn. »Du hast Kummer, natürlich. Und du hast den ganzen Tag nichts gegessen. Ich brate dir Eier. Da, nimm solang von der Wurst und trink meinen Kaffee aus. Wo ist dein Schlips?«

»In meiner Tasche, Mama.«

Irène war aufgestanden. Sie machte sich am Gasherd zu schaffen. Er nutzte es aus, um drei Argyrus-Tabletten auf einmal zu schlucken.

»Ich weiß nicht, woher du kommst, aber du hast dich schön zugerichtet.«

Mit einem Asbesthandschuh stellte sie einen dampfenden Teller auf den Tisch und setzte sich wieder. Der Arme, er starb vor Hunger. Er aß für zehn und nahm kein Gramm zu.

»Man soll nie lügen, Toni«, sagte sie mit überzeugendem Nicken, »und vor allem soll man seine Mutter nicht anlügen.«

»Ich lüge nicht, Mama.«

»Du bist ein guter Junge. Man soll den Menschen, die man liebhat, nie weh tun. Nachher, wenn sie weggehen, bereut man es. Man bereut es das ganze Leben.«

Eine Weile schien sie an etwas ganz anderes zu denken und nicht mehr da zu sein. Sie nahm Streichhölzer und zerbrach sie auf dem Tisch. Dann zerbrach sie die abgebrochenen Stücke und ordnete sie der Länge nach auf einer Untertasse an.

»Man findet sich schnell auf der anderen Seite wieder, weißt du.«

Ihr Blick umfing Toni, der sich mit dem Speckomelette abmühte. Ein verzücktes Leuchten huschte über ihre Züge, als würde der Anblick eines Toni, der darum kämpft, seinen Teller leer zu essen, sie beide erhöhen und auf das Jüngste Gericht vorbereiten.

»Gut kauen, mein Schatz, du hast Zeit genug. Morgen muß ich wichtige Dinge mit dir überlegen.«

»Was ist los, Mama?«

Sie wandte den Blick ab.

»Dein Vater wird zu uns zurückkehren. Diesmal ist es sicher.«

»Der Zöllner?« feixte Toni. »Das sollte mich wundern. Das ist sein letzter Trick. Mir geht das auf die Nerven.«

Er nannte seinen Vater den Zöllner, seit der sich von der Familie abgesetzt hatte und in das ehemalige Zollamt, einen rückwärtigen Flügel am Ende des Hauses, gezogen war. Ein Deserteur im eigenen Heim, der jeden Tag ein bißchen mehr floh. Neun Jahre lag der Bruch zurück. Irène oder Toni brachten ihm seine Mahlzeiten. Er verbrachte die Tage damit, von einer Wand zur andern zu gehen, zu lesen und zu dösen, Verwünschungen zu murmeln gegen die Frauen, diese Teufelinnen. Abends kam sein Sohn zum Lernen zu ihm.

»Jetzt ist es anders«, sagte die Mutter. »Ich gebe zu, daß wir hier ein bißchen aufeinanderhocken. Das enge Zusammenleben schafft Spannungen. Aber alles wird sich ändern, weil ...«

»Weil du es sagst«, lallte Toni, der zu phantasieren anfing.

Er sah Maïs schwarzes Haar schimmern, sah Dreckspritzer auf dem Sarg, Dreckspritzer auf dem schwarzen Haar, auf dem flachen Busen. Schatten liebkosten den flachen Busen, er hätte gern die Schatten abgeleckt. Maïs Blick glänzte, ihre Zähne klirrten, die Sonne ringelte sich um Maïs Augen, Hüften, Schultern, immer schneller, ein hypnotisierendes Licht, ein flirrender Taumel wie die Spiralen des chinesischen Glücksrads.

»Es dreht sich wieder«, sagte Toni. »Ich gehe schlafen.«

»Das ist ganz normal, mein Schatz. Hast du verstanden, was ich dir gesagt habe?«

»Nicht ganz, Mama, entschuldige. Der Zöllner kommt wieder, nicht?«

»Richtig. Freust du dich?«

»Ja, Mama«, erwiderte Toni aus dem Nebel.

Er schlief ein. Er hörte von fern das Geräusch des Schaufelns und das Geräusch der aufschlagenden Erdschollen, das Geräusch des Kusses auf dem toten Gesicht und das Geräusch des Wortes Schisser zwischen Maïs Lippen, zwischen dem Schneidezahn und der Oberlippe, das Geräusch der Schlaftabletten, die nacheinander in die Tasse fallen: eine für Mamina, eine für Maï, eine für die Möwe.

Irène hatte ihren Stuhl herangerückt und ihre Hand auf die seine gelegt.

»Ich bin wirklich zuversichtlich. Vor allem wenn die Sauveurs ausziehen.«

Toni schreckte hoch.

»Bloß nicht!« entfuhr es ihm mit einem Schrei. »Wer hat das gesagt? Du, Mama?«

»Ach wo, niemand«, antwortete die Mutter und tätschelte ihm die Hand. »Du bist wahnsinnig nervös. Im übrigen weiß ich nichts. Dein Onkel redet nur so daher. Einen Tag will er weg, dann wieder nicht. Er kann sich nicht entscheiden, dieser Dummkopf! Und außerdem wird alles vom Testament abhängen.«

Toni schwitzte, seine Hände zitterten, er hatte den Eindruck, daß sich von allen Gegenständen, die er wahrnahm, eine Haut ablöste, von den Pfannen an der Wand, vom Aquarium, von Maminas Sarg.

»Mama, schwör mir, daß sie nicht ausziehen«, stöhnte er.

»Ich schwör's, bist du zufrieden? Im übrigen würde deine Cousine niemals wegwollen, das kannst du dir denken! Nun geh schlafen, du kannst ja nicht mehr. Aber zuerst noch die schwarzen Läuse, dann schläfst du besser.«

»Ich habe nichts zu sagen, Mama, ich bin zu müde.«

»Das ist schnell getan, mein Schatz, beeil dich.«

Toni stand auf. Er drehte der Mutter den Rücken zu, setzte sich rittlings auf den Stuhl und leierte seine Sünden her, wie man eine Treppe hinunterstürzt. Aber nicht seine wahren Sünden, seine eigenen Sünden, seine eigenen schwarzen Läuse, seine kleinen Kindersünden, die er in seiner Geheimnis-Sparbüchse verschlossen hielt, seine Missetaten, seine Verbrechen. Wenn du wüßtest, woher ich komme, Mama, du würdest dumm schauen. Aus dem Spielsalon in Brissac. Ich habe mich den ganzen Abend am Flipper ausgetobt. Vorher war ich auf meiner Insel, möchtest du wissen, wo? ... Das sind keine schwarzen Läuse mehr, das ist eine ganze Zucht, eine Epidemie. Ich habe von der Besitzerin des Spielsalons Geld geliehen, ich habe gesagt, wir wären jetzt stinkreich. Ich habe alle Apparate durchgemacht, den Piratenkönig, das Geisterschiff, Draculas Tochter. Einer ist dabei, da gibt es menschliche Zielscheiben in Lebensgröße, und du glaubst einen echten Colt zu haben. Das Beste ist das Space Fire Gun, ein Laserstrahl mit Ultraschall. Irre! Du kannst abschießen, wen du willst, ganze Planeten. Ich hab dich ein paarmal abgeschossen, Mama, auch Papa hab ich abgeschossen. Ich hab Gaétan abgeschossen, sogar Julius hab ich abgeschossen. Töten ist kinderleicht.

3

Als er im Zimmer war, lauschte er erst einmal. Der Vorhang war zugezogen, bei Maï brannte Licht, gedämpft. Abends stülpte sie einen Waschhandschuh über die nackte Glühbirne und schlief oft ein, bevor sie die Lampe gelöscht hatte. Die Nachtluft ließ sanft die Kokospalmen wogen, die die beiden auf den Vorhang gemalt hatten. Toni die grünen, Maï die blauen.

Er näherte sich barfuß, überquerte das verbotene Meer und beugte sich mit klopfendem Herzen über seine Cousine. Der Schlaf hatte sie bis in die zart gesenkten Wimpern erstarren lassen, ein Zauberschlaf. In Ruhe schienen die Lider noch schmaler und noch mehr zu den Schläfen hin gezogen, die langen schwarzen Wimpern bewegten sich nicht. Im Winkel der halbgeöffneten Lippen glänzte ein silberner Speichelfaden. Toni konnte ein leichtes Atmen hören, einen zarten Dunst ahnen, er sog einen Duft von Blumen und Säugling ein. Mit trockener Kehle streichelte er die geschlossene Hand auf der Bettdecke. Früher duschten Maï und er zusammen, früher seifte er sie ein und sah sie nackt. Später würden sie am Meer heiraten, sie bekämen jede Menge Kinder. Er blieb mehrere Minuten über sie gebeugt, er kniete nieder. Maï als Flamme, als Biene, als Geige verkleidet. Ein einziges Mal, eine Fastnacht lang, ein Bad lang, die blaue Seife sein, die in der Muschelschale liegt, die Pfefferminz-, Schilf-, Schnee-, Sonnenseife, die Maï niemandem borgt. Sie geht ins Badezimmer, schließt die Tür ab, dreht die Hähne auf, Dampf überzieht die Wände. Duftende Flocken schwimmen auf dem dampfenden Wasser. Mit den Fingerspitzen prüft sie die Temperatur. Maï zieht den Bademantel aus, o Maï, ich möchte für dich sterben!

Es kribbelte in seiner Kehle, er mußte husten.

»Maï«, stammelte er.

Die Lider bebten, sie streckte sich, ohne die Augen zu öffnen.

»Laß mich schlafen, Toni. Um diese Uhrzeit hast du auf meiner Insel nichts zu suchen.«

»Nur eine Frage. Dann laß ich dich in Ruhe.«

»Du bist wirklich lästig ... Ich kenne deine Fragen, vor allem nachts. Du willst immer heiraten.«

»Das ist es nicht«, sagte Toni. »Es ist noch ernster.«

»Gut, also los«, seufzte Maï und richtete sich auf, »aber mach schnell.« Sie mummte sich fest in die Decke ein, wie eine Indianerin, die Fäuste unterm Kinn, ihre großen schlaftrunkenen Augen auf ihn gerichtet. »Nun, was gibt's?«

Er saß im Schneidersitz mitten auf dem Bett und tat so, als fände er es banal, da zu sein. Insgeheim atmete er den Geruch von Haut, von Nacht, von angebranntem Waschhandschuh ein, er schielte nach den Kleidern, die wie eine abgeworfene Hülle auf dem Boden lagen, getränkt mit der unsichtbaren Nacktheit, von der er träumte.

»Hast du dein T-Shirt mit den Passionsfrüchten an?« fragte er mit einem unwillkürlichen Lächeln.

»Wenn das deine Frage ist, kannst du abziehen«, sagte Maï.

Mamina im Brautkleid, nackt im Staub mit ihrem blutleeren Mund und ihren stummen Worten, der ruhende Horizont der geschlossenen Augen. Maï zog das Brautkleid an, Mamina das T-Shirt mit den Passionsfrüchten. Der Sarg senkte sich unter die Erde, und Pferde stampften rund um das Grab, das sich drehte und verschwand, die Pferde verschwanden.

»Meine Mutter sagt, daß ihr auszieht«, sagte Toni, »und daß du wegwillst.«

Maï zog die Brauen hoch, dann brach sie in Lachen aus und schüttelte ihr schwarzes Haar, daß die Schatten an der Wand tanzten.

»Warum sollten wir ausziehen?« sagte sie. »Die ist wirklich verrückt.«

»Sie ist verrückt, aber sie mag dich.«

»Sie sagt das eine und denkt das andere, eine echte Wetterfahne. Aber uns kann das egal sein. Komm, reg dich nicht auf, Toni. Bist du unglücklich?«

»Es geht«, sagte Toni.

Er lehnte sich an die Wand, erschöpft, wie vor den Kopf geschlagen. Sonst war er nachts zu Mamina hinuntergegangen. Sonst hatte er nicht allein geschlafen. Er haßte es, in einem leeren Bett aus dem Schlaf hochzufahren.

»Mir ist kalt«, sagte er.

In Maïs Bett schlafen, nur einmal, laß mich bei dir schlafen, ich werde mich nicht rühren, ich werde nichts sagen.

»Du riechst nach Rauch«, sagte Maï. »Los, geh schlafen, du bist wirklich nicht nett.«

»Fehlt dir deine Mutter?« fragte Toni.

Maï überlegte eine Sekunde und sagte:

»Ich glaube nicht. Ich kenne sie gar nicht. Ich denke nie an sie. Du siehst ja, wie deine ist. Besser, man hat keine.«

Was war ihm lieber? Bei der Mutter schlafen oder allein? Bei Maï schlafen, bei Mamina schlafen, Maï heiraten und bei ihr schlafen.

»Ist das wahr? Hast du deine Mutter nie gesehen?«

»Nein, das weißt du doch.«

»Erzähl mir, wie du nach Frankreich gekommen bist.«

Maï blies die Backen auf und machte runde Augen vor Ungeduld.

»Ich erzähle gar nichts, geh schlafen, du fällst ja um vor Müdigkeit.«

»Danach gehe ich, ich schwör's. Aber ich höre deine Flugzeuggeschichte so gern nachts. Das ist wie ein Schlaflied.«

»Bla bla, was für eine Nervensäge«, sagte Mai. Das Bettuch rutschte ihr über die Brust, und Toni lächelte beim Anblick des Füllhorns und der orangefarbenen Früchte, die auf das Nachthemd gedruckt waren. »Gut, ich mach das Licht aus«, seufzte Maï, »sonst geniere ich mich.«

Und die Erscheinung verschwand.

»Das ist schon so lange her«, murmelte sie in der Dunkelheit, »ich habe nicht einmal mehr das Gefühl, daß ich es bin ... Übrigens, habe ich es dir schon gesagt? Du warst lächerlich auf dem Friedhof, mit der Schaufel. Du bist derjenige, der Schaufelhiebe verdient hat. Gut, ich fange an ...

Ich habe ein bißchen Angst, gib mir die Hand. Und ich kann auch nicht einfach so erzählen, ich erinnere mich nicht mehr. Ich habe sie nie gesehen, aber Gaétan hat mir von ihr erzählt. Jetzt will er nicht mehr. Er hat gesagt, sie hatte einen sehr schlechten Charakter und eines Tages hätte sie seinen Koffer aus dem Fenster geworfen. Das hat mir gefallen. Ich hätte es an ihrer Stelle genauso gemacht. Das heißt, daß sie ihm die Stirn bieten und ihre Krallen zeigen konnte. Nicht wie Maryse ... Er sagt, daß sie eines Tages verschwunden ist, daß Krieg war und daß man es ihr nicht übelnehmen soll. Ich glaube nicht daran. Ich bin sicher, daß er lügt. Aber es ist komisch, ein verlassenes Waisenkind zu sein wie im Kitschroman. Ein Roman, von dem ich den Anfang nicht kenne. Und ob ich mich auf meinen Vater verlassen soll! ... Weißt du, was mich tröstet?«

»Nein«, gähnte Toni.

»Deine Mutter, wenn ich euch beide sehe ... Ehrlich, man beneidet euch nicht. Mamina genauso, sie war eifersüchtig ...«

»Und du hast keine Erinnerungen an da unten?«

»Nicht viele. Manchmal erkenne ich einen Geruch wieder, da bin ich mir sicher. Den Geruch des Windes, ich bin sicher, daß er es ist. Oder im Sommer, wenn ich barfuß am See entlanggehe, dann sehe ich was. Ich sehe einen Bus und Nonnen, sie hören nicht auf zu schreien. Das muß der Hof des Waisenhauses sein. Und dann ist Schluß. Das Geräusch des Flugzeugs, das höre ich, wann ich will, es ist mir nie aus den Ohren verschwunden. Ich liebe dieses Geräusch. Es ist, als wäre ich immer noch unterwegs. Später werde ich übrigens überallhin reisen. Ich werde nach Amerika, nach Indien, nach Italien gehen. Ach ja, ich erinnere mich. Es war dunkel, als wir in Orly ankamen. Das Flugzeug ist lange gekreist, sehr lange, man sah eine Menge Lichter durchs Fenster.«

»Man könnte meinen, Blüten auf Milch«, murmelte Toni mit schläfriger Stimme.

»Wenn du so willst«, sagte Maï.

Wie bei mir, dachte Toni, genau wie bei mir. Ich weiß den

Anfang nicht. Sie haben ihn mir gestohlen. Eines Tages werde ich alles wissen. Sie werden mir die gestohlenen Stücke der Zugfahrt zurückgeben, als wir im Moor angekommen sind, die Geschichte von vorher, den Kerl mit den weißen Hosen auf dem Land. *Er trällert beim Gehen, ich höre seine Stimme. Ich sitze auf seinen Schultern hoch über den gelb- und blaublühenden Unkrautbüscheln. Ist das mein Vater oder nicht? Das Geräusch der eisernen Fensterläden und das Klirren des Rasiermessers, das im wassergefüllten Waschbecken geschwenkt wird, das Kratzen des Rasiermessers auf den Wangen, die laute Atmung und nicht ein Wort, nicht ein Wort, die Atmung hebt und senkt sich, bist du es, Papa? Warum rasiert er sich neben mir? War er es, der durchs Fenster zusah, wie die Flocken auf einem nassen Hang niedergingen? War er es, der seine Arme um mich legte? Das Weiß blieb schließlich liegen. Und der also rezitierte: ich habe gewonnen, denn ich bin der Schnee, schöner und grausamer als der Regen.*

Die Stille weckte Toni. Er hatte Angst und fröstelte. Er stieg vom Bett und zündete ein Streichholz über Maïs Gesicht an, beruhigt, sie aus der Dunkelheit auftauchen zu sehen. Sie lag mit ernstem Gesicht auf der Seite, beide Hände unter der Wange, man sah das Ohr. Er zündete noch ein Streichholz an und noch eins, und jedesmal belebte sich Maïs Gesicht in einer flackernden, vergänglichen Erscheinung, die er dauern ließ, bis er sich verbrannte. Als er seine Vorräte aufgebraucht hatte, ging er schlafen.

Er liebte zwar sein Zimmer, das er wie eine jungfräuliche Insel hergerichtet hatte mit aus grünem Karton ausgeschnittenen Aloebüschen, aber in der Dunkelheit hatte er Angst davor. Es zog die Schatten an. Eine ausgestopfte Möwe hing an einem Nylonfaden. Mit ausgebreiteten Flügeln schien sie zu fliegen, nachtwandelnd, schlafend. Die Lider waren zugenäht, der geschlossene Schnabel wurde von Heftpflaster gehalten. Daneben schwebte ein sonderbarer Drachen, man hätte glauben können, eine Fledermaus. Vom Bett aus sah Toni seinen Vögeln zu. Er sah der Nacht zu, die sich am Fenster bewegte. Er sah, wie die Sternbilder sich hervorwagten, die Spinnen, die Salamoks.

Sieht aus wie eine Autoskootermünze, die Hostie. Eine Münze, um zu Gott zu kommen. An Begräbnistagen sind es schwarze Hostien. Man steckt sie in den Schlitz und steigt zum Himmel auf. Ich schlucke sie nicht. Ich drehe sie heimlich der Möwe an. Die mag das, die Möwe. Es interessiert mich nicht, in den Himmel zu kommen, das ist was für Möwen und für Mamina. Hatte Mamina einen Schlitz? Man kann es nicht mehr sehen, sie haben den Sarg verschweißt. Sie haben alles eingeschweißt, selbst das weiße Haar, die gläsernen Schuhe, das Brautkleid, den Kürbis, das Messer, den Schnee und die Blumen. Und du, Mama, hast du einen Schlitz? Maï will mir ihren nicht mehr zeigen. Man könnte meinen, Hühnerbrust, wenn sie noch roh ist. Ich muß ihn sehen, Mama, ich kann nicht anders, ich muß ihn sehen. Später, das ist zu weit weg, ich muß ihn gleich sehen. Macht nichts, wenn er noch roh ist. Und die Frösche, haben sie einen Schlitz? Antworte mir. Selbst die Erinnerungen haben sie eingeschweißt, ich kenne sie auswendig. Selbst die Läuse. Hatte Mamina Läuse? Ich muß so sehr, Mama, das kommt vom Gerüttel des Zuges. Muß man immer pissen im Zug? Lügner, das ist nur Theater. Hör auf, mich zu drangsalieren. Hast du die Fahrkarten, Lucien? Ich habe sie dir auf dem Bahnsteig gegeben, such richtig. Wo wir schon das Kindergeld nicht mehr haben. Wenn du jetzt auch noch die Fahrkarten verlierst ... Hat das Kindergeld einen Schlitz? Antworte, Mama. Haben die Läuse einen Schlitz? Wie mager sie jetzt ist. Wie ein Wintervogel. So mager mit einem so schweren Nachttopf morgens. Ich muß sie sehen, ich kann nicht anders, es macht mich fertig.

Er hört die Ringe auf der Vorhangstange gleiten und fährt aus dem Schlaf auf. Dort drüben huscht ein Schatten durch die Schatten, ein Luftstrom bewegt den Vorhang.

»Maï«, ruft er, doch er bekommt keine Antwort.

Er fällt aus dem Bett, die Füße haben sich in den Laken verfangen, er tastet auf dem Boden nach seiner Taschenlampe, will den Schatten fangen, der plötzlich verschwindet, getötet vom Licht, vom Ausknipsen der Leselampe in der Ferne. Nur noch der einsame Strahl seiner Taschenlampe ist da, ein leerer Kreis mitten auf dem Vorhang, das Loch eines gezogenen Backenzahns, die schneebedeckte Manege des ohne Zelt unter einem schwarzen Himmel zurückgelassenen Zirkus Universal.

»Maï!« schreit er lauter.

Die Salamoks liegen auf dem Sarg, ein Pferd umkreist ihn mit dampfenden Nüstern, keine Sorge, Toni, ich werde wiederkommen und schauen, ob du noch an deine alte Großmutter denkst. Ein schwarzes Pferd mit silbernem Halfter. Die Reiterin steht auf einem Fuß, die nackten Beine schmutzbefleckt, blutbefleckt, die Arme bilden einen Bogen, rote Brille, die Nüstern dampfen. Ein Pferd, das schimmert wie ein neuer Kahn. Sie steht auf dem Dollbord, und stille Vögel hacken ihr die Augen aus, das silberne Halfter schlägt mit den Flügeln, der Sarg birst unter den Schnäbelhieben, Toni kämpft auf dem Grund des Loches, man wirft die Erde auf ihn, und er erstickt. Er hört seinen Namen wie einen Schrei.

»Bist du es, Maï?«

»Aber ja, sei still«, antwortet Maï flüsternd. »Du weckst das ganze Haus. Steh auf.«

Die Taschenlampe liegt brennend da, ein zitternder Strahl streift den Fußboden, er sieht Maïs nackte Füße und den Saum des Nachthemds.

»Das ist mein Alptraum, bleib noch ein bißchen.«

»Nicht schlecht, deine Alpträume! Du stöhnst unaufhörlich. Komm, leg dich wieder schlafen, das geht vorbei.«

Er steigt seufzend wieder ins Bett. Maï hält ihm die Hand, ihr Blick wacht von fern, die Peitsche Ovides knallt, und das Pferd fängt wieder an, im Kreis zu gehen, die Reiterin, zu paradieren.

»Schlaf schon, Toni. Du siehst so lieb aus, wenn du schläfst.«

Der Augenblick wird Ewigkeit um die beiden, er vergißt, Angst zu haben. Jemand wiederholt ein Wort, unablässig das gleiche: Argyrus, Argyrus ... Eine undurchsichtige Phiole enthält Gift zum Schlafen, rühr es nicht an, Toni. Wenn er die Augen zumacht, sieht er seinen ganzen Traum wie einen offenen Tresor, einen glücklichen Traum. Mamina ist nach Les Angéliques gekommen, sie hat das Waisenhaus für immer verlassen. Ihr langes weißes Haar ist gelöst, ihr Nachthemd aufgeknöpft, sie hebt die Arme, und Toni erkennt das Offensichtliche: alt sind an Mamina nur die Hände, die Falten des Gesichts und des Halses, doch unter ihrem Hemd hat sie den Körper eines Mädchens am Ende der Kindheit. O meine liebste kleine Großmutter, sie haben mich in einem Zug sitzenlassen, ich werde sie alle umbringen.

4

Maminas Stimme verfolgte ihn über Monate. Sie suchte seinen Schlaf heim, er traute sich nicht mehr, die Augen zuzumachen, nicht mehr, zu schlafen. Er flehte Mamina an, ihm nicht zu erscheinen, er hielt sich für verrückt, er kniff sich. Die Stimme konnte ihn streifen, ein paar Wörter wie ein Windstoß, *du wirst mich vergessen, Toni*. Jenseits der Meere schlief friedlich Maï. Tagsüber hörte er nichts, hielt sich für genesen. Doch abends kam sie wieder, Mamina lauerte ihm zwischen den Schilfrohren auf, Toni erlebte noch einmal die schlaflosen Nächte von früher, er sprach mit sich selbst, wobei er sich einbildete, ihr zuzuhören. *Ich habe das Zimmer betreten, und sie hat »Guten Tag, Herr Doktor« zu mir gesagt. Da war dieser Wassertropfen, der von der Decke fiel und in der krebsfarbenen emaillierten Blechschüssel aufprallte. »Das Strohdach«, hat sie gesagt, ohne sich zu rühren, die Augen zur Decke gerichtet. »Seit drei Tagen. Es ist wie Herzschläge, die von der Decke fallen. Es darf bloß nicht aufhören.« Es hat aufgehört, Mamina, ich kann nichts dafür. Mit Ovide ist es genauso, sie haben seinen Zirkus abgebaut und die Tiere ins Tierheim gebracht. Sie hätten die Salamoks auch hinbringen können. Und du, wo bist du? Ich habe deine Medikamente und deine Stöcke gestohlen. Sie haben mir angst gemacht, deine Stöcke, Holzbeine von Krüppeln, hätte man glauben können, deine kohlegeschwärzten Knochen, hätte man glauben können. Als würdest du dich auf deine Knochen stützen, um zur Toilette runterzugehen. Aber mach dir keine Sorgen, Mamina, deine Hände waren zart und warm, so glatt wie das Stopfei, sanft wie deine Stimme.* Und die Erinnerung überwältigte Toni. *Ich sagte zu ihm, Milo, du bist der sanfteste Mann, den je eine Frau geheiratet hat in diesem Land der Binnengewässer, das unbarmherzig ist seit der Arche Noah. Du bist nie den Mädchen nachgelaufen, du hast deinen Verdienst vom Kahn nicht am Tresen der anderen Gemeinden vertrunken, und nie bist du besoffen heimgekommen, nie hast du die Hand gegen mich erhoben, nie hast du die Messe versäumt und glaubtest doch nicht an Gott. Du hast gesagt: wenn das Tier tot ist, gibt's nichts mehr, Gott kann auch nichts machen. Unter diesem Gesichtspunkt, Milo, bereue ich nicht den Tag, an dem du deine weißen Handschuhe angezogen hast, um unter dem Apfelbaum, den die Wespen umschwirrten, mit meiner Mutter zu sprechen. Der sanfteste Mann, den eine Frau seit Noah geheiratet hat. Langweilig und sanft wie der Nebel. Ich habe kein Sitzfleisch, Milo, ich weiß nicht, wohin ich gehe, aber ich gehe, an den Seen entlang, ich komme wieder, ich gehe wieder, und du verstehst es nicht, du nimmst es mir übel, ohne etwas zu sagen. Als du nach Osten gezogen bist, in den Krieg, hast du mir nicht gefehlt. Ich fühlte mich wohl, zu Hause, ganz allein, mit einem Mann, der weit weg war, unterm Feuer der Deutschen, im Giftgas, im Kugelhagel. Ich betete darum, daß du nicht stirbst, ich schrieb dir jeden Tag. Ich liebte dich, wenn du weit weg warst. Ein so merkwürdiger Mann, Toni, das kannst du dir nicht vorstellen. Zu Weihnachten 1917 habe ich ihm ein Päckchen geschickt, eine Pferdewurst, verstaut in einer Schuhschachtel. Ich sagte mir, es ist ein Wunder, wenn es nicht gestohlen wird, wenn der Unteroffizier ihm die Wurst nicht wegfrißt. Doch nein, die Schuhschachtel ist wohlbehalten angekommen. Nun gut. Weißt du, was er getan hat, mein Toni, dieser schreckliche Dummkopf von Mann? Er hat sie nicht gegessen. Er hat die Wurst im nächsten Jahr mit nach Hause gebracht. Er hatte sie als Erinnerung aufbewahrt, dieser Dummkopf. Jeden Abend, bevor er einschlief, drückte er sie ans Herz. Wenn er ins Feuer ging, hatte er sie unter dem Soldatenmantel in der Tasche, und er dachte, daß ihm nichts passieren könne, solange er sie bei sich habe. Und ob er sonderbar war, dieser Mann! Er, der Wurzeln aß im Krieg und Rattenfleisch, er, der nicht an Gott glaubte, er hatte angefangen, an eine Pferdewurst zu glauben. Er ist verwundet zurückgekehrt, immer noch genauso langweilig. Mein Liebster hat die Stimme verloren. Er hat jahrelang dahinvegetiert, bevor er starb. Das war mein Kreuz, diesen braven Mann geheiratet zu haben, der starb, ohne zu sterben, mit all den Eisenstücken im Körper, all dem Gas, einem mit Niauliöl getränkten Wattepfropfen in den Nasenlöchern, einem Loch in jeder Wange, es hörte gar nicht auf. Begrabt mich bloß nicht mit ihm. Und tut nichts in meinen Sarg, nur eine Schaufelvoll Kohle aus dem Moor.* Noch eine Stimme sprach, ein Zittern, dessen Ursprung sich verloren hatte, ein Irrlicht: *Ich habe gewonnen, sagt der Schnee zu den geschmolzenen Flocken. Ich bin schöner und grausamer als der Regen. Die Toten wissen es wohl. Die Toten ernähren sich von Schnee.*

In seinem Wahn und seiner Trauer vernachlässigte er die Schule. Er kam zu spät, machte seine Hausaufgaben nicht mehr, verkürzte die Lernstunden mit seinem Vater und verbrachte die Abende träumend auf seinem Boot. Später würde er Maï heiraten. Kein Schatten bedrohte ihre Liebe. Weder sie noch er sprach darüber. Das Schweigen der Verschworenen. Sie würden am Meer heiraten. Er brauchte nur zu Maï zu sagen: Komm, wir gehen, und sie würden fliehen. Manchmal sorgte sich Maï: Aber wohin gehen wir, Toni? Er antwortete stets: Ans Ende der Welt. Wir werden in alle Länder reisen. Sie sagte: Wie machst du es mit deiner Mutter, kommen wir nicht zurück? Sie würden zurückkommen, wenn sie jede Menge Kinder und viel Geld hätten.

Maï ging in Lanvaur zur Schule, in den Cours Notre-Dame, er ins Lycée Vaucanson. Abends holte er sie mit einer Apfeltasche ab. Sie gingen an den Seen entlang nach Hause. Er stellte ihr Fragen über ihre Freundinnen. Er wollte alles wissen. Wenn Maï sich von einem anderen Mädchen begleiten ließ, fand er sich heftig schmollend hinter zwei leidenschaftlichen Klatschbasen wieder und hielt sich für ihr Opfer.

In Les Angéliques angekommen und wieder mit Maï allein, sagte er: »Die ist doof! Wie kannst du sie ertragen?« Dann ging er auf seinen Kahn. Die Mädchen wollte er in Maïs Umgebung ja dulden. Was die Jungens betraf, da richtete er es so ein, daß sie nie welche sah. Und sie sah auch nie welche, abgesehen von den kleinen Dummerchen aus dem Katechismusunterricht. Außer daß sie rot wurden, machten sie keine Annäherungsversuche. Nicht wie Julius, der Frauenheld vom Lycée Vaucanson, von Lanvaur, von überall. Sein bester Freund. Einer von den Antillen. Er war fünfzehn Jahre alt, Toni zwölf. Julius packte ihn an den Schultern und sagte ihm Auge in Auge: »Du bist mein Bruder, Toni.« Und Toni warf sich in die Brust. Dem Jungen von den Antillen lagen alle Mädchen zu Füßen. Sie warteten zu mehreren auf ihn, um ins Café zu gehen. »Wo gehst du denn hin?« sagte Julius zu Toni. »Komm wieder.« »Ich kann nicht, meine kleine Schwester wartet auf mich.« Eine ungewöhnliche kleine Schwester, die gar nicht so klein war. Eine kleine Schwester, die er eifersüchtig hütete. Besser, er hielt den schönen Julius auf Abstand. Er hatte ein radikales Mittel. Gaétans Rassismus. Der Onkel schoß auf Ausländer, und je dunkler sie waren, um so mehr schoß er. Die beiden Freunde sahen sich in Brissac, bei Julius im Laden, das war auch lustiger. Toni verbrachte dort seine Mittwochnachmittage. Für seine Mutter und für Maï war er beim Karate. Für Julius würde er später eine sechzehnjährige Geliebte treffen, Nina, unsterblich verliebt, eine Chinesin, mein Lieber! Brüste wie Brioches aus Elfenbein, eine seidene Zunge, nächstes Jahr wird geheiratet, der Papst ist einverstanden. Julius hörte zu, ohne etwas zu sagen, entspannt, lächelnd, betörend mit seinen blauen, so leeren und so blauen Augen. Ein verwaschenes Blau, sagten die Mädchen.

Am Sonntag war Toni Ministrant, und nachmittags vermietete er seinen Kahn. Um die Gimpel anzulocken, hängte er ein einladendes Schild am Zugang zum Anlegeponton auf. KOSTENLOSE RUNDFAHRTEN. TRINKGELD VERBOTEN. Er wartete in seinem Boot, bereit, abzulegen. Die Leute kamen näher, entdeckten ein hübsches schwarzes Boot mit rotem Streifen: die Souris des Mers, von der Form eines Papierschiffchens. Einen Schritt weiter lasen sie das Schild, und los ging's. Draußen auf dem Moor stank das Geld nicht mehr.

Toni bezauberte die Fahrgäste mit seiner Schiffermütze, seinen nackten Füßen, seinen löchrigen Jeans, seiner melancholisch-schalkhaften Art, seinen Kaugummis gegen die Seekrankheit, seinem Zunderfeuerzeug, das er lässig auf dem Schenkel anrieb, und seinen unwahrscheinlichen Geschichten. An den Tagen, an denen Maï ihn begleitete, stellte er sie als die letzte Fee der Seen vor. Von allen Schiffern der Lagunen war er sozusagen der einzige, der über die Legenden auf dem laufenden war: »Hört, hört, brave Leute ... Zu der Zeit, als es Viviane und Merlin nicht gab, als dort drüben auf der Siebenschläferinsel die Leichen verschimmelten, war dieses ganze Land nur ein dichter Wald aus schwarzen Bäumen, den Mortas. In einem Schloß lebten ein Herr und seine Dame, mein Großvater und meine Großmutter, also meine Ahnen. Der unterirdische Gang der Templer, den Sie linker Hand bemerken, ist nur aus den Trümmern des Schlosses gebaut worden. Das sieht man, schauen Sie: nichts als Trümmer ... Woher ich es weiß? Von der Fee. Die Fee sagt mir alles. Sie hat keine Geheimnisse vor mir. Stimmt's, Fee?«

Wenn Maï protestierte, spritzte Toni sie mit dem Ruder naß und schwieg. Dann vergaß er sein Ehrgefühl und setzte seine Reden fort. »Da! Wir passieren genau die Stelle, wo einmal das Schloß stand. Spüren Sie, wie sonderbar wir schwanken?« Mit den Füßen verursachte er ein leichtes Schlingern, und die leichtgläubigen Gemüter, stets Frauen, kreischten entzückt. Als sie an dem deutschen Geschützturm vorbeifuhren, beschwor er mit Hilfe von Maminas Erinnerungen und ihrer Stimme auf seine Art den Krieg. »Mein Großvater Milo arbeitete im Arsenal von Lanvaur. Er klaute den Deutschen Pulver. Für sein Jagdgewehr. Aber das Pulver war nicht fein genug. Man mußte es erst in der Kaffeemühle mahlen. Ganz vorsichtig, sonst ging die Kaffeemühle in Flammen auf. Ich durfte mahlen. Die Fee füllte die Patronen, nicht wahr, Fee?«

»Da wart ihr noch nicht geboren«, sagten die Fahrgäste.

Toni lächelte.

»Das Moor ist geheimnisvoll, man muß nicht alles verstehen wollen. Wissen Sie, warum dieses Boot Souris des Mers heißt?«

»O nein«, sagten die Fahrgäste.

»Na eben! Ich auch nicht! Mein Großvater hat es getauft.«

Er hatte auf alles eine Antwort. Und wenn er keine fand, legte er zwei Finger in den Mund und pfiff den Fröschen, das machte ihm so leicht keiner nach.

Wenn der letzte Bus abgefahren war, lief die Souris des Mers leer aus. Sobald er die Blindschleicheninsel hinter sich hatte, drehte Toni seine Taschen um. Die Fee half ihm, die Einnahmen zu zählen. »Das ist für dein Kleid«, sagte Toni, »wenn wir heiraten.« Sie badeten. »Du glaubst mir nicht«, fing er wieder an, auf dem Dollbord ausgestreckt, »aber wir werden heiraten. Wir werden auf meiner Insel heiraten ...« »Zeig sie mir doch mal«, sagte Maï. »Niemand hat sie je gesehen, deine Insel.« »Wenn wir heiraten. Das wird unsere Hochzeitsreise sein.« Der Kahn wurde abgetrieben. Toni nahm das Ruder wieder, und die beiden gingen ein Eis essen auf der Terrasse des Butor, eines auf Pfählen stehenden Cafés zwischen Saisine und Brissac. Sie saßen den Seen zugewandt und dösten. Die Grasmücken setzten sich auf ihre Schultern oder auf die Stühle in der Hoffnung, sie bekämen zu trinken. Toni ließ sie sein Eis picken und versuchte sie zu streicheln. Die Vögel dankten mit kindlichem Piepsen, auf das er antwortete. Maï lächelte und gähnte dazu. Sie waren schon verheiratet, Pech für den Papst, die Grasmücken waren einverstanden. Der Tag begann sich zu neigen, der Horizont färbte sich orange, und das trübe Licht schien müde von der Sonne.

»Meine Mutter wird wieder schreien«, seufzte Toni.

Und sie gingen nach Hause.

In Les Angéliques schrien sie sich oft an. Täglich. Gaétan und Maryse, Irène und Lucien. Schreihälse von Gottes Gnaden. Das Geschrei jagte Toni Angst ein, das Geschrei ließ ihn an Schläge denken. Das Geschrei war der Auftakt zu Raufereien, zu Morden. Das Geschrei ließ ihn an den Tod denken. Wenn es zu laut wurde, nachts, bei den Sauveurs oder auch im Zollhaus, dann flehte Toni Maï an, ihn auf ihrer Insel aufzunehmen, und wartete niedergeschmettert, mit dem Rükken zur Wand, ein Kissen über dem Kopf, bis die Schreierei zu Ende war. Darauf kehrte er in sein Zimmer zurück und ließ das Licht an. Er beobachtete die Schatten. Zwischen der

Schreierei und den Schatten, zwischen dem Tod und den Schatten bestand ein verfluchter Pakt. Schlösse er die Augen, würde er sterben.

Mitte Juni schien ihn die Nachricht zu bedrücken, daß er sitzengeblieben war. Aber es scherte ihn nicht. Maï schaffte die Versetzung glänzend. Um so besser für sie. Er war stolz auf ihren Erfolg. Das ist meine Cousine, sie gehört mir. Sein Kind, sein Spielzeug. Die Mutter hielt ihm aus Pflichtgefühl eine Strafpredigt. Du bist nicht begabt fürs Lernen, aber trotzdem. Wenn du nicht so faul wärst ... Nun, diesen Sommer wirst du arbeiten. Dein Vater wird enttäuscht sein, der Arme. Jetzt geh und sag es ihm.

»Geh du, Mama, ich traue mich nicht.«

»Das ist deine Pflicht, Toni! Du hättest ja besser lernen können. Wenn ich an all die Mühe denke, die er sich mit dir gibt.«

Mit einem Lachen auf den Lippen trollte er sich zum Zollhaus, einem Nebengebäude, das an den Schuppen angebaut war, ebenfalls weiß, unter dem Putz kam der gestampfte Lehm zum Vorschein. Das während des ganzen Jahres geschlossene Schalterfenster auf der Straßenseite verschwand im Frühling unter den Flammen des Geißblatts, die blauen Fensterläden auf der Gartenseite blieben aus Gründen, die Lucien nicht erklärte, offen. Stumm in bezug auf seine Ängste und Phobien, flüchtete er sich in nebulöse Theorien, berief sich auf die Griechen, auf die goldene Zahl, auf die von Ingenieur Fresnel formulierten Gesetze der Lichtstrahlung, auf Ptolemäus. In Wirklichkeit liebte er es, die Bewegungen der Seinen im Hof zu beobachten, und verzeichnete ihr Kommen und Gehen mit der Sorgfalt eines Leuchtturmwärters.

Am Eingang hing ein Glöckchen, das von einem Draht bewegt wurde. Die Tür ging auf, Lucien erschien.

»Schau mal, Papa«, sagte Toni und faßte mit der Hand in die Tasche. »Das ist vom Motor des Zollboots. Eine Zündkerze für eine Zehn-PS-Maschine.«

»Großartig, Toni«, rief sein Vater aus. »Ist das für mich? Du verwöhnst mich!«

Die vom Sohn gestohlenen Kerzen bereicherten die Sammlung des Vaters, und die Sammlung, zweiunddreißig Stücke, zeugte von einem erbitterten Kampf gegen die Motorkähne, die die Gewässer verseuchen, den Laich schädigen, die Photosynthese und die für die Wasservögel und Fische unerläßliche Ruhe stören.

Toni und Lucien. Zwei, die unter einer Decke steckten. Sie verstanden sich um so besser, als sie einmütig den Unterricht im Gymnasium verachteten. Die angebliche Abendschule im Zollhaus wiederholte nur immer wieder ein berauschendes Wissen: die heidnische und die sakrale Magie, die Übertragbarkeit der Verdienste, die Apokalypse des Johannes, Gulliver und die sieben Zwerge, Sindbad und die vierzig Räuber, Ilias und Odyssee. Lokaler: die Vegetation der Seen, das Kraut für die Zauberkräfte, die Nachtkerze für die Esel und der Baldrian für die Katzen, das wandernde Torfmoos und der Sonnentau, eine fleischfressende Pflanze, sie ist flink wie ein Affe, Toni, sehr beunruhigend mit ihren rosettenförmig angeordneten roten Blütenblättern, wie eine Frau, die Säfte ausscheidet, um ihre Beute zu verführen, die Sommermücke, die Larve der Erntemilbe ... Aber all das verschwindet, Toni, die Touristen sind Mörder. Der Privatbesitz bringt die Tiere um ihr fundamentales Recht auf Stille. All diese Leute, die die Gegend zerstören, lieben angeblich ihre Schönheit! All diese Flegel mit mechanischem Antrieb! ... Eines Tages werden sie aufhören, alles kaputtzumachen, merk dir das. Das Meer wird wieder ansteigen, der Ozean wird wieder den Weg in die Lagunen finden. Und du auf deinem Kahn, du wirst der König sein. Sei gegrüßt, König der Moore ... Entlegener: die Pariser Metrostationen, die für Lucien eine regelrechte Enzyklopädie darstellten, keine Geschichte entging seiner Namenskunde. Samstags: lautes Vorlesen aus der Bibel oder Moby Dick, dieser Wal, der aus den Sphaignes stammte, aus der Zeit, als die Moore noch den ganzen Planeten bedeckten. Aus der Zeit, als die Genesis und die Sphaignes ein und denselben glücklichen Planeten bildeten, der nur von Kindern bevölkert war.

Toni schenkte seinem Vater nur flüchtige Aufmerksamkeit. Er saß am Rollschreibtisch, wo er zwischen den Medikamenten Platz geschaffen hatte, zeichnete Maïs Körper, Maïs Gesicht, die Schlitzaugen, und stellte unvermittelt eine Frage, wenn er Gefahr witterte, wie es in der Schule seine Gewohnheit war. Manchmal kam das Thema seinen Obsessionen entgegen, er wollte alles wissen, klammerte sich an abstrakte Vermutungen, die ihm Herzklopfen machten. Wo befanden sich die Sphaignes? Genau, Papa, auf deinem Globus erkennt man nichts, Frankreich sieht aus wie eine Kaulquappe. Der Vater breitete eine alte Karte mit durchbrochenen Faltlinien aus. »Hier«, entschied er, indem er mit dem Zeigefinger auf ein rätselhaftes Piktogramm tippte, das vielleicht die Büsche und Kräuselungen eines Weihers nachahmte. »Aber wo ist hier?« fragte Toni genervt. »Nirgends«, seufzte Lucien, »du hast recht. Dieses Land ist nur Täuschung und Dreck, verzeih mir. Wir sind ein unbekanntes Moor, Toni, eine vergessene Einsamkeit, fern von Städten und Zeiten. Nicht wie die Brière oder die Moore des Poitou.« »Welche Städte?« wollte Toni wissen. Lucien nuschelte, schlug sich an die Brust, versuchte, die Bescheidenheit des amphibischen Königreichs zu entschuldigen, von dessen unermeßlicher Größe die Weltkarte nichts wußte. Er warf sich die verrosteten Schleusen vor, das saure Regenwasser oder die von den Landwirten weggeschütteten blutgerinnungshemmenden Mittel, die Knauserei des Präfekten, der den täglichen Wasserstand bestimmte, er gab die Kleinheit der Ortschaften zu: »Lanvaur ist nur ein Flecken, ich weiß, Saisine ein Kaff ..., aber hier hast du Poitiers, Sitz der Präfektur des Departements Vienne, eine auf der Welt einzigartige romanische Kirche. Hier Bressuire, hier Châtellerault. Weiter unten ist Angoulême, wo ich geboren bin. Im Westen Rochefort, die schönsten Schiffswerften unter Mazarin.«

»Wir dagegen sind nur ein Fliegendreck«, seufzte Toni traurig.

Das war das flache Land der Sphaignes zwischen Soubise und Niort, zweitausend Hektar Heide und Lagunen in 46° 55' nördlicher Breite und 2° 51' westlicher Länge, eine Angabe, die den Meridian von Paris zugrunde legte, auf der alten Karte von Großvater Milo, als dessen Chefkonservator Lucien sich eingesetzt hatte, wie er auch die preußische Pistole und die Granatsplitter aufbewahrte, die sein Vater von der Front mitgebracht hatte. Toni würde das Erbe als Mitgift zur Volljährigkeit bekommen. Auf die Moore, ihre Geschichte und ihre Zukunft, ihre Ökologie, ihr tägliches Funktionieren, kam Lucien immer wieder zu sprechen. »Das Torfmoos, Toni, ist kein gewöhnliches Gras, kein kleinbürgerlicher Rasen. Das ist ein trügerisches und unstetes Gras, eine zigeunerhafte Vegetation. Es kann Inseln bilden und untergehen wie ein Schiff. Es kann unter ganzen Herden versinken. Das lebende Torfmoos hält auf dem Grund des Wassers nur durch das tote Torfmoos. Und weißt du, wie? ...« In seiner Begeisterung stellte er sich vor, auch seinen Sohn zu begeistern, der nicht viel wußte von den Lagunen, vom Umgang mit dem Wehr, vom Einfluß der Gezeiten auf das Anschwellen der Gewässer in einer weit vom Meer entfernten Region; vom Gleichgewicht der durch die Abflüsse regulierten Fluten, vom Spiel der verschiedenen Wasserläufe, die die Sphaignes mit dem Ozean verbanden – daher das Salz der Seen, die immer zum Zeitpunkt der Tagundnachtgleiche gestrandeten Quallen, daher die massive Verschmutzung nach der Explosion des Öltankers Princess Irene im Hafen von Saint-Nazaire. Plötzlich pries Lucien den Aal oder den Schlick, das unterirdischste der Ökosysteme, das Grab der torfgewordenen Mortas, jener legendären Bäume, die vor dreitausend Jahren versunken sind. Wenn Toni sah, wie er sich plagte, dachte er: »Was machst du denn hier, Papa? Geh hinaus. Komm mit mir, komm auf meinen Kahn. Ich habe eine Insel entdeckt ...« Er unterbrach ihn nie, wurde nie grob. Sein Vater war ein großartiger alter Zauberer, dessen Possen er zwar nicht so gern mochte, so wenig wie seinen fleckigen Schlafrock, die rauhen Wangen und den Apothekengeruch, aber er war ein verdammter Zauberer. Sein Vater wußte alles. Unter seinem Schlafrock verbarg er Muskeln aus Stahl. Sein Vater war stärker als Julius. Toni ärgerte sich schwarz, wenn Maï sich die Nase zuhielt und sagte, er rieche schlecht.

Und jeden Tag verließ Toni das Zollhaus, ohne die beiden Fragen gestellt zu haben, auf die seine Erinnerung und sein Körper insgeheim eine Antwort forderten: »Warum sind wir in die Sphaignes gekommen? Warum wohnst du nicht mit uns zusammen?« Sein Vater hatte so oft die unmittelbar bevorstehende Rückkehr angekündigt, daß er nicht mehr daran glaubte. Er war weiß Gott manchmal überzeugend. Er gratulierte seinem Sohn, dem Anstifter zu einem Beschluß, den er von sich aus nie gefaßt hätte. »Danke und bravo, Toni. Du hast einen Knoten gelöst, den selbst Alexanders Schwert schlicht nicht hätte durchschlagen können. Aber daß deine Mutter sich nicht untersteht, meinen guten Willen durch ihr Gequatsche zunichte zu machen, sonst werde ich mich noch mehr isolieren. Ich packe nur meine Siebensachen und kehre an den häuslichen Herd zurück. Heute abend, zum Beispiel, bei Sonnenuntergang, was hältst du davon? Ein schöner Augenblick für eine Haftentlassung. Ich habe lange ausgehalten, weißt du, fast zehn Jahre. Warte draußen auf mich, sonst traue ich mich nicht hinein. Vergiß mich bloß nicht.« Doch abends, zerknirscht und lächelnd: »Sei mir nicht böse, Toni, ich habe die Versuchung überwunden, ich kann noch ein paar Tage widerstehen. Der Wille hat sein letztes Wort noch nicht gesprochen. Ich bin ein alter Naivling, weißt du, ich überlebe dank der omertà, kennst du das? ... Diese Mauer des Schweigens um die Sünde eines einzelnen, die zum Schatz aller wird.«

5

Zu Johanni brach der Sommer aus, eine Hitzewelle überflutete das Moor. Der mörderische Azur sog das Wasser der Sphaignes auf, die Alten litten Durst, die Tiere waren am Ersticken, das Licht über den Lagunen wurde trübe. Die Weiden gingen ein, das welke Schilf wurde gelb. In den Gärten verdorrten die Früchte am Stiel, kaum daß sie sich gebildet hatten. Die wunderbaren Quellen boten den hilflosen Vögeln nur noch brennend heißen Kies. Auf dem Land kauten die am Fuß der Böschungen hingelagerten Kühe schotterfarbenes Gras; alarmiert durch den Wasserstand holten die Bauern die Schaluppen heraus, um das Vieh auf die Inseln zu bringen. Treibende Grasmatten verstopften die Kanäle, die man nun durchwaten konnte. Ganze Ufer zeigten ihre schillernde Unterseite, die der rissigen Lasur alter Gemälde glich. Die speerbewaffneten Aalfänger durchkämmten den Schlick inmitten von Ratten, die in den Drecklachen halbtote Fische verschlangen.

Die Touristen waren glücklich über den Sommer. Picknicks, Sonnenbäder und Schattenbäder unter dem flimmernden Dach der Weiden.

An einem Augustabend, der nach Minze roch, bei der Rückkehr von einer Bootsfahrt mit Maï, sah Toni auf dem Pflock zum Vertäuen einen erdigen Handschuh, das Eilsignal zwischen Julius und ihm. Er ließ ihn unter der hinteren Bank verschwinden.

»Was ist das?« fragte Maï.

»Ein Dings«, beschied Toni schroff. »Für die Vögel.«

Der Nachmittag war schlecht verlaufen. Sie hatten allein gebadet. Maï hatte ihre schwarze Brille und ihr T-Shirt anbehalten. Sie hatte den ganzen Nachmittag gelesen. Zum ersten Mal hatte sie gesagt: »Was für ein Langweiler du bist, bring mich heim ...« Vielleicht stellte er ihr ein bißchen zu viele Fragen? Vielleicht heiratete er sie ein bißchen zu oft? Vielleicht liebte sie ihn nicht mehr? Wenn das der Fall war, dann wollte er Gewißheit haben, dann wollte er wissen, dann wollte er ihr Geständnis hören, dann würde sie gestehen.

Die beiden gingen nach Les Angéliques zurück. Maï beschleunigte den Schritt. Als sie ankamen, sagte Toni zu ihr:

»Nun? Willst du immer noch in ein anderes Zimmer umziehen?«

»Mehr denn je. Und ich muß dich sogar um einen Gefallen bitten.«

»Nur zu.«

»Schlaf bitte in der Hängematte. Dein Bett quietscht. Man hört es im ganzen Haus.«

Sie stieg über das Mäuerchen und ging durch den Garten davon. Toni verzog sich in den Schuppen.

Hinter den Kaninchenkäfigen hatte er zwei Gucklöcher gebohrt. Das eine ging aufs Zollhaus hinaus, das andere, an der Südseite, auf das Badezimmer der Familie. So konnte er seinen Vater beobachten. So gedachte er als erster in den Genuß von Maïs Weiblichkeit zu kommen, die abgesehen von dem adretten Flaum auf den Unterarmen noch unmerklich war. Doch durch einen Irrtum, den er sich nicht erklären konnte, so als hinkte das Haus oder als wiegte es sich in den Hüften, um seine Pläne zu vereiteln, mündete sein Ausguck in Bodenhöhe. Er schaute trotzdem hindurch, er sah die Kleidungsstücke fallen, er sah die Füße, er hörte das Wasser laufen, hörte Geraschel, Gemurmel. Nach einer Weile blickte er nur noch in eine Dampfwolke. Er gab nicht auf. So verhüllt diese Intimität auch war, so frustrierend, er holte sich ein Stückchen davon mit Hilfe des Gucklochs und begann zu träumen: Maï war da, nackt, seine Verlobte, bald würde Maï ihm gehören. Die Stirn an den Stein gedrückt, tat er die schönsten Liebesschwüre, hockte im Geruch der Kaninchen, die um ihn herum mümmelten, und stellte sich vor, die Wand würde des Wandseins überdrüssig, Maï erschiene nackt im Dampf.

Wieder einmal bespitzelte er Dampfschwaden. Er setzte sich auf den Boden, angelehnt ans Büfett. Die Sauveurs zogen nicht aus, nicht im Moment jedenfalls, Maï war es, die auszog. Sie zog einen Stock tiefer. Sie würde von nun an Maminas Zimmer bewohnen. Eine finstere Idee, die Gaétan von der Mutter eingeblasen worden war. »Maï ist jetzt groß, du auch. Das ist nicht gesund ... Ihr werdet euch beide wohler fühlen.« Was soll das heißen: gesund, nicht gesund, ungesund? Bluff, wie im Katechismusunterricht. Groß? Sie hatte nicht mehr Brust als eine Kuchenschaufel. Halt's Maul, Mama. Wer hat sich denn um sie gekümmert bei ihrer Ankunft? Wer hat sie aufgezogen? Wer ist nachts aufgewacht, um sie zu beruhigen? Wenn jemand nicht gesund ist, Mama, dann bist du es. Du tätest besser daran, bei Papa zu schlafen. Du sollst es mir büßen! Maï brauchte nur nein zu sagen, Maï hatte ja gesagt. Und heute morgen, kaum aufgestanden, packte sie ihre Sachen, und er fuhr sie an, versetzte ihren Klamotten Fußtritte, stieß sie die Treppe hinunter. Zugegeben, sie hatten die ganze Nacht gestritten, zugegeben, er hatte das Meer weggerissen und seine Verlobte grob behandelt. Aber er war der Ältere. Er hatte Rechte. Drecksnacht! Er wollte mit Maï sprechen, er verlangte Erklärungen. Sie weigerte sich zuzuhören, den Kopf unter den Decken vergraben, die Hände auf die Ohren gepreßt. Er drohte ihr weinend, schüttelte sie, beschimpfte sie. Nichts zu machen. Als er sich wieder schlafen legte, hörte er Schritte, die sich entfernten, und sah an der Wand einen Schatten verschwinden. Hau ab, Mama.

Er verabscheute sich. Er fand sich häßlich, dumm, unwissend, lächerlich und ungeschickt. Aber eben: Je lächerlicher und ungeschickter er war, um so mehr sollte Maï bleiben, ihn lieben, ihn heiraten, ihm Kinder schenken. In Wirklichkeit war er nur in seinen eigenen Augen lächerlich und ungeschickt. Ihre Pflicht war es, ihm zu beweisen, daß er schön, brillant, unvergleichlich war, sogar schöner als Julius, wenn er an den Ringen das Kreuz machte.

Was mochte er Maï nur getan haben? ... Gewöhnlich versöhnten sie sich gleich wieder, wenn sie sich zankten. Sie schielte aus ihren schönen schwarzen Augen, und es war vorbei. Seine Cousine veränderte sich. Seit Maminas Tod veränderte sie sich. Sogar vorher schon. Die anderen sahen nichts, aber er sah alles, er registrierte die kleinsten Zeichen. Er strich ihr nicht mehr die Brote beim Frühstück. Sie lehnte es ab. Die CD von Pink Floyd, die er zu ihrem Geburtstag extra in Lanvaur bestellt hatte, hörte sie nie. Abends saß er nicht mehr auf ihrem Bett und erzählte Geschichten. Sie begleitete ihn nicht mehr zum Filmclub der Gemeinde. Sie war verträumt und kühl. Auf seine Fragen antwortete sie irgendeinen Unsinn, nur wenn sie unter sich waren, natürlich, nicht vor Zeugen, Herr Rabe saß auf einem Baum und hielt einen Käse im Schnabel ... Vor den anderen war sie nett und sogar beflissen, dabei nötigte sie ihn zu absurden Geständnissen der Unwissenheit: »Ich habe keine Ahnung, ob eine Ente mehr Federn hat als ein Huhn! ... Ich werde nicht nachzählen.« »Du weißt es nicht, das ist alles. Das macht nichts.« Und in ihrem Blick bemerkte er ein grausames Funkeln.

Er öffnete die Augen, und als er sein Handgelenk drehte, sah er in der Dunkelheit die grünen Ziffern seiner Uhr leuchten. Er wünschte sich etwas, doch keine Sternschnuppe erglühte auf dem Zifferblatt. Nichts ging mehr. Er verspürte ein Unbehagen bei der Erinnerung an den Handschuh, den er heute nachmittag auf dem Pflock gefunden hatte. Handschuh auf Pflock bedeutete: komm sofort ... Julius war also da gewesen, Julius hatte den Steg betreten, sich hier herumgetrieben, geschnüffelt, den Minzegeruch um Les Angéliques eingeatmet. Um ein Haar hätten Maï und er ihn bei der Ankunft vorgefunden. Was wollte er? Was mochte er bloß wollen? Er stellte ihn sich vor: lächelnd, spöttisch, die Zigarette zwischen den Lippen. Er stellte sich vor, wie er durchs Gartentor ging und am Haus läutete. Er stellte sich vor, wie Maï die Tür aufmachte und er zu lächeln anfing: Guten Tag, ich bin Julius, der Freund von Toni. Wer sind Sie? ... Er stellte sich vor, wie sich die Blicke von Maï und Julius begegneten, er stellte sich die schwarzen Schlitzaugen vor, die blaßblauen Augen, Maïs Lippen, das Lächeln von Julius. Er sprang auf die Füße. Wenn Julius gekommen war, würde Julius wiederkommen. Da war nichts zu machen, Julius würde heute abend wiederkommen, jetzt. Handschuh auf Pflock bedeutete: es eilt ... Wenn er nicht augenblicklich nach Brissac führe, würde Julius aufkreuzen, durchs Tor gehen und bei ihnen klingeln. Machte nichts, wenn er zu spät zum Essen kam. Blumenstrauß in Lanvaur, Reifenpanne, Rückweg zu Fuß, Knöchel verstaucht, seine Mutter würde es schlucken. Im übrigen war heute ein besonderer Tag. Les Angéliques hielt den Atem an. Die Erben zitterten um das Testament. Sie waren im großen Zimmer um den Notar versammelt und öffneten weit ihre Ohren und ihre Taschen. Toni holte sein Fahrrad heraus, blickte prüfend um sich und fuhr auf die Straße. Dann sauste er nach Brissac, einen Kilometer weiter südlich.

Während der Fahrt probte er halblaut die Szene. Tag Julius. Ich war mit Nina zusammen. Ich hätte sie dir vorgestellt. Sie ist so schüchtern. Sie will nicht. Das nächste Mal. Siehst du, das funktioniert mit dem Handschuh! Ich bin gleich gekommen. Er radelte pfeilgeschwind, das Kinn auf der Lenkstange, sein Herz klopfte zum Zerspringen. Bloß, mein Onkel ist ein echter Idiot. Er hat eine Knarre, mein Onkel, er knallt dich ab, wenn du wiederkommst. Also, laß dich nicht mehr bei uns blicken, sonst jage ich dir noch eine Kugel in den Kopf.

Er fand den Freund von den Antillen unter einem Sonnenschirm vor dem Laden, die Arme in einen mit rotgefärbtem Wasser gefüllten Zinkbottich getaucht. Julius trug einen blauen Arbeitsanzug, der über der Brust offen stand, einen breiten schwarzen Gürtel und ein Lederarmband am Handgelenk, wie ein Jahrmarktsherkules. Als er Toni sah, lächelte er breit und hielt eine blutige Masse ins Licht.

»Rinderzunge!« verkündete er. »Sie ist schön, was? Stell dir doch mal vor, du hättest das in der Hose ...«

Toni, ganz außer Atem, konnte nicht antworten. Mit dem Gesicht auf der Lenkstange ruhte er sich aus.

»Was ist los?« fragte er schließlich. »Warum hast du den Handschuh hingetan?«

»Nur so«, sagte Julius. »Um zu sehen, ob es funktioniert.«

»Es funktioniert gut, hast du gesehen? Ich habe nicht getrödelt.«

»Du mußt kräftig getreten haben«, sagte Julius. »Trotzdem war ich beunruhigt. Und siehst du, ich habe diese Zunge fertiggemacht, und dann bin ich wiedergekommen ...«

Toni blieb auf dem Fahrrad, ungeduldig, wieder loszufahren. Er hatte gut daran getan, zu kommen. Er war gerettet. Um ein Haar wären Julius und Maï sich begegnet. Sein Herz krampfte sich zusammen. So war es immer. Je mehr Julius lächelte, um so nervöser, mutloser, dümmer fühlte er sich. Julius war weder schön noch häßlich, aber er gefiel den Mädchen. Und da er zu viele hatte und sie ihm lästig waren, verteilte er sie an seine Freunde: »Du Penner, wenn du die da willst, dann nimm sie! Worauf wartest du? Ich schenke sie dir. Da, ich schenke sie dir zu Weihnachten. Ich stecke sie dir in den Stiefel.«

»Du bist wohl nicht gut drauf«, sagte Julius.

»Doch, doch, es geht ... bloß, mein Vater wartet auf mich.«

Julius zwinkerte ihm zu.

»Dein Vater und deine kleine Schwester ... Wie heißt sie wieder?«

»Marie-Thérèse.«

Julius rührte erneut in dem Zuber, zerteilte weißliches Gewebe, riß mit einer Messerklinge Adern heraus.

»Und wann kommst du wieder? Morgen?«

Toni runzelte die Stirn, als würde er überlegen.

»Einverstanden«, sagte er. »Ach nein! Morgen kann ich nicht. Nächsten Mittwoch, wenn du willst.«

»Zu spät«, sagte Julius. »Du hast Ferien, mein Lieber, der Mittwoch kann uns gestohlen bleiben. Marie-Thérèse wird dir ja wohl keine Szenen machen. Wie alt ist sie?«

»Sechs.«

Julius hob den Kopf, ein Lächeln auf den Lippen, dann schweifte sein Blick auf den Platz, und er winkte jemandem. Toni drehte sich um. Niemand.

»Hast du sie gesehen?« fragte Julius. »Eine Rothaarige. Jetzt ist sie schon zweimal vorbeigegangen, die Schlampe. Beim dritten Mal wird sie mich sicher finden ...«

Er hatte die Hände wieder ins Wasser getaucht.

»Es ist immer gleich und immer gleich gut«, seufzte er. »Also bis morgen, alter Junge, und grüß zu Hause.«

»Morgen nicht«, sagte Toni. »Mittwoch.«

Er spürte Julius' Blick auf sich, doch er sah seine Augen nicht. Er sah das Licht zwischen seinen Lidern, auf seinen Zähnen blitzen, sein ganzes Gesicht überfluten, woher kam dieses Licht? Er hatte das Gesicht voll Sonne, und seine Augen blieben unsichtbar. Woran dachte er? Wozu war er nach Saisine gekommen?

»Ich habe den Handschuh verloren«, sagte Toni, »du nimmst es doch nicht krumm?«

Julius brach in Gelächter aus.

»Keine Sorge, Kumpel, ich werde da nicht mehr hingehen, wenn es das ist, was dich interessiert. Dein Onkel ist ein Idiot, du kannst nichts dafür. Wenn du nicht gekommen wärst, dann ...«

Er legte die Zunge auf seinen Schoß, drehte den Bottich um, und das Wasser ergoß sich in den Staub.

»Warte hier auf mich, ich bin gleich wieder da.«

Mit der Zunge in der Hand verschwand er im Laden und kam einen Augenblick später mit einer Schachtel Lutscher zurück.

»Für Marie-Thérèse«, sagte er zu Toni. »Sie darf dir sogar einen schenken. Und verlier sie nicht, der Handschuh reicht.«

Er schlug ihm auf die Schulter, und dann begleitete er, am Sattel schiebend, das Fahrrad im Laufschritt bis zur Straße, Toni hörte ihn neben sich keuchen.

Auf dem Rückweg stellte Toni sich diesmal das Geschrei in Les Angéliques vor, die Szene mit seiner Mutter: »Woher kommst du, Toni? ...« »Ich? Von Maminas Grab. Mamina fehlt mir. Ich habe mir gesagt, eines Tages wird man dich hineinlegen, und mir war ganz sonderbar. Da habe ich dir Blumen kaufen wollen. Deshalb komme ich zu spät. Ich wollte dir Blumen kaufen mit all meinen Ersparnissen. Aber es war geschlossen. Ich habe eingekauft, wo geöffnet war, in der Bäckerei. Die Metzgerei war auch geöffnet, aber ich wollte dir keine Rinderzunge kaufen ...«

Kaum war er durchs Tor getreten, tauchte sie auf, zum Ausgehen angezogen, puterrot, mit einem vor Glück wirren Gesichtsausdruck, die Hände in den Jackentaschen, nie hatte er sie so erregt gesehen.

»Hier, Mama«, sagte er und überreichte ihr die Lutscher.

»Ich habe es eilig, Toni. Woher kommst du?«

Sie betrachtete die Schachtel, und ihr Mund verzog sich mehrmals zu einer nervösen Grimasse, die die Unentschiedenheit der Stimmung verriet.

»Du kannst sie ja deinem Vater anbieten, er liebt Süßigkeiten. Iß ohne mich zu Abend. Ich muß im Notariat mit Herrn Faucheux etwas durchsehen. Da ist er übrigens, sei sehr höflich.«

Der Notar kam den Gartenweg herunter, die Aktentasche unterm Arm, mit ausweichendem Blick. Er ging an Toni vorbei, ohne ihn zu sehen, jedenfalls gab er kein Zeichen des Erkennens. Irène holte ihn auf der Straße ein, und Toni ging zum Haus. Am Küchenfenster blieb er stehen, schaute hinein und sah die Familie bei Tisch. Scheinbar friedliches Abendessen, Maï hatte ein rotes Band im Haar.

Als er eintrat, fuhr Gaétan ihn an:

»Ach, da ist ja der Außerirdische! ... Oh, Verzeihung: der Herr Erbe. Hast du deine Mutter getroffen?«

Toni setzte sich zwischen Maï und Maryse. Seine Tante füllte ihm den Teller. Er hatte keinen Hunger.

»Hat sie's dir gesagt?« schrie Gaétan. »Ihr habt euch die Bude unter den Nagel gerissen, stell dir vor, die ganze Bude, sogar die Enten!«

Er zitterte wie noch nie, als würde er erfrieren. Als hätte er eine Alarmglocke an Stelle des Herzens.

»Weißt du, was wir haben? Willst du es wissen? Fässer voll Nebel, Krebsdärme ... Er hört nicht mal zu, der Trottel, hörst du mich, ja?«

»Ja, Onkel«, sagte Toni, die Hände unter den Schenkeln, zwischen Stroh und Haut.

Die Angst kroch in ihm hoch, Stimmen dröhnten an seinem Ohr, er wäre gern hinausgegangen.

»Hast du deine Großmutter geliebt?«

»Ja, Onkel.«

»Nein! Du hast sie nicht geliebt«, sagte Gaétan so laut, daß Toni zusammenzuckte. »Hast du verstanden: Du hast sie nicht geliebt.«

»Gut, Onkel.«

»Arschkriecher«, bemerkte der Onkel halblaut, und Maryse protestierte wütender:

»Jetzt reicht's aber, Gaétan, laß uns in Frieden. Immer mußt du ihn anmachen!«

Sie rauchte mit angewiderter Miene, die Beine übereinandergeschlagen, weit vom Tisch abgerückt, und drückte die kaum angezündeten Zigaretten in den kalten Nierchen aus.

Toni biß die Zähne zusammen. Maï erriet bestimmt, wie außer sich er war. Er wäre wieder ein Schisser, ein Waschlappen. Sie aß unbeirrt, abwesend, er sah ihre entspannte Hand auf dem Tischtuch und wagte nicht aufzublicken. Warum sagte sie nichts? Normalerweise fürchtete sie ihren Vater nicht und schickte ihn beim ersten Ärgernis zum Teufel. Man hätte meinen können, es sei Krieg oder das Ende der Welt sei gekommen. Das Erbe ist ihnen durch die Lappen gegangen, das war klar, recht geschah es dem Drecksack! Jetzt wohnt ihr bei meinem Vater, und es wird anders werden. Früher spuckte Gaétan große Töne und sagte, er schäme sich wegen der Nachbarn. Jetzt würde er draußen spucken müssen.

»Für dich ist die Sache erledigt, meine Tochter«, feixte der Onkel. »Wenn du keinen Doktor oder Notar kriegst, kannst du immer noch den Außerirdischen heiraten. Nicht daß er hübsch ist, der Außerirdische, aber er hat Kohle! Jetzt ist nicht mehr der Augenblick, sich zu zieren. Du hast kein Geld, mein Schätzchen, von heute an sind wir arm. Wir sind hier nicht mehr zu Hause. Im übrigen werden wir schnell den Platz räumen.«

Er schenkte sich ein großes Glas Bier ein, wobei er das Tischtuch begoß.

»Oh, da wird er auch noch rot, der Erbe. Sollte er vielleicht ein Auge auf sie geworfen haben?«

Er prustete quer über den Tisch und zeigte mit dem ausgestreckten Daumen, wie ein Tramper, der ein Auto anhalten will, auf Maï.

»Daß ich sie habe kommen lassen für einen Hanswurst wie dich, nie im Leben! Wenn ich dich ein einziges Mal dabei erwische, wie du um sie herumschleichst, dir Pomade in die Haare schmierst, um ihr zu gefallen, steck ich dich mit dem Kopf ins Moor.«

Zum hundertsten Mal seufzte Maryse, daß sie mit den Nerven am Ende sei, all dieser Lärm, all dieses Geschwätz, all dieses Bier, Toni würde wenigstens niemanden belästigen.

»Na und?« erwiderte Gaétan. »Man hat doch Geschlechtsorgane mit zwölf Jahren, oder? Nein, im Ernst, Maï, kannst du's dir mit diesem Schlaumeier vorstellen?«

Maï sagte, sie habe genug davon, sich von einem betrunkenen Mann in die Ohren brüllen zu lassen.

»Sie hat recht«, bekräftigte Maryse. »Wenn du dein großes Maul ab und zu halten könntest, wär's vielleicht nicht so weit gekommen.«

Gaétan bewegte eine Weile nur sprachlos den Mund, als wollte er beißen und schreien zugleich. Sein verschwommener Blick wurde starr und böse, als er an Toni hängenblieb.

»In Indochina hätte man die Alte in den Fluß geworfen, zu den Alligatoren, das kann ich euch sagen! ... Hätte dir das gefallen, Toni? ... Antworte mir. Hätte dir das gefallen, daß man sie den Krokodilen zum Fraß vorwirft?«

»Nein, Onkel«, sagte Toni.

»Doch, das hätte dir gefallen! Kapiert?«

»Gut, Onkel.«

»Gut, Onkel Gaétan!« befahl der Onkel.

»Gut, Onkel Gaétan«, flüsterte Toni, dessen Blase erlahmte. *Sie haben den Sarg verschweißt, sie haben den Schlitz und die Augen eingeschweißt, sie haben die Möwe eingeschweißt, sie haben die Hostie eingeschweißt. Sie haben die Läuse eingeschweißt, das Kindergeld eingeschweißt, den Kürbis eingeschweißt, sie haben die Augen, die schwarzen Läuse eingeschweißt, den Schlitz eingeschweißt.*

»Arschkriecher, Schisser, Waschlappen, ah! Du bist ganz der Sohn deines Vaters«, stellte der Onkel mit ruhiger Stimme fest, als verstünde sich die Sache von selbst.

»Jetzt läßt du ihn in Frieden!« rief Maï plötzlich aus. Sie sah ihm voll ins Gesicht. Man hätte eine Stecknadel zu Boden fallen hören.

»Ah, gut«, sagte er verdutzt in die Stille. »Ich habe ja gar nichts gesagt ... Ich kann nichts dafür, wenn sein Vater ein Schlappschwanz ist. Wenigstens ist er ein stinkreicher Schlappschwanz ..., hab ich recht, Toni? Und der da ist ein Schisser, hab ich recht, Toni?«

»Ja, Onkel Gaétan«, schluchzte Toni, und im nächsten Augenblick heulte er mit geschlossenen Augen: Ich hol meinen Vater, du wirst schon sehen! Ich hol ihn ... Mein Vater ist kein Schwächling, er haut dir eins in die Fresse, mein Vater. Er hat keine Angst vor dir, und außerdem gehört das Haus ihm.

Er ging hinaus, lief unter Tränen durch den Garten und läutete wie ein Verrückter bei Lucien. Die Tür öffnete sich einen Spalt auf einen mißtrauisch dreinblickenden Mann im Schlafrock.

»Papa«, schrie Toni und griff mit beiden Händen nach ihm. »Papa, du mußt kommen, bitte, du mußt Gaétan die Fresse einschlagen.«

Er schüttelte seinen Vater und versuchte, ihn nach draußen zu ziehen, er stöhnte:

»Komm, Papa, komm, wir schlagen ihm die Fresse ein, er ist nicht so stark.« Der Vater reagierte nicht, ließ alles mit sich machen wie ein Hampelmann, Toni hob ihn vom Boden auf, er hob einen Hampelmann auf: Komm Papa, ich flehe dich an. Wenn er losließe, würde der Vater mit lautem Gerassel in Stücke brechen. Ich flehe dich an, Papa, komm, wir bringen ihn um ...

Durch die Tränen hindurch entdeckte Toni dann einen zerbrechlichen und verwirrten Mann, dessen Brille gleich hinunterfallen würde. Er sagte kein Wort mehr und blieb stumm vor Lucien stehen, der sich mit der Miene eines Verurteilten zurechtmachte.

»Beruhige dich, Toni«, sagte er sanft nach einer Weile.

»Papa«, sagte Toni, »Gaétan ...«

»Erzähl mir nichts«, unterbrach ihn der Vater, »ich will nichts wissen. Sprich mir nie von ihnen.«

Er ließ seinen Sohn herein und verriegelte die Tür wieder.

»Wo ist deine Mutter?«

»Keine Ahnung. Ist mir doch egal.«

Toni setzte sich aufs Bett, Lucien zog seinen Sessel heran, legte die Fingerspitzen beider Hände aneinander und ließ sie einander tätscheln wie Liebende.

»Es mußte so kommen, Toni«, seufzte er mit gebrochener Stimme. »Jetzt ist es an dir, stark genug zu sein, um mich nicht zu verurteilen. Wohlgemerkt, ich habe mir keine Illusionen gemacht, als ich hierherkam. Kain flieht Jehova, aber er bereut. Ich habe keine Gewissensbisse. Und Gaétan ist nicht Jehova, soviel ich weiß. Sie haben dir abscheuliche Dinge über mich gesagt, nicht wahr? Sie wollen mich im Herzen meines eigenen Sohnes besudeln. Verurteile mich nicht, Toni, hör nicht hin. Lach ihnen ins Gesicht. Mit welchem Recht verachten sie mich? Glaubst du, dein Onkel Gaétan ist sauber, dieser Pharisäer der Hohlwege? Dieser Karnevalmörder? Er wird nie die Messe verpassen. Früher bin ich hingegangen. Sogar mit ihnen zusammen bin ich hingegangen, mit der ganzen Familie, ein einziges Mal, vor sehr langer Zeit. Als ich nach vorn ging, um die Kommunion zu empfangen, wollte dein Onkel mich daran hindern. Er sagte immer wieder: doch nicht der, der nicht ... Der Priester hat mich angesehen, dann hat er die Hostie genommen und vor aller Welt, vor allen Heiligen, der Jungfrau Maria, den kleinen Gänsezüchtern, die nach Mist stinken und deren Seele auch nach Mist stinkt, zu mir gesagt: Schwören Sie, daß sie es nicht wieder tun. Wenn Sie schwören, lasse ich Sie kommunizieren ... Stell dir mal vor, die Hostie, die Augen des Priesters und die Menge um uns herum. Eine ganze Messe, die an meiner Stimme hing. Und ich neige die Stirn vor all diesen Mistbauern und sage: Nein, ich kann nicht schwören. Wenn Sie schwören, lasse ich Sie kommunizieren. Nein, ich kann nicht. Und deine

Mutter, stell dir das vor, mit der Hostie im Mund, die dann ganz leise zu mir sagt: Dreckskerl, du Dreckskerl.«

6

Julius wartete vor dem Steinbruch auf Toni, in einer umgekippte Lore. Ein verfallener Lattenzaun wurde von mehr oder weniger umgesunkenen Pfosten gehalten, einer davon trug das Schild »Zutritt verboten«. Es wurde Abend. Von weitem sah man gegen den rosafarbenen Himmel Flaschenzüge und die Silhouette eines Krans.

»Was ist das?« fragte Julius beim Anblick des Drachens, den Toni an sich drückte.

»Ein Glücksbringer«, antwortete Toni. »Wir probieren ihn aus.«

Der Drachen vereinte verschiedene heilbringende und versöhnende Materialien: Maminas beide Stöcke, über Kreuz zusammengebunden unter ihrer Gartenschürze, Gummis, die Maï gehörten, Schnüre aus ihren zerschnittenen Strumpfhosen und, als Schwanz, Bänder und hineingeflochtene lange schwarze Haare aus ihrer Bürste. Auf der Rückseite sah man zwei große rotschwarze Schlitzaugen. Die Herstellung des Prototyps, eine auf der Geheimen entwickelte und bis ins letzte ausgefeilte Geheimmaschine, hatte zehn Tage gedauert. Ein schlecht angebrachter Knoten, der Flieger öffnet sich, und die Passagiere purzeln mit ihren Zahnbürsten durch die Wolken, die vorbeifliegenden Vögel knabbern die Goldtressen des Captains ab ... Wenn der Drachen flöge, gehörte Maï ihm. Wenn er zerschellte ...

»Rechne nicht mit mir als Stewardeß«, sagte Julius. »Und die Frösche?«

»Hab ich«, sagte Toni und zeigte auf einen Plastikbeutel an seinem Gürtel.

»Du darfst anfangen, Kumpel. Keine Lust, mir den Hintern durchlöchern zu lassen.«

Dann runzelte Julius die Stirn und lächelte gleichzeitig:

»Du siehst völlig fertig aus. Ist was?«

»Zu Hause. Die ganze Nacht Geschrei. Ich erzähl es dir dann.«

Er stieg auf die Lore, bekreuzigte sich und schlüpfte unter dem Zaun durch.

Der Sandsteinbruch war nur noch ein Geistergelände, wo an stürmischen Abenden Seilwinden ächzten. Im Sommer trafen sich dort die Schausteller zu den Schilffesten. Das Jahr über beherbergte der Steinbruch den Großen Zirkus Universal, in Wahrheit das kleinste aller Zirkuszelte, vergessen unter schimmligen Schnüren, das eingestürzte Erbe Ovides, eines launischen Alten, ehemals Dompteur, ehemals Clown, Witwer von Madame Merla, der am Ende seiner Irrfahrt angekommen war mit seinem abgeschabten Wohnwagen, seinem Laster voll grünbemooster Stangen und Seile und als letztem Gefährten im Exil einem koreanischen Esel namens Cucu. Cucu konnte zählen: Beweis dafür, daß er intelligent war. Er weigerte sich, es zuzugeben: Beweis dafür, daß er ein Esel war.

Der Zirkus war beinahe einen Monat auf dem Gelände geblieben und hatte auf die Rückkehr des Alten gewartet, der infolge der Explosion einer Gaslampe ins Krankenhaus gekommen war. Inzwischen hatte die Feuerwehr das Zelt abgebaut. Ovide war nur zurückgekehrt, um sich endgültig niederzulassen, als offizielles und erklärtes Strandgut des Ortes. Mit seinem impulsiven Naturell neigte er dazu, auf die Eindringlinge zu ballern und dabei Schreie auszustoßen, wie sie früher seinen wilden Tieren vorbehalten waren oder dem, was er seine wilden Tiere nannte, und sicher auch Madame Merla, der Kassiererin, die noch schlimmer war als die wilden Tiere. Im Frühjahr kam Gigi, seine sogenannte Nichte, Kunstreiterin und Wahrsagerin im Minirock, Schrecken der Ehefrauen nach der Messe. Und solange Gigi mit den Ehemännern im Röhricht herumtollte, geruhte Ovide, den sie an ihren Gewinnen beteiligte, seine Knarre am Nagel hängen zu lassen.

Toni hielt sich für den Freund des Alten. Er traute sich nicht in seine Nähe, doch er hätte geschworen, daß Ovide ihn gern hatte. Ovide, der Akrobat, Ovide, der Clown. Sie hatten so gelacht, Maï und er. Gelacht und gezittert, als er

Madame Merla in der Mitte durchsägte. Eines Tages hatte Ovide ihn als Dompteur verkleidet, und Maï hatte sich lustig gemacht, alle Kinder hatten ihn ausgepfiffen. Auch Ovide. Das war lange her. Toni wußte, welche Schwäche er ausnützen mußte, um ihn sich geneigt zu machen: die Frösche, ein unfehlbarer Passierschein. Durch ein Taschentuch angekündigt, legte er sie als Opfergabe nieder. Einmal hatte er sogar ein Rezept mit altem Rum an die Tüte gesteckt.

»Es ist ruhig«, sagte Julius, nachdem auch er die Hürde überwunden hatte. »Schau dir das an.«

Weiter unten hielten die Nichte und der Onkel Salon vor ihren Wohnwagen, die an der Flanke eines Hügels unter Kastanienbäumen standen. Der kleine Alte saß in einem Pullman-Sessel, Ausbeute eines Diebstahls oder irgendeines geheimnisvollen Geschäfts. Gigi kniete neben ihm und wusch sich in einer Wanne das Haar. Toni winkte ihnen freundschaftlich zu, schwenkte die Tüte mit den Fröschen und ließ sie, da er einen Empfang mit Schrot fürchtete, auf der Erde liegen.

»Also los, erzähl«, sagte Julius, als sie an ihrem gewohnten Platz saßen, zwischen zwei Steinblöcken, die auf dem grasbewachsenen Abhang eines Sandhaufens lagen.

Zu ihren Füßen dehnte sich ein holpriges Gelände, wo ein Gewirr verkrusteter Fahrspuren sich um Löcher voller Geröll herumwand. Der Kran überragte eine große grünliche Pfütze, in der seine Kette lag.

»Erzähl mir alles, und lüge ja nicht.«

Toni betrachtete den Freund von den Antillen, der mit geschlossenen Augen, die Hände hinter dem Kopf und ein Stück Streichholz zwischen den Lippen, im Gras lag. Er wirkte wie ein Däumling, der davon träumte, dem Riesen das Streichholz zwischen den Zähnen wegzustehlen und ihm damit das Herz zu durchbohren. Er hat sie alle gehabt, dachte er. In der Schule hat er sogar die Lehrerinnen und die Tochter der Hausmeisterin gehabt. Und als Maryse gesagt hat, er sei niedlich, hat Gaétan ihr sein Bier ins Gesicht geschüttet. Er hat sogar Gigi gehabt. Alle hat er sie gehabt, oder er wird sie haben.

Es genügt, daß er sie am Laden vorbeigehen sieht. Sie warten nur auf ein Zeichen, ein Blinzeln. Dabei pfeift er drauf, wie sie aussehen, er bastelt an seinem Traction, als würde er seine Kiste den Mädchen vorziehen.

»Also?« sagte Julius.

»Es ist wegen Nina. Wir haben Krach.«

»Na, so was!« sagte Julius. »Und warum?«

»Keine Ahnung.«

Und Toni beschrieb Julius Maïs Frostigkeit seit einiger Zeit, Maïs Schönheit und ihre Frostigkeit, sein Gefühl, nicht mehr von ihr geliebt zu werden, und seine Angst, sie zu verlieren. Und indem er sie beschrieb, indem er Maï hinter Nina versteckte, dachte er, Julius wird mir helfen, Julius muß es wissen. Julius kennt die Mädchen und ihre Zicken, ihr Theater und ihr Gerede, du läufst ihr nach, sie haut ab, du haust ab, sie läuft dir nach.

»Und welche Weiber hast du noch, außer Nina?«

»Keine. Ich hab niemand andern.«

»Was ist denn so toll an deiner Nina?«

Toni sah Maï am Anlegesteg, den über die Hüften gerollten Badeanzug, ihre Elfenbeinhaut, auf der die Wassertropfen schimmerten, ihren Mädchenbusen und ihren Schlitz, der sich unter dem glänzenden Stoff abzeichnete.

»Wir werden Kinder machen, vielleicht ist es das.«

»Vielleicht, in der Tat«, sagte Julius. »Und vielleicht solltest du auch andere vernaschen ... Stell sie mir auf jeden Fall vor, ich möchte mit ihr reden.«

»Gut, das nächste Mal«, sagte Toni und dachte: lieber sterben. Das galt auch für seine Schulkameraden. Nie würden sie Maï sehen, eine Schönheit, wie sie nicht einmal im Traum eine liebkosen würden. Sein Spielzeug, sein Kind. Sein Schicksal.

»Jetzt probier dein Gerät aus, ich denke nach. Und vergiß nicht, daß wir Froschbrüder sind, vergiß das nie.«

Das war letzten Monat auf der Souris des Mers, bei Julius' Seetaufe. Sie hatten ihre Freundschaft mit Blut besiegelt. Nachdem sie die Rohrdommelinsel umfahren hatten, bat Julius Toni um sein Taschenmesser, öffnete es und schlitzte sich die Daumenkuppe auf. Ein dunkler Tropfen kam heraus. Toni, der den symbolischen Weg bevorzugte, pfiff zwei Frösche herbei, Julius und Toni, schnitt sie im Genick ein und rieb sie aneinander, bevor er sie wieder ins Wasser warf. »Ich bin kein Frosch«, hatte Julius gesagt und seinen verletzten Daumen an Tonis Mund abgewischt.

»Worauf wartest du?« murmelte Julius, ein Auge öffnend.

»Ich geh schon«, sagte Toni.

Den Drachen in der Hand wie einen Speer, stieg er auf den freien Platz hinunter und begann in Richtung Wohnwagen zu laufen. Er hoffte auf ein Wunder, einen Wind vom Meer, eine Metamorphose. Er würde sich in eine Möwe verwandeln, in ein viermotoriges Flugzeug, in einen Geier, er würde über den Zirkusleuten abheben, eine Kehre machen und mit Vollgas zurückkommen, um Julius zu erschrecken. Dann würde er Maï in Lanvaur abholen und mitten zwischen den entsetzten Lehrer auf dem Schulhof landen, die Schüler würden ihn auf den Schultern tragen. Hundert Meter weiter, die Maschine vibrierte, zog er am Steuerknüppel, schwang sich empor, und der Drachen fiel in den Staub, ohne auch nur geflogen zu sein. Julius schlief immer noch; Toni begann von vorn. Er rannte sich die Seele aus dem Leib. Das Herz klopfte ihm in den Augen, der geringste Buchfink flog, das geringste welke Blatt. Man brauchte sich nur die Räder eines Flugzeugs vorstellen, wenn sie nicht mehr den Boden berühren und sich noch drehen, man brauchte ... aber der Sarg war schwer, ein schwarzes Pferd drehte sich, Mamina bedrückte ihn, Clochy klammerte sich an seine Hose, Clochy röchelte, seine Möwe hinkte ... Der Glücksbringer mit den Schlitzaugen stürzte dreimal ab. Beim vierten Mal brach Toni auf der Piste zusammen, außer Atem, mit blutigen Knien. Er hörte eine Musik in der Ferne, die Sirenen der Feuerwehr oder die heisere Klarinette der Clowns, die die Arena betreten. Er hörte das Klirren des Rasiermessers, *hör auf, mich zu drangsalieren, laß mich, rettet mich.*

»Deine Nummer hat ihnen gefallen«, sagte Julius über ihm

vergnügt. »Sie haben dir die Musik angestellt. Und außerdem sind wir jetzt Brüder, du blutest.«

Er bemerkte den Freund von den Antillen, einen Teufel mit funkelnden Augen, der die Saharakombination der Piloten trug. Man hätte glauben können, er sei mitten in der Wüste gelandet und lache sich schief angesichts seiner kaputten Maschine.

»Das war ein Gelübde«, sagte Toni kläglich. »Er sollte fliegen, der Scheißflieger!«

»Er wird fliegen«, sagte Julius, indem er dem qualmenden Wrack aufhalf. »Außerdem habe ich die Lösung für Nina.«

Er legte einen Finger auf die Lippen, zwinkerte und flüsterte Toni ins Ohr:

»Vögle mit ihr.«

Und während er sich wieder setzte, legte er seine Sicht der Dinge dar. Nicht daß Nina ihn weniger liebte, nein, man mußte sie zähmen. Und um sie zu zähmen: mit ihr vögeln. Genau wie bei einem Tier. Kein Unterschied in der Liebe zwischen Frau und Tier. Eine Frau muß sich fügen. Gut gevögelt: sie liebt dich und ist fügsam. Eine Heilige. Schlecht gevögelt? Eine Schlampe, eine Verrückte.

»Also hör mir zu, Toni. Du fragst sie gar nicht nach ihrer Meinung. Du nimmst sie. Und ich nehme sie danach. Oder davor, wie du willst. Jetzt schau gut zu, du wirst einen echten Kaskadeur am Werk sehen.«

Unter den im Gewitterschein glänzenden Kastanienbäumen wurde der Schatten dichter. Zwischen den beiden Wohnwagen leuchtete eine Laterne. Im Altgold des Sonnenuntergangs ging Julius mit dem Drachen auf dem Rücken zum Kran, erklomm die Sprossen des Turms, drehte sich um, um Toni zu rufen, setzte dann die Kletterei fort, indem er sich auf dem Ausleger vorarbeitete. Man hörte das gedämpfte Geräusch seiner Handflächen, die immer wieder neu Halt suchten, während er kletterte. Er verschwand, tauchte wieder auf, eine erschreckende Kreatur, hervorgegangen aus den Experimenten eines verrückten Gelehrten. Oben angekommen, streckte Julius eine Hand aus, ergriff die Kette und schwang sie hin und her. Das Metall gab einen melancholischen Klang aus zwei Tönen von sich, als sträubte es sich gegen die Zurschaustellung. Reflexe blitzten entlang den Kettengliedern. Julius setzte sich rittlings, ließ die Füße baumeln und brach in Gelächter aus. Toni, der hinaufblickte, glaubte das Gelächter in den Himmel hineinplatzen zu sehen wie einen Karnevalsknaller, und er wünschte von ganzem Herzen, Julius möge das Gleichgewicht verlieren.

»Schau gut zu«, rief Julius.

Einen Augenblick später sah Toni den Drachen in einer Spirale durch den malvenfarbenen Himmel gleiten, er schwebte langsam dahin und zog Maïs träge wogenden Firlefanz hinter sich her. Er verschwand in Bodennähe.

Toni schwieg, Wut im Herzen. Da hörte er Getrampel und Händeklatschen. Er erkannte eine vertraute Stimme in seinem Rücken, eine fröhliche, laute, unerwartete Stimme.

»Super!« schrie seine Cousine. »Irre, dieser Typ!«

Die schöne dunkle und melodische Stimme Maïs, entstellt durch Begeisterungsrufe, die er noch nie gehört hatte.

Als er sich umdrehte, sah er sie ein paar Meter entfernt hinter dem Zaun stehen, und die Verblüffung ließ ihn einen Augenblick vergessen, daß sie Krach hatten.

»Was machst du hier? Geh sofort nach Hause, ich komme.«

»Glaubst du?« sagte Maï. »Und Pflaumenkuchen, magst du das?«

»Hau ab«, sagte Toni. »Ich sag es deinem Vater. Das ist nichts für Mädchen, hier sind Zirkusleute.«

Maï machte ihm eine lange Nase und schlüpfte unterm Zaun durch.

»Die Vorstellung ist noch nicht zu Ende,« prahlte Julius noch immer auf dem Kran. »Wenn es Nina ist, dann sag ihr, daß sie auf mich warten soll. Macht eure Augen auf und schaut genau hin, Kinder. Denn jetzt werde ich aufstehen.«

»O nein!« rief Maï mit flehend erhobenen Händen, »das ist zu gefährlich. Er ist verrückt!«

Dann schien sich Julius' Schatten auf dem Ausleger zu entfalten, er wurde länger und breiter und schließlich zu einem Kreuz, einem lebenden schwarzen Kreuz, das wie besessen lachte.

»Das ist nur Schau!« schrie Toni. »Das mach ich auch.«

»Das würde mir aber weh tun!« sagte Maï. »So ein Schisser.«

»Komm doch«, rief Julius, »der Platz ist noch warm. Er ist noch warm, das sagt man so! Bye, bye ...«

Und der Schatten sank in sich zusammen, verschmolz mit dem Ausleger, der Vogelmensch kletterte mit Indianergeschrei wieder hinunter.

Toni lief zum Kran. Er stieg von der anderen Seite hinauf. Sein Kopf würde explodieren. Man würde nur Schreie darin finden, all die Schreie, die seine Lippen über Jahre verweigert hatten. Blindlings begann er den Ausleger zu erklimmen. Die Stahlstreben waren rutschig, schnitten in die Hände. Er hatte das Gefühl, gefrorene Seife anzufassen, die immer kälter und rutschiger wurde. Geschrei, Geflüster, Gelächter durchschwirrte die Nacht, *leb wohl, Toni, leb wohl.* Was sagen sie? Julius und Maï redeten unten miteinander. Julius und Maï scherten sich nicht um ihn. Ein Schisser, genau, ein Waschlappen! Er wird in die Hose gemacht haben, bevor er da oben ankommt! ... Er schlotterte, die Finger um den Stahl gekrampft. Wenn er in die Luft blickte, sah er einen Stern zwischen dem schwarzen Gestänge des Krans. Der Kran streckte absichtlich seinen Hals, reckte sich bis zum Himmel, und währenddessen demütigten ihn Julius und Maï, enthüllten alles über ihn, von seiner Kindheit an, erfanden Horrorgeschichten. Er erstickte unter den schwarzen Läusen. Niemals würde er nach Les Angéliques zurückkehren, nach einer solchen Schande. Er war am Verzweifeln, als seine Hand ins Leere griff und tastend die nasse Rolle fand. Er war am Ziel. Er beherrschte den Kran. Er hatte es dem Freund von den Antillen gleichgetan.

»Ich hab's geschafft«, schrie er, »ich hab's geschafft. Ich bin da oben, habt ihr gesehen? Ich habe gewonnen.«

»Los, klettere wieder runter«, rief Maï, »das sind dumme Wetten.«

»Du hast gar nichts gewonnen« protestierte Julius. »Ich war höher als du, also hast du verloren.«

Toni spannte seine Muskeln und stemmte seinen Oberkörper hoch. Der Kran bewegte sich nicht, doch er ahnte ihn unter sich, schwankend und biegsam, er ahnte einen Schwindel zu seinen Füßen, bitte, rette mich. Er beugte sich nieder und legte sich auf die Rolle, dann ließ er ein Bein nach dem anderen herunter, und es gelang ihm, sich zu setzen. Bei dieser letzten Bewegung durchlief eine Schwingung den Ausleger und übertrug sich durch die Ohren auf seine Haut. Er hätte fast losgelassen. Er wagte nicht, den Blick zu senken. Da war er nun mitten im Himmel und steuerte einen baufälligen Kran durch die Finsternis.

»Habt ihr gesehen?« sagte er mit verzerrter Stimme.

»Du stehst nicht«, versetzte Julius. »Ich habe gestanden.«

»Das stimmt«, bestätigte Maï, »du stehst nicht. Wie ein dicker Tölpel siehst du aus, da oben.«

Umbringen. Beide umbringen. Die Tränen stürzten über seine eiskalten Wangen. Ein dicker Tölpel! Er hatte richtig gehört. Und Julius hatte es auch gehört. Dicker Tölpel! Sie würden schon sehen. Der dicke Tölpel hatte sein letztes Wort noch nicht gesprochen. Der dicke Tölpel würde sich rächen. Er kletterte ein paar Sprossen hinunter, zog sich wieder hoch und kniete auf der Rolle nieder. Der Kran vibrierte, der Kran haßte ihn, der Kran verabscheute Tölpel und warf sie ab. Auf die Hände gestützt, richtete er sich langsam auf, bis er stand, dann, den Blick auf den Stern geheftet, öffnete er die Arme. Glocken schlugen wild in seiner Brust. Er hatte keine Stimme mehr, er brachte kein Wort heraus, er fühlte sich stark und schmerzerfüllt wie ein Gott.

»Nicht schlecht!« sagte Maï nach kurzem Klatschen. »Aber dein Freund ist größer als du.«

»O ja«, pflichtete Julius bei. »Ich war näher am Himmel.«

Er kommt, er kommt, der große Zirkus Universal, meine Herrschaften, der Zirkus ist da, Applaus für Ovide und seine Löwen, Ovide und seine Akrobatennummern, Ovide und seine Riesenschildkröten, Ovide und Madame Merla, seine hinreißende Kunstreiterin, sie haben den Schlitz und die Augen zugeschweißt. Da beugte sich Toni nieder, ohne aufzupassen, wie ein Seiltänzer, ein Fußgänger, der eine Kippe aufhebt, ein Verrückter, der sich auf den Kopf stellt, ein Verzweifelter; sein ganzes Gewicht ruhte auf den Händen, er streckte seine Latschen gen Himmel und machte eine Sekunde lang einen Handstand, während er lauthals schrie:

»Wer ist da näher! Wer ist da näher!«

Dann begann der Schatten zu wanken.

7

Der Schlaf floh ihn. Der Schlaf machte ihn verrückt. Die Nacht verging nicht. Die Sterne kreisten, ohne sich zu bewegen. Der Mond verhöhnte ihn. Die Mücken schwirrten. Toni schloß das Fenster, der Schmerz quälte ihn. Kaum elf Uhr. Er hatte die Bibel gelesen: kein Schlaf. Er hatte Blueberry gelesen, das Drama des Werner Amadeus von Luckner, des Mannes mit den Goldkugeln, bis zu Ende gelesen: kein Schlaf. Bitte. Bevor er sich wieder schlafen legte, zog er den Vorhang zu, der seit sechs Monaten nicht mehr ihre Inseln trennte, und sah dann vom Bett aus zu, wie sich die Schatten seiner abwesenden Cousine zwischen den Kokospalmen bewegten, er vergaß Kummer und Leid, um nur noch den unveränderten Wunsch, sie wiederzufinden, im Gedächtnis zu behalten. *Sie stand da, auf dem Fußboden, die Taschenlampe beleuchtete ihre Füße, die rotlackierten Nägel, man sah den Saum ihres Nachthemds mit den Passionsfrüchten. Ich hatte das Geld aus Mamas Handtasche genommen. Ich hatte ihre Füße noch nie so nah gesehen. Ich hätte sie küssen können, ein Kuß auf jeden Nagel, ding, deng, dong, wie ein Xylophon, und dideldum wie die Klarinette und doing wie ein Küßchen. Gaétan würde toben, wenn er von den gelackten Nägeln, von den Früchten wüßte. Er kann es sich nicht vorstellen. Er würde alles verbieten, wenn er es sich vorstellen könnte. Er würde die Haut verbieten, den schwarzen Lederminirock und den Schlitz, der Schlitz ist so schön, so lang. Er würde die Augen zunähen lassen.* Toni sackte weg. Lots Töchter liefen durch die Wüste. Wenn er ihre nackten Füße betrachtete, sah er die Fußnägel Maïs. Dort unten nagte Blueberry mit gebrochenem Herzen an seinen durchlöcherten Schuhen, die Geier waren seine Zeugen. Er öffnete die Augen, machte sie zu, Maï, Lots Töchter, der Kämpfer in Tränen, die Geier mit nacktem Hals. Auf dem Vorhang zeigten sich immer noch die Schatten, die ihm unberührbare Lockvögel entgegenreckten, seine Kinderblicke. Maï, die sich auf dem Anlegesteg sonnt, Maï, die durch die Wüste flieht, verfolgt von einem Cowboy mit erdbeerblauen Augen, mit blaßblauen Augen, einem Cowboy von den Antillen, Maï, die mit dem Daumen im Mund schläft, Maï, die in den Nebeln des Badezimmers vor sich hin trällert. Maï verkleidet als Blume, als Flamme, als Kirsche, als Sirene, als Weihnachtsmann, als Hexe, als Matrose, als Fifi Bohnenstange, das Haar über dem Scheitel hoch aufragend, zusammengehalten von goldenen Reifen, wie bei einer Papuafrau. Maï schwarz gekleidet mit einer Halskrause aus Goldpapier, ich bin eine Biene oder ein Goldklumpen, nach Wahl! Maï, die sich gebeugt das Haar auskämmt, es ist nach vorn geworfen, sie lacht hindurch, ein Vogelfederchen auf dem Nacken. Mit einem Ruck wirft sie das Haar zurück und richtet sich vergnügt wieder auf, ganz zerzaust. Maï ausgestreckt in der wilden Minze, den Nabel an der Luft, Maï auf dem Kahn, ihre Lider, ihr gewölbter Schlitz, Maï als Baby. Nach den Fläschchen hast du kleine spitze Seufzer ausgestoßen wie eine Geige, wie ein Krebs auf dem Trockenen. Du hast gesagt: *Ich habe gewonnen, denn ich bin der Schnee, schöner und grausamer als der Regen* ... Er drehte sich um, sah über sich den Schatten des Drachens, den Schatten der ausgestopften Möwe, den Schatten des von der Nacht erleuchteten Fensters, wie ein offenes Auge. Hatte er nicht den Schrei cines Tiers gehört oder den Schrei eines Kindes, das vor einem Tier Angst hatte? Ein zerlumpter Julius schob einen verrosteten, schlammbespritzten Kinderwagen, auf den die Geier schielten, am Moor entlang. Niemand lag darin.

Er knipste seine Taschenlampe an. Mitternacht. Die Zeit verging nicht. Was machten sie nur, die Zeiger? Sein Körper beunruhigte ihn, er stand auf, um sich nackt vor dem Spiegelschrank zwischen den Aloebüschen zu betrachten. Ein Tierkörper. Er war gerüstet für den Zirkus Universal. Er war beinahe darauf gefaßt, ein Fell zu bekommen, zu brüllen. Was hätte Maï bei seinem Anblick gedacht? Er legte sich auf den Boden. Sie konnte noch so sehr anderswo leben und schlafen, sie wohnte in seinem Tierkörper, er brauchte sie nur zu ergreifen, zu zähmen. Leicht gesagt. Zwischen Maï und ihm stand die Phantasie, die sie seinen Gewalttätigkeiten unterwarf, zwischen Maï und ihm stand eine erloschene Erinnerung, ebenso losgelöst wie ein Materiebrocken auf einer Umlaufbahn. *Bist du sicher, daß es ein Apfel ist, Mama? Laß mich in Ruhe, Toni, frag deinen Vater. Haben die Äpfel einen Schlitz? Hör auf, mich zu drangsalieren. Und die Zirkusreiterinnen, Mama, haben sie einen? Und Blueberry? Und Lots Töchter?* Die Stimmen kamen näher. Er ging eine in den feuchten und kalten Felsen gehauene Treppe hinunter, die nirgendwohin führte. In der modrigen Finsternis des Verließes sah er den Reflex der rosttriefenden Gitterstäbe glänzen, und da unten warf der Kadaver seiner von der Strömung abgetriebenen Möwe einen weißen Schatten auf die Wasseroberfläche.

Er stöhnte, schließlich nickte er auf dem Fußboden ein. der Schmerz verzerrte sein Gesicht. Allmählich wurde sein pralles Geschlecht wieder das eines kleinen Kindes.

Nach seinem Sturz hatte er sich einen Monat lang nicht bewegen dürfen. Schlüsselbeinbruch links, gebrochene Rippen, ausgekugelte Schulter und Schädeltrauma. Er hatte die Wahl gehabt zwischen Klinik und Zuhausebleiben. Also dann Zuhausebleiben. Maï besuchte ihn jeden Tag nach der Schule. Sie war nett, sie war perfide, sie roch gut. »Ich komme, um dir eine Freude zu machen.« Oder: »Wie bist du vom Kran gefallen, hast du gesessen?« Und wenn er protestierte, sagte sie: »Es war dunkel, man hat nichts gesehen. Du mußt immer angeben.« Eines abends wollte er sie heiraten, wie in der guten alten Zeit, er hielt um ihre Hand an. Maï ging. Auf die banalsten Fragen antwortete sie mit verlegener Stimme, als verletzte er einen stillschweigenden Pakt, indem er sie zu formulieren wagte. »Julius? Ach ja, dein Freund von den Antillen. Eine treulose Tomate ist der. Eine treulose Tomate und ein Aufschneider ...« An einem anderen Abend wartete er. Maï verspätete sich. Es war ein Hundewetter. Regenschauer schüttelten das Haus. Hagelkörner prallten auf den Seen auf wie Feuersteine, die gelben Blätter der Weiden flogen wie Konfetti davon. Es war dunkel, als sie mit nassem Haar ankam. »Das ist ein irres Land, Les Sphaignes«, sagte sie, »Les Angéliques ein Irrenhaus. Ich kann da nicht mehr lange bleiben.« »Was wirst du tun?« fragte Toni. »Ich werde heiraten.« Und sie machte auf dem Absatz kehrt.

Um zwei Uhr morgens weckte ihn der Schmerz. Ein Mondstrahl wiegte sich auf den Kokospalmen. Toni die blauen, Maï die grünen. Maï mit dem abgebrochenen Zahn, Maï mit den dunklen sanften Augen, Maï mit dem knospenden Busen. Ich habe sie als Baby liebkost, gewickelt, gefüttert. Sie haßt mich, ich bin verrückt nach ihr, ich hasse sie, sie ist verrückt. *Ich habe gelogen. Ich habe zuviel gegessen. Ich war böse. Ich habe meine Mutter mit dem Laserstrahl getötet. Ich habe einer Wespe die Flügel abgeschnitten. Ich habe mit Schrot auf den Hund des Nachbarn geschossen. Ich habe Vipern seziert, haben sie einen Schlitz?* Die schwarzen Läuse wimmelten in seinem Kopf, er konnte sie nicht mehr zählen, ein närrischer Tanz, wo seine reglose Mutter aussah wie eine schiefe Vogelscheuche in einem Feld. Er nahm seine Decken und verzog sich auf seinen Kahn. Unter der Bank ausgestreckt, blickte er seufzend zum Himmel: »Scheiße! Immer noch nicht morgen.« Die Sternbilder kreisten, Maïs Schatten tanzten. Hustend und zähneklappernd ging er und läutete am Zollhaus.

Sein Vater schlief nicht. Er saß in der Dunkelheit in seinem Sessel und rauchte, dem offenen Fenster zugewandt.

»Guten Abend, Toni«, sagte er friedlich und langsam, schelmisch, ein bißchen spitzbübisch. Und er machte die Lampe an. »Ich habe geträumt ... Ein plötzlicher Hunger nach Sternbildern. Kein Wort zu deiner Mutter, bitte, top secret. Ich verlasse mich auf dich.«

Er war in Bademantel und Socken, er rauchte mit feierlichen Gebärden wie vor Publikum.

Toni setzte sich auf das ungemachte, fleckige Bett, das übersät war mit Büchern und Zeitungen, Zigarettenstummeln und Beipackzetteln von Medikamenten. Wieder einmal war er unangenehm berührt vom schlechten Geruch des Zimmers und dem Schauspiel der Nachlässigkeit, den überall herumliegenden Kleidern, den angebissenen Früchten, die in der Asche des Kamins verschrumpelten. Sein Vater hatte sich mit dem Sessel zu ihm gedreht. Er hatte einen dicken getrockneten Blutstropfen unter dem Ohr, wie ein Ohrring sah es aus.

»Woher hast du denn die Zigaretten, Papa?«

»Gute Frage, Toni. Vom Kaufmann ... In diesem Fall von der Fischhändlerin. Sie beliefert mich einmal pro Woche mit freundlichster Diskretion. Ich hinterlasse das Geld auf dem Fensterbrett, sie hinterläßt die Zigaretten. Ein recht banaler Trick. Und bei klarem Wetter, siehst du, konkurriere ich mit den Sternen.«

Er zog lange an der Zigarette, und sein Gesicht hellte sich auf.

Der erschöpfte Toni wußte nicht, was er wollte: bei seinem Vater bleiben, schlafen gehen, Maï aufwecken, die Mutter wecken und zum Reden zwingen. Sein Vater hatte die Beine übereinandergeschlagen. Er sah seine schmächtigen Waden. Hatte er einmal weiße Hosen angehabt und auf dem Land vor sich hin geträllert, während er ihn auf den Schultern trug? Hatte die Mutter mit ihm Liebe gemacht? Machten sie noch Liebe? Und ohne etwas zu denken, die Worte schlüpften von selbst aus seinem Mund, fragte er ihn, ob er die Mutter liebe.

»Sie läßt mich tonnenweise Papiere unterschreiben, von denen ich nicht die Bohne verstehe«, wich Lucien mit müder Stimme aus. »Sie belügt dich. Oh, ich weiß, sie ist deine Mutter, und die Mutter ist für ein Kind heilig, aber sie belügt dich trotzdem. Sie belügt uns.«

Toni kämpfte, um nicht wegzudämmern. Der Vater hatte wohl Schlaftabletten genommen, er verstand nichts von seinem Gefasel. Mit wem redete er?

»Papa, mit wem redest du?«

»Das war ein Traum, und es war kein Traum, Toni. Es war die Wahrheit im Gewand des Traums.«

Er erzählte die wahnwitzige Geschichte, deren Zeuge und Akteur er in einem kurzen Schlaf am Anfang der Nacht gewesen war. Ein Karren brachte ihn zur Guillotine; der Karren wurde von Kindern gezogen, die rote Gewänder trugen wie Chorknaben. »Stell dir die Conciergerie vor, das Gefängnis, Käfige aus Stein, wo nicht einmal die Anwälte Zugang haben. Ich erstickte. Ich saß auf den Schultern von Barabbas. Er hieß Barabbas! Ein großer blutüberströmter Schwarzer, ich klammerte mich an die Gitterstäbe des Kellerfensters ...«

»Was hast du getan da unten?« fragte Toni.

Sein Vater warf ihm einen schrägen, mißtrauischen Blick zu, als hätte er es mit einem Detektiv oder einem Idioten zu tun.

»Was weiß denn ich!« verteidigte er sich kopfschüttelnd. »Ich habe Kinder im Rechnen und im einfachen Leben unterrichtet, die auch nichts getan hatten, Unschuldige, Toni, und Barabbas hatte auch nichts getan.«

Bei diesen letzten Worten huschte ein Lächeln über seine Lippen, und er zog an seiner erloschenen Zigarette.

»Das einfache Leben, Toni, einfach wie ein Gras oder wie ein Aal, genauso flüchtig ...«

Warum war er kein Aal? Er begann das Leben zu preisen, seinen ewigen Refrain, die Hartnäckigkeit, mit der die Arten sich erhalten, Anthropophagie, Koprophagie, Leichenschmaus, er hatte nie eine andere Sprache gesprochen. Die bescheidenste Geburt erregte seine Bewunderung, der bescheidenste Tod.

»Der Glasaal, Toni, erinnere dich. Die Aalbabys, die auf achthundert Meter langen Algen in der Sargassosee ausgeschlüpft sind und mit den Strömungen und dem Regen wieder in unsere Flüsse gelangen, wenn sie nicht den Haien begegnen. Leichenschmaus ...«

Er verstummte mitten in einem Satz, in dem von Spinnen und Otternkot die Rede war. Spinnen mag ich nicht, dachte Toni, der mit offenen Augen leise schnarchte. Wenn er früher ein zusammengeknäueltes Spinnenpaar entdeckte, ließ er die Spitze seines Taschenmessers im Feuer glühend werden und berührte damit das Knäuel, wobei er jedesmal auf Geheul und Zuckungen gefaßt war. Doch die Spinnen starben, während sie sich liebten. Außerstande, ihre Körper auseinanderzuhalten, starben sie gepaart.

»Hörst du mir zu, Toni?«

Er verbrannte die liebenden Spinnen ohne Mitleid; sie hatten auch kein Mitleid, wenn sie die Todesfallen ihrer Netze zwischen den Balken spannen und sich an summenden Insekten gütlich taten.

Lucien runzelte die Stirn. Sein Mund brachte die schmatzenden Geräusche eines trinkenden Säuglings hervor, Geräusche eines ehemaligen Pfeifenrauchers. Er schien gewahr zu werden, daß dieser schiffbrüchige Träumer, der in einer schmutzigen Decke auf seinem Bett lag, sein Sohn war.

»Ohne indiskret sein zu wollen, wie alt bist du?«

»Ich?« fragte Toni gekränkt. »Achtzig Jahre.«

Er hätte genauso hunderttausend Jahre antworten können. Er war siebzigmal so alt wie Abraham. Und wie Abraham hatte er einen unwiderruflichen biblischen Entschluß gefaßt. Früher oder später würde er Maï heiraten. Und während er Maï heiratete, sah er seine Eltern umschlungen im Kamin wie zwei Spinnen. Über sie gebeugt, sah er ihnen zu, wie sie sich liebten, eine Liebeskugel, eine zusammenhängende Masse wie Brotteig, wie ein Apfel. Er nimmt die Kugel und drückt sie an sein Herz, knabbert an ihr, legt sie zurück in den Kamin. Da sieht er sie zucken, sich in zwei häßliche, mürrische und mißgestaltete Personen spalten. Er will wieder die Kugel formen und hat nur noch Leere zwischen den Händen.

»Mit zwanzig Jahren war ich verliebt«, fuhr Lucien fort. »Ich litt wie ein Tier. Die jungen Mädchen, all die jungen Mädchen ... Lieblich, nicht wahr? Es juckt uns in den Fingern ... Ihre feuchten Lippen ...«

Sein Vater nahm die Brille ab und rieb sich die Lider, und Toni flehte ihn leise an, aufzuhören, nicht so stark zu reiben, als würde der Blick ausgelöscht, das wenige, was vom Blick seines Vaters übrig war.

»Nimm dich in acht vor den jungen Mädchen, Toni«, sagte er, während er seine Brille wieder aufsetzte. »Eines Tages ist es zu spät ...«

Lucien versuchte, seine Hände ruhig gegen das Licht der Lampe zu halten, und er lächelte verblüfft, als es ihm nicht gelang.

»Wie findest du meine Hände?«

Er drehte seine Hände hin und her, er glich einem argwöhnischen Kunden, der bei einem Trödler den Preis einer Partie aushandelt.

»Antworte mir, Toni.«

»Sie sind schön.«

Wenn er die Spaghetti fürs Abendessen brach, dachte Toni an die Hände seines Vaters, so lang und mager, so nervös. Er sah, wie sie im kochenden Wasser weich wurden, er sah sie auch, wenn Maï und er, knicks, knacks, den Brustbeinknorpel des Hühnchens abrissen. Nie hörte er ohne Grauen das verhängnisvolle Knöchlein brechen.

»Sie sind im Eimer«, lachte sein Vater höhnisch. »Sie scheinen in gutem Zustand, aber du kannst sie getrost auf den Müll werfen. Zusammen mit den Erinnerungen und den jungen Mädchen ...«

Müde ballte er die Fäuste und legte sie nebeneinander auf seine Schenkel. Man hätte glauben können, er trüge Handschellen.

»Sie wird abscheuliche Dinge über mich erfinden, Toni, abscheuliche Dinge! Sie hat dir schon welche erzählt, aber es ist zu spät, nimm dich trotzdem in acht. Sie glaubt, mich mit ihrem Notar und ihrem Papierkram zu ködern ...«

Toni sah Maï zu, die im Halbschatten vor dem Kamin kniete. Den Kopf zur Seite geneigt, bürstete sie ihr Haar, schwarzes Licht. Sie lächelte. Er war im Kamin versteckt. Er hörte das sanfte Rascheln des Haars unter der Bürste, und ab und zu bekam er einen warmen Hauch ins Gesicht. Er träumte davon, die Hand nach diesem Schatz schwarzen und weißen Lichts auszustrecken.

Mit summender, tiefer Stimme sprach Lucien zu sich selbst, die Augen weit aufgerissen, als sähe er die Wörter in einem Feuer vorbeiziehen.

»Sie werden ausziehen, aber ich komme nicht zurück. Ihr

könnt alle ausziehen, ich bleibe hier, nirgendwo und doch ...«

Er unterbrach seinen Satz und fuhr dann leise murmelnd fort, neben einem reglosen, nun tatsächlich schlafenden Sohn.

»Ich bin auch drauf reingefallen, nimm dich in acht. Ich habe mich in der Nähe der Flüsse versteckt, und ich habe viel geträumt, viel. Ich glaubte an die jungen Mädchen, ich liebte sie. Ich liebte sie nachts. Doch der Mond geht auf, und die Frucht wird zur Wunde. Einmal im Monat blutet die Frucht und wird zur Wunde. Vor Angst traust du dich nicht mehr ins Badezimmer ... Nein, glaub mir, es war besser, uns zu trennen, für deine Mutter und mich. Für das Kind ist die Mutter heilig, aber für uns war es besser .... Ich war böse zu ihr, weißt du ... Ich konnte sie nachts nicht mehr lieben. Ich sagte zu ihr, meine Brombeerranke, meine kleine Brombeerranke, als ich dich kennengelernt habe, hattest du Fleisch auf der Haut. Ich sagte zu ihr, deine Arme, das macht angst. Du gleichst jenen Frauen aus den Wäldern, die Schaben kauen. Ich habe Schaben gern, aber trotzdem. Und ich bin weggegangen. In meinem Kopf. Nirgendwohin. Wie schuldig sie an ihren Mondtagen aussieht, hast du das bemerkt? So schuldig und so dumm. Außerdem schämt sie sich. Sie nimmt es uns übel. Also zieht aus, aber ohne mich. Ich habe es schon hinter mir, ich werde eure Badezimmer nicht mehr betreten. Du bist intelligent, Toni, eines Tages wirst du den Ekel vor diesen allzu komplizierten Blumen verstehen. Du wirst glauben, du seist im Paradies, du glaubst es einen Moment lang, und dann ... Ein Nest bauen und kuscheln. Schnurren und zusammen einschlafen, der Geruch frischen Heus. Aber alles ist Gift und Galle, Groll und Bosheit ... So sonderbar sind diese Früchte im Innern, so organisch und gebärmutterhaft, ein abstoßendes Wunder. Als ich unterrichtete, graute mir davor, vor den Mondtagen, den Tagen des Wunders. Jeden Morgen ging ich meine Klasse durch, dreißig Mädchen, dreißig Orangen oder dreißig Aprikosen, wie du willst, und ich suchte die schuldbewußten Mienen, und ich rächte mich heimlich. Ich rief die Schuldigen an die Tafel und fragte sie: Warum dieser dämliche Ausdruck? Warum diese schlechte Laune? ... Und ich dachte in meinem Kopf: Na, hat man seine Tage? Und ich sagte: Ah, ja, ich verstehe, die Müdigkeit, die Einflüsse des Mondes ... Und ich prüfte sie ziemlich unbarmherzig. Das ist nicht lustig, ich weiß ...«

Als er den Kopf drehte, begegnete er Tonis Blick. Toni merkte es nicht, er schlief mit weit offenen Augen. Er träumte. Maï war zu ihm in den Kamin gekommen. Sie rührten sich nicht. Sie hielten sich umschlungen, einfach umschlungen, die Glieder des einen den Körper des anderen umfassend, verknäuelt wie zwei Spinnen beim Liebesspiel, so eng zusammengerollt, daß sie eins waren.

»Na, was ist?« rief Lucien verlegen und nahm sich zusammen, um nicht zu platzen. Er fragte sich, welche Geheimnisse ihm wohl entschlüpft sein mochten, er hatte seine Stimme nicht mehr unter Kontrolle. »Glaubst du mir nicht, Toni? Bin ich ein Lügner? Habe ich dir nicht gesagt, daß die Mutter heilig ist für das Kind, für ihren Sohn? Aber sei ehrlich mit dir selbst und berühre ihn, wenn du mir nicht glaubst. Den Bauch der Frauen, Toni, berühre ihn ein einziges Mal. Berühre den Bauch der Frauen, und du wirst sehen. Weich wie der einer Katze.«

Er brabbelte, Schaum vor dem Mund, er versuchte aufzustehen, fiel in seinen Sessel zurück, und seine Stimme war nur noch die Emanation eines Bewußtseins, das seinen Halt verloren hatte.

»Ein Haufen Eingeweide, bereit, an den Mondtagen zu bluten ... Ich weiß, ich weiß wohl, die Mutter ist heilig, ich sollte es nicht. Es ist feige, unendlich feige, aber sie verschlingt mich, Toni. Sie sagt dir abscheuliche Dinge über mich, und ich denke abscheuliche Dinge. Toni, denke nichts Böses und schlaf in Frieden. Ich kann dir Geschichten erzählen, wenn du willst, um dich in den Schlaf zu wiegen, schöne Geschichten wie früher. Ich setzte dich auf meine Schultern, und wir gingen hinaus aufs Land. Und ich sang für dich. Ich pflückte milchfarbene Blumen für dich. Ich zeigte dir die gelben und blauen Blumen der Böschung, das Honiglaub der Weiden. Ich sprach mit den streunenden Hunden, ich ließ den

Schnee reden. Er sagte ... ich weiß nicht mehr, Toni, alle Flocken sind geschmolzen. Erinnere dich, wie du klein warst. Abends erzählte ich dir die Geschichte jenes Königs, der sieben Töchter hatte, siebenmal Mädchenlachen um den Hals, sieben silberne Becher auf dem Leinentischtuch. Siehst du, Toni, du kannst schlafen. Sieben Schwäne sind eines Tages gekommen, erinnere dich ... In der Morgendämmerung zogen sie wie eine Schneewolke über die Turmspitzen, dann setzten sie sich ans Ufer des Flusses, in dem die Töchter des Königs badeten, sieben Mädchen, sieben nasse kleine Weibchen, sieben kleine Gören mit weichen Bäuchen. Schlaf, Toni, das ist ein Märchen, ein Märchen mit Feen, und Feen sind heilig fürs Kind. Aber einmal im Monat blutet die Fee und wird zur Wunde, schlaf ...«

8

Die ersten Sommertage gingen vorüber, leuchtend, sinnlich, blaue Früchte eines verbotenen Baumes, dem Toni sich nicht mehr zu nähern wagte. Die Seen kamen ihm vor wie ein schlechtes Trompe-l'œil-Dekor, das man auf einen Besenstiel hätte aufrollen können wie ein Venedig aus Wachstuch. Der Trugbilder überdrüssig, hatte er das Guckloch des Schuppens verstopft. Maï konnte sich ohne Zeugen waschen. Sie war selber schuld. Er wiegte sich nicht mehr in Hoffnungen. Sein Leben? Futsch. Mit siebzehn Jahren war es futsch. Er liebte es dehalb nicht weniger. In seinem Herzen fühlte er sich geschützt durch die Gefühle, die er empfand, so schmerzlich sie auch waren. Und dann liebte er die Wörter Schwade, Horizont, Kielwasser und noch viele andere Freunde des Windes, die Kindheit verhießen, und über alles liebte er das Wort Mädchen, das untrennbar war von Maï, seinem Schicksal.

Seine Cousine ließ ihm keine Ruhe, quälte ihn regelrecht. Mit großer Kunst. Erzählte er bei Tisch eine Geschichte, mit der er sie zu amüsieren hoffte, so lachte sie schallend. Tükke, Niedertracht. Ihr Lachen log, ihr Blick durchbohrte ihn. Tücke, wenn sie ausrief: »Deine neue Jacke gefällt mir gut, Toni ...«, und Tücke, wenn sie ihn sonntags beim Nachtisch mit ihren Freundinnen an den Strand einzuladen wagte. Insgeheim hatte er den ausdrücklichen Befehl erhalten, die Einladung nicht anzunehmen. Oder anzunehmen, aber nicht zu kommen. Sie bettelte auch noch: »Komm doch, Toni, du kommst nie. Die Freundinnen sind super. Nachher gehen wir Eis essen ins Butor, weißt du? Die Bar auf Pfählen ...« »Also gut«, brachte Toni heraus. Am Nachmittag bat ihn Maï um Geld für das Eis, sie war pleite. »Wenn du auch meine Reifen aufpumpen könntest, das wäre nett.« Sie stieg aufs Fahrrad und tschüs! Toni sah zu, wie sie sich entlang den Seen entfernte, das Haar flatternd, ein glänzender Punkt auf der Straße, ein Flimmern, das verging. Er starrte immer noch auf den Punkt in der Ferne, wo Maï verschwunden war. Bis sie wiederkam, blies er Trübsal in seinem Versteck im Schuppen. Er war nur noch Warten und Sehnsucht nach Maï. Er lauerte auf jedes Geräusch.

Seit seinem Sturz versuchte er, Julius zu meiden. Nach Brissac ging er nur noch von der Angst getrieben, ihn aufkreuzen zu sehen. Doch Julius kreuzte nicht auf. Er schien die Ängste Tonis, der immer willkommen war, wenn er wieder einmal mit mürrischem, mißtrauischem Gesicht ankam, zu respektieren. »Na, wie geht's Nina?« »Sie ist umgezogen.« »Mit wem vögelst du?« »Ich habe was Neues. Eine verheiratete Frau. Während der Woche ist sie nicht da. Ich hab Schiß vor ihr ...« »Vögle mit ihr, dann geht's besser ...« Kein Wort über Maï, kein Wort über die gut gebaute kleine Schwester, die an dem Drachen-Abend das Publikum abgab. Von Julius aus hatte sich nichts geändert. Der Froschbruder hatte eines Tages das Blut eines unverletzbaren Paktes vergossen. Toni, der unentschlossene Bruder, hatte sich die Knochen gebrochen um der Liebe einer unbarmherzigen Maï willen. Er konnte Julius nicht mehr leiden. Maï war sein Leid, in jedem Augenblick.

In Les Angéliques versuchte er, listig zu sein, die Familie zu täuschen. Maï? Sie interessierte ihn nicht mehr. Ihre Vertrautheit? Eine alte Geschichte, der Beweis: sie hatten sich nichts mehr zu sagen. Sie kannten sich zu gut. Die Pubertät machte sie kindisch, das würde vorbeigehen. Sie hielt sich für eine Schönheit. Gut, sie war niedlich, aber das war kein Grund, den Star zu spielen. Tussis wie sie fand man haufenweise. Und was die Titten anging, überzeugte sie nicht. Sie an den Strand begleiten? Schon wieder? ... O nein, heute nicht! Von den Modepüppchen und ihren kleinen albernen Geheimnissen hatte er die Nase voll! ... Eine andere List: Zerstreutheit. Er machte sich einen Spaß daraus, Verlegenheit hervorzurufen. Maï redete mit ihm? Er tat, als müsse er sich von seinen Träumereien losreißen, um ihr zu antworten. Er tat, als ignoriere er sie. Eine Qual. Und indem er sie ignorierte, bildete er sich ein, sie für ihre Gleichgültigkeit zu bestrafen. Er preßte sein Ohr nicht mehr auf den Fußboden, um sie gehen zu hören. Abends stellte er sich nicht mehr auf das Gartenmäuerchen, um nach ihrem Schatten zwischen den Vorhängen zu spähen. Und er, der sie liebte, der ihr unwillkürlich nachspionierte, in jedem Augenblick wußte, wo sie war, welche Musik sie hörte, welche Kleider, welche an Kleinigkeiten zu erkennende Unterwäsche, welchen Schmuck sie trug, wie oft sie sich am Tag umgezogen hatte, welche Seife sie benutzte, welche Haarspülung; er, der sich mit ihrer Zahnbürste die Zähne putzte, heimlich den Dampf ihrer Bäder einatmete und sich nur danach sehnte, sie zu berühren, er, der allen Zierat ihrer Garderobe aufzählen konnte bis hin zum letzten Band, er, der bis über die Ohren Verliebte, lernte sie anzusehen, wie er Maryse oder Gaétan ansah, wie er die Wandtafel in der Schule ansah: zum Zeitvertreib.

Nachts rächte sich sein Körper, sein Körper weigerte sich, Maï zu vergessen. Sie irrte barfuß über die Wände, sie sang: Ich bin schöner und grausamer als der Regen, sie hatte eine weiße Hose an.

Eines Sonntags wollte er sie am Strand überraschen, sie und ihre Freundinnen. Sie war nicht da. Auf der Uferböschung ein Angler. »Leider nein, junger Mann. Kein Mädchen, kein Fisch. Aber ich bin es gewohnt.« Toni radelte bis zum Butor, suchte sie unter den Gästen, beschrieb sie dem Kellner. Keine Maï. Er zog unverrichteter Dinge wieder ab, niedergeschmettert. Maï belog ihn, Maï entzog sich seiner Kontrolle. Um seinen Ärger runterzuschlucken, fuhr er auf die Geheime, ein seit dem Unfall verlassener Ort. Kaum angekommen, war er drauf und dran, wieder zu gehen. Was glaubte er denn? Sie zu finden? Der Mehlsack lag an derselben Stelle, vom Regen verformt, von der Sonne steifgetrocknet, geruchlos. Die Hütte brach unter der mit Wasser vollgelaufenen Wachstuchdecke zusammen. Die Brombeeren rankten bis zum Dach, überwucherten Fenster und Schwelle. Als er eintrat, stürzte die Fassade in einem Stück um wie ein Saloon aus Pappmaché. Mitten im Schutt tauchte Maminas Nachttopf auf, den eine brütende Drossel bewohnte. Sie richtete ihr linkes Auge auf Toni. Das rechte Auge öffnete sie, als er näher kam, ein kleines rundes Auge, überhaupt nicht geschlitzt, unheimlich rund. Häßliche! Schwarze Laus! Schlampe! ... Er beschimpfte den Vogel, der die Flut von Unsinnigkeiten über sich ergehen ließ, ohne zu mucksen, bald das eine, bald das andere Auge öffnete, und dann aufflog, um sich auf der Lehne eines Kinderstuhls niederzulassen. Auf dem Grund des Nachttopfs lagen drei bräunlichgesprenkelte Eier. Er knöpfte seine Hose auf, ertränkte die Eier im Urin und zertrampelte das Geschirr, indem er wüste Beleidigungen gegen Maï ausstieß. Dann holte er seinen Fischspeer, versuchte den Vogel zu harpunieren, der davonflog. Toni tobte sich an der Hütte aus und machte sie vollends nieder. Als er nichts mehr zu demolieren fand, ging er nach Hause.

Irène saß, einen Wäschekorb zu ihren Füßen, im Schatten des Sonnenschirms vor dem Haus und stopfte. Über die schwarze Brille hinweg blickte sie auf ihren Sohn, der zögernd am Gartentor stand. Er fürchtete dieses unvorhergesehene Tête-à-tête. Er fürchtete ihre argwöhnischen Blicke, ihre falschen Seufzer, lauter peinliche Anspielungen darauf, daß sie als Frau allein war, vernachlässigt von ihrem Mann, enttäuscht von einem Sohn, dem sie schon immer alles gab, meine Damen und Herren, und sie würde ihm weiterhin alles geben, wie sie ihm alles gegeben hatte, bis zu ihrem letzten Blutstropfen, ihrem letzten weißen Haar. Um so schlimmer, wenn der inniggeliebte Undankbare in der Schule nichts tat und log. Um so schlimmer, wenn er nur daran dachte, wegzugehen, seine Mutter im Stich zu lassen. Ah, sie würde wirklich nur die Freuden des Opfers und des Schwarzbrots gekannt haben und auch als Tote nichts anderes wollen. Sie würde im Paradies die kümmerlichste und zitterndste der Seelen abgeben. Sie würde zu Gott sagen: Du wenigstens verläßt mich nicht. Und nachdem sie ihre schrundigen Hände vorgezeigt hätte, würde sie sich wieder an die Arbeit machen, an die Putzlappen, die Wärmflaschen, den Abwasch, die Besen, die Schmerzen ... Toni kannte fast Wort für Wort ihre Leier über das Leben, ihre Klagen. Er konnte sie nicht mehr ertragen, verweigerte die Komplizenschaft im Gejammer und Verdruß darüber, daß sein Vater ein Lump war, wie der Vater so der Sohn.

»Komm ein bißchen her, Toni«, rief sie von weitem.

Er gehorchte, im voraus schuldig, Hände in den Taschen.

»Woher kommst du?«

»Aus der Schule.«

»Am Sonntag?«

»Wir hatten Sport.«

Sie nahm ihre Brille ab und riß mit zusammengekniffenen Lippen einen Nähfaden ab. Mit einer ruckartigen Bewegung machte sie den Knoten, setzte ihre Brille wieder auf und bedeutete Toni, ihr gegenüber Platz zu nehmen. Er tat es, sagte dabei:

»Wir sind nicht auf dem Polizeirevier, Mama.«

»Natürlich, natürlich!« lenkte sie mit halbseitigem Lächeln ein. »Also, deine Schule.«

»Ich rate dir, nicht hinzukommen.«

»Das beabsichtige ich aber.«

Er verbot ihr, vor der Schule auf ihn zu warten, dort herumzuschnüffeln, ihre Nase hineinzustecken, wo er seine Tricks anwandte, um den Unterricht zu schwänzen und vor sich hin zu träumen und zugleich die Punktzahl zu erreichen, die unerläßlich war für das jährliche Durchkommen. Als er klein war, hatte er sich allzuoft wegen ihr geschämt, wenn sie ihn abholte. Sie küßte ihn vor seinen Schulkameraden, knöpfte ihm das Hemd zu, schimpfte mit ihm in der Öffentlichkeit oder kämmte ihn ungefragt. Inmitten anderer gutgekleideter Eltern trug sie stolz ihre Heilsarmeeklamotten, die schwarzen Gummistiefel, die Plastikhaube für den Regen, den braunen Mantel, dessen Saum herunterhing, Prachtstück eines Basars im Altersheim.

»Wie läuft es mit deinen Lehrern?«

»Gut, das Schuljahr geht zu Ende.«

»Ich frage dich nicht, ob das Schuljahr zu Ende geht, ich frage dich, wie es mit dir steht ...«

»Es geht, ich liege im Durchschnitt.«

Die Mutter hob den Kopf, und Toni sah ihren ungeschminkten Mund, der einen Kontrast zur Brille bildete, ihren fahlen, rissigen, vor Nervosität verzerrten Mund. Er hatte den Eindruck einer obszönen Öffnung, von der ihr nicht bewußt war, daß sie sie zur Schau trug.

»Und du hast immer noch keine Vorstellung von deiner Zukunft, ich meine, deinem Beruf?«

»Dompteur«, sagte er, den Blick abwendend.

Er stellte sich vor, wie Maï mitten in einem fröhlichen Zirkus im Käfig saß und er sie peitschte, damit sie gehorchte.

»Dummkopf!« flüsterte die Mutter mit blassem, zitterndem Kinn. »Deinetwegen habe ich mich gestochen. Ach, du bist genau wie dein Vater. Nur daß der ein Intellektueller ist.«

»Und ich ein Handarbeiter, ich weiß ...«, sagte Toni.

»Ein Handarbeiter, wenn man so will«, sagte die Mutter. »Ein Klempner ist ein Handarbeiter. Ein Bäcker. Aber du! Du kannst nur dieser Pute Augen machen!«

»Wer soll das sein?«

»Ich habe nichts gesagt.«

»Und Papa?« fragte Toni, »hm? was ist mit Papa?«

Er stand auf, klopfenden Herzens, seiner selbst sicher, bereit zu kämpfen. Jeder wußte, welches Messer er in der Wunde des anderen herumdrehen mußte. Verkrampft hinter ihrer Brille, leckte die Mutter ihren Daumen.

»Wohin gehst du denn?«

»Meine Aufgaben machen«, sagte er und blickte sie erst mit dem einen, dann mit dem anderen Auge an. Er verschwand im Schuppen. *Du hast die Arbeit nicht erfunden. Du bist robust, vor allem robust. Um so schlimmer für dich, Toni, wenn du nur die Enten und die Seen magst. Du liest die Bibel, das ist schon was. Zumindest lernst du was dabei. Dein Vater macht sich große Sorgen um dich. Nun, Toni Bernard ist kein großes Licht. Maï, du bist doch intelligent, erkläre es deinem Cousin. Du bist vielleicht intelligent, aber was werden wir mit dir machen? Du taugst nur dazu, das Federvieh zu rupfen und den Hanswurst zu spielen. Doch, doch, du bist intelligent! Und du bist ein Bastler. Das ist deine Art, intelli-*

gent zu sein. Du bastelst, und Maï denkt nach. Toni ist ein Handarbeiter. Und meine Aufsätze? Ich habe immer eine Eins. Siehst du! Aber man versteht nichts. Mamina sagt, daß sie sehr schön sind. Küsse sie, Toni, tu's für mich. Du bist wie dein Großvater Milo, ein Handarbeiter. Küsse sie. Du wirst mich vergessen, Toni, ich habe Milo auch vergessen. Ich habe nichts von ihm aufbewahrt, außer einem Mehlsack. Ein Sack zur Erinnerung an die Inseln, wo er Brot hinbrachte. In Erinnerung an die Mühe und das Brot. Ein Hundert-Kilo-Sack, Toni, und er wog nur sechzig. Woher nahm er seine Kraft und die Kraft, Inseln hochzuheben? Sie wären versunken ohne ihn. Sie müssen versunken sein.

Zu ihrem fünfzehnten Geburtstag bekam Maï ein Solex und von Toni einen handgeflochtenen Binsenschmuck. »Danke, das ist sehr hübsch. Es wird kratzen ...« Es war das erste Mal, daß eine Maschine mit mechanischem Antrieb nach Les Angéliques kam, seit Gaétans Lieferwagen. Das Fahrzeug, vor dem Anlegesteg im Wasser versenkt, diente heute als Hechtfalle. Das Solex erregte Tonis Bewunderung. Mit siebzehn Jahren begnügte er sich mit einem Dreigang-Sportrad und träumte von einem Moped. »Nach dem Abitur«, versprach seine Mutter. »Wenn du es bestanden hast ...« Und Maï, die erst die mittlere Reife hatte, bekam ein funkelnagelneues Solex geschenkt, das blaue Damenmodell. Er war nicht neidisch, er war geblendet. Er, der an den Motoren der Kähne Sabotage verübte, äußerte als angeblicher Kenner sein Entzücken. Er bot seine Dienste an. Er kümmerte sich schon um Maïs Fahrrad, in Zukunft würde er das schöne Maschinchen hegen und pflegen, den Benzinstand, die Bremsen kontrollieren, es spiegelblank polieren, täglich die Speichen putzen. Und vielleicht würde Maï, die im allgemeinen nicht gern etwas auslieh, sich von seinem Eifer erweichen lassen. Er stellte sich vor, wie er mit dem Solex nach Brissac fuhr und bei Julius ankam.

Szene beim Mittagessen. Gaétan hatte Maryse an den Haaren nach Hause gezerrt. Madame badete jetzt mit entblößtem Busen! Direkt nach der Messe und vor den Zollbeamten. »Hältst du dich für eine Kuh oder was? Wenn du besprungen werden willst, das läßt sich einrichten ...« Maryse weinte, traute sich nicht die Wahrheit zu sagen. Sie hatte es absichtlich getan, absichtlich! Sie würde es wieder tun. Seit zwei Jahren verlangte sie das Geld für einen neuen Badeanzug. Nichts zu machen, keinen Groschen! Und da hatte ihr Mann heimlich, zwischen Tür und Angel, sie war ja nicht blöde, Maï einen Kimono aus schwarzem Satin geschenkt.

Maryse weinte, Irène war beschäftigt, Maï aß mit gesenktem Blick, Gaétan bemühte sich, seine schlechte Laune abzuschütteln.

»Na, Toni, gehst du am Sonntag mit mir auf Entenjagd?«

»Die Jagdsaison ist vorbei.«

»Ich gehe trotzdem. Kommst du mit?«

»Wenn du mich schießen läßt.«

»Das Gewehr würde dich umwerfen, Witzbold! Du nimmst die Schrotflinte. Du knallst die Frösche ab. Oder die Marsmenschen.«

»Dann interessiert es mich nicht. Ich gehe lieber angeln.«

»Na, dann geh angeln, mein Junge, geh angeln«, stöhnte der Onkel mit angewidertem Gesicht. »Und wenn eines Tages Krieg ist zwischen all den Drecksäcken, richtiger Krieg, dann kannst du ja hingehen mit deiner Angel, hm? Und deinen kleinen Angelhaken. Und der tote Fisch, weißt du, der bist dann du ...«

Beim Nachtisch, nachdem sie die Kerzen einer Erdbeercharlotte alle auf einmal ausgeblasen hatte, verkündete Maï, sie wolle auf der Straße ihr Moped ausprobieren.

»Kommst du mit, Toni?«

»Ich habe keine Lust. Es ist zu heiß.«

»Bitte, sag nicht nein. Du willst dir nur den Bauch vollschlagen. Komm doch.«

»Monsieur ist nicht galant«, bemerkte Gaétan. »Es ist immerhin ihr Geburtstag. Fünfzehn Jahre, das will was heißen für ein Mädchen.«

Toni folgte Maï in den Garten. Funkelnd lehnte das Solex, mit einem Schloß gesichert, im Schatten der Lärche an der Hauswand.

»Gut, das reicht«, sagte Maï. »Laß mich jetzt.«

»Ich helfe dir«, sagte Toni, »es ist schwer.«

»Ich brauche dich nicht.«

In aller Ruhe löste sie das Schloß und befestigte es hinter dem Sitz.

»Leihst du es mir mal aus?«

»Du kannst nicht damit umgehen.«

Sie lächelte und schob das Solex zum Gartentor, ihr indisches Tuch über ausgefranste, zerrissene Jeans geknotet, in denen ihre Figur und ihr Hüftschwung zur Geltung kamen. Es war, als würde das Moped nichts wiegen in ihren Händen. Bevor sie hinausging, schien sie etwas zu sehen und drehte sich um.

»Sag mal, Toni, hast du das dahin gelegt?«

»Was?« fragte er.

»Komm mal her.«

Das Gartentor ging auf, Maï war verschwunden.

Auf dem Mäuerchen lag eine ramponierte Puppe, ohne Kleider, ein Auge fehlte, das andere war ein loser Knopf. Eine alte verblichene, fleckige, zerkratzte Babypuppe, die ihr Roßhaar verlor, aus irgendeinem Gerümpel gezogen, ein Spielzeug für Salamoks. Woher kam sie? Wer hatte sie gebracht? Toni nahm die Puppe an den Beinen und riß sie auseinander, dann warf er sie auf die Straße. Er hörte ein wohlbekanntes Lachen. Als er den Kopf wandte, sah er die herabhängenden Zweige der Weide sich teilen, und Julius erschien auf der anderen Seite der Straße, protziger denn je in seinem weißen Hemd und der bauschigen Hose.

»Was für ein Mensch!« rief er Toni zu. »Eine so hübsche Prinzessin abmurksen! Was wird der Nachbarshund sagen? Mangels Handschuh habe ich das da hingelegt.«

»Hallo«, erwiderte Toni verlegen. »Willst du Boot fahren?«

»Eine gute Idee«, sagte Julius. »Machen wir also eine Bootsfahrt.«

Toni beeilte sich, über das Mäuerchen zu steigen, er wollte das Feld so schnell wie möglich räumen. Dreckskerl! In seinem Versteck mußte er Maï gesehen haben.

»Wir müssen uns sputen«, sagte er. »Gaétan geht auf die Jagd.«

Sie fuhren zu der kleinen Insel der Motorjacht, der Lieblingslandmarke der marodierenden Möwen, Treffpunkt der vom Überqueren der Tümpel mitgenommenen Mücken, dem einzigen Ort der Lagunen mit einem so feinen Sand wie am Meer. Am südlichen Horizont zog ein Gewitter auf, das Licht war kupfer- und fliederfarben. Julius und Toni zogen die Souris des Mers aufs Trockene. Es war so heiß, daß das Bitumen schwitzte. Toni badete. Julius machte sich bis zur Taille naß, beschwerte sich über das kalte Wasser und legte sich in die Sonne. Toni gesellte sich zu ihm. Er hatte keine Lust zu reden. An den Kahn gelehnt, betrachtete er den Kerl von den Antillen, der dösend auf seinem goldenen Kettchen herumbiß. Er war ihm böse wegen des Drachens, wegen Maï, wegen dieser Freundschaft, die er vergessen wollte. Julius der Aufreißer, der Verräter. Er wollte seinen Tod. Ihn im Ganzen und in allen Einzelheiten töten. Sein Lachen töten, seine blauen Augen, sein einfältiges Katzengesicht, seine Boxerschultern, auch seine Beliebtheit bei den Mädchen, die er benutzte wie der Metzger ein Messer.

»Du bist nicht sehr gesprächig«, sagte Julius, ohne die Augen aufzumachen. »Hast du Ärger?«

»Es geht«, sagte Toni.

Wie oft würde er ihm noch sagen, daß er nicht sehr gesprächig war! Dabei scherte er sich doch gar nicht darum. Er redete für zwei. Kein Wort über Maï. Er wartete, daß Toni den ersten Schritt tat, den falschen Schritt, zuerst über sie zu sprechen. Er sprach über die Schule, sein glänzend bestandenes Abitur, seine Einschreibung an der Universität, die Vorteile des Studentenstatus, Stipendium und freie Unterkunft, die Möglichkeit, sein Studium in Paris abzuschließen. Er prahlte mit seinen Erfolgen, jonglierte mit unklaren Ausdrücken, Seminarschein und Eingangstest. Er machte sich darüber lustig, daß Toni immer noch zwischen Vorschule und Abitursklasse, zwischen seiner kleinen Schwester und seiner Mama herumtrödelte. Er sah sich schon als Arzt, Scheckbuch mit goldenem Schnitt und schwarze Tafel am Eingang, Äskulapstab. Und vor allem: den ganzen Tag nackte Frauen.

»Ah, ja«, sagte Toni zerstreut.

Er dachte an Maï und das Solex. Sie mußte zurück sein. Vielleicht suchte sie ihn?

»Ah, ja«, wiederholte Julius verächtlich.

Er machte die Augen auf und wieder zu.

»Das nennt sich Gynäkologe ... Du kassierst und vögelst umsonst.«

»Was ist das?«

»Ich werde es bald sein«, grinste Julius.

Und mit einschmeichelndem Ton begann er wieder zu schwadronieren, schilderte in den leuchtendsten Farben den unerschöpflichen Vorrat an eingeschüchterten kleinen Schlampen, die in seiner Praxis aufmarschieren würden, das Höschen in der Hand, bereit zu jeder Hingabe, wenn er nur geruhte, ihre intimsten Geheimnisse zu teilen und nichts der Mama zu sagen. Her mit den Höschen, her mit den Mamas, her mit dem Zaster. Und obendrein würden sie ihm Schokolade zu Weihnachten schicken.

»Weiße Schokolade«, murmelte Toni.

»Du bist ein Witzbold!« sagte Julius gekränkt.

Unter den Lidern hervorblinzelnd, fügte er hinzu:

»Mach dir keine Sorgen wegen deiner Schwester, das ist umsonst. Wir sind doch Freunde!«

Tonis Herz begann zu klopfen.

»Was soll das heißen?«

»Ich hab euch gern, das ist alles. Ich denke an eure Ersparnisse.«

Er beschattete seine Augen mit dem Unterarm, fügte dann gutmütig hinzu:

»O Schiffer, auf deinem U-Boot fehlt es ein bißchen an Weibern.«

Der Donner grollte, der Himmel war schwarz. Toni sah

die Hitze flimmern, das Blut klopfte in seinen Schläfen. Es war nicht sein Wille, daß er Julius zuhörte, daß er ihm nicht an die Gurgel sprang.

»Freunde hast du auch nicht grade viele! Langweilst du dich nie so allein?«

»Warum sollte ich mich langweilen?« brummte Toni. »Ich habe massenhaft Brüder. Einen Froschbruder, einen Drachenbruder, und ich erwarte noch einen, einen ... ich weiß nicht mehr was für einen Bruder. Es regnet gleich, verduften wir.«

Die ersten Tropfen platzten, die beiden ließen die Souris des Mers wieder zu Wasser und beeilten sich, nach Hause zu kommen. Toni ruderte schweigend. Julius pfiff, er lag triefend, mit nacktem Oberkörper, das Hemd um den Hals geschlungen, auf dem Bug und ließ die Füße aus dem Boot hängen.

»Julius!« schrie Toni plötzlich. »Siehst du meine Schwester oft?«

Julius antwortete nicht, drehte sich nicht um. Toni wiederholte die Frage. Julius pfiff, als hätte er nichts gehört. Ein unerträgliches Pfeifen zwischen den Zähnen, eine Melodie, die es nicht gab, das Konzert einer Säge.

Sie kamen an. Als der Kahn vertäut war, sprang Julius auf den Steg und legte sich mit ausgestreckten Armen in den Regen.

»Toll!« rief er. »Komm und laß dich neben mir naßregnen, das Holz ist ganz warm.«

»Du wirst schlau aussehen, wenn Gaétan aufkreuzt«, sagte Toni.

Er dachte an Maï, er dachte nur an Maï. Er warf ängstliche Blicke zum Haus, das zwischen den tropfenden Weiden sichtbar war. Julius blieb auf den Planken liegen, feierte den Regen, der ihn überschwemmte, den er genoß wie die Kröten, die sich am Rand der verstopften Rinnsteine selig zertreten ließen. Ach, hätte er ihn zu Brei schlagen und mit der Fußspitze ins Wasser kicken können, diesen Heuchler!

»Mach keinen Quatsch, Julius, du kennst Gaétan wirklich nicht!«

»Und deine Schwester?« sagte Julius und sah ihn listig an.

»Wieso?« fragte Toni mit falschem Ton. Er hielt den Atem an.

Julius hatte die Augen wieder zugemacht.

»Und deine Schwester«, murmelte er von neuem, und seine Zähne schimmerten zwischen seinen nassen Lippen.

»Was ist mit meiner Schwester?«

»Stell dir vor, sie ist zu mir gekommen.«

»Ach ja? Warum?« hauchte Toni verzweifelt.

»Um mir zu danken. Mir ganz leise zu danken«, seufzte Julius und faltete die Hände über seinem Bauch.

Der Regen fiel jetzt heftig, prasselte auf das finstere Moor. Plötzlich stand Julius auf und wrang seine nassen Sachen aus. Er hatte es auf einmal eilig.

»Wofür zu danken?« fragte Toni flehend.

Julius zog seine Schlappen an. Er schien nichts zu hören.

»Ich habe es vergessen«, sagte er dann, sehr ernst. »Und deine verheiratete Frau? Hast du endlich mit ihr gevögelt?«

»Das ist mein Problem«, stammelte Toni verblüfft.

Julius nahm seinen Arm und drückte ihn herzlich und gönnerhaft.

»Paß auf, Toni, paß wirklich auf«, sagte er mit besorgter Stimme.

»Worauf soll ich aufpassen?«

»Ein anderer könnte mit ihr vögeln.«

Er schlug ihm auf die Schulter wie jedesmal, wenn sie sich trennten, und ohne ein weiteres Wort verschwand er unter den Weiden.

An diesem Abend kam Maï nicht nach Hause, und Toni glaubte sich verloren. Der Wind blies orkanartig. Blitze zuckten über den Seen. Auf Knien in der Mansarde legte er Gelübde ab, er betete: bitte, bitte. Er dachte an Mamina, durchlebte noch einmal den Abend ihres Todes, als er den massakrierten Vogel entdeckt hatte. Er sagte sich, daß Maï sterben würde. Maï war tot, man würde sie massakriert in einem Sack finden. Massakriert durch seine Schuld. Er hätte sie niemals allein wegfahren lassen sollen. Er hatte Maï getötet, er war Clochy, bitte, rette sie. Sein Leben ging heute abend zu Ende. Wenn Maï zurückkehrte, würde er sie heiraten. Maï würde nicht mehr zurückkehren. Gleich würde er sich die Pulsadern öffnen. Er ging die Treppe hinunter, trat in die Nacht hinaus und schrie sich heiser: Maï, Maï, während er mit seiner Taschenlampe die Dunkelheit absuchte. Er hoffte, ein Scheinwerfer würde die Nacht durchdringen, er hoffte auf das Wunder einer Maï, die strahlend und unversehrt ankäme wie eine Nixe.

Um elf Uhr ging das Licht in der Küche aus, Irène holte die Kerzen. Dann setzte sie sich wieder abseits auf einen Stuhl, weiß und stumm. Sie verkörperte einen Schmerz, der mehr im wahren Schmerz verwurzelt, edler und erbarmungswürdiger war als der Schmerz der anderen, die sich umsonst aufregten und jammerten. Maryse polierte das Besteck. Sie hatte den Salz- und den Pfefferstreuer aufgefüllt. Toni spähte aus dem Fenster. Gaétan, vor den erloschenen Fernseher gefläzt, die Fernbedienung in der Hand, wiederholte immer wieder, das habe er noch nie erlebt.

»Wenn ich wenigstens wüßte, wo ich sie suchen soll! Weißt du es, Toni?«

Toni wußte nichts.

»Und du, Maryse?«

Maryse fuhr hoch.

»Nein, ich weiß es auch nicht.«

»Du hast doch die Idee mit dem Solex gehabt. Eine dumme Idee, eine kriminelle Idee. Das hast du absichtlich getan. Du hast es immer gehaßt, das arme Kind. Sobald sie zurück ist, schmeiß ich das Solex in den See. Und dich übrigens auch. Und die Gendarmen auch. Los, komm, Toni.«

Alle Viertelstunden gingen sie, dem Regen trotzend, zur Kreuzung, um die Polizei anzurufen. Die in völlige Dunkelheit gehüllte Telefonzelle schien sich vom Boden losreißen zu wollen. Toni zitterte, der Onkel zitterte. Um eine Stablampe gedrängt, hantierten sie nervös an dem Telefon, dessen Wählscheibe klemmte. Der ersten Stimme, die er am anderen Ende der Leitung erwischte, brüllte er entgegen: »Scheiße noch mal! Was macht ihr eigentlich ...«

Kein Unfall hatte sich ereignet, das Solex war nirgends zu sehen, man verzeichnete keine Einlieferung ins Krankenhaus, die Person muß bei Freunden Zuflucht gesucht haben.

»Ein Überfall«, wetterte Gaétan. »Wir leben in einer Zeit der Vergewaltiger und der Gestörten. Macht ihr manchmal den Fernseher an? Seht ihr sie da nicht, die Vergewaltiger?«

Er legte auf, schnaufte wie ein Walroß und seufzte. Toni fragte sich, ob die Tropfen auf seiner Wange nicht Tränen waren.

»Ertrunken!« schlug der Onkel vor. »Versuchen wir es bei der Feuerwehr. Das ist wirklich ein öffentlicher Dienst. Leuchte mir.«

Sie versuchten es bei der Feuerwehr.

»Und währenddessen sitzt dein Vater gemütlich in seiner Hütte. Oh, er würde nicht ertrinken! Nicht einmal in seinem Zahnputzglas.«

Toni weinte, flehte, bitte, rettet sie. Wenn Maï wiederkommt, wird er in der Schule fleißig sein. Wenn Maï wiederkommt, wird er nett sein zu seiner Mutter. Wenn Maï nicht tot ist, wird er niemandem mehr Fragen stellen, nie mehr.

Im peitschenden eiskalten Regen kehrten sie zum Haus zurück. Irène servierte ihnen heiße Getränke mit der stummen Ergebenheit einer Fischersfrau, die Schiffbrüchige umsorgt. Die Augenblicke dehnten sich zur Ewigkeit. Und mein Armband, dachte Toni, was hat sie damit gemacht? Ein Glücksbringer. Hätte sie mein Armband angehabt, wäre nichts passiert. Gleich würde er sich aus dem Fenster stürzen.

Um zwei Uhr morgens ließ der Orkan nach, und die befreite Nacht schwang sich auf, der Mond erstrahlte in einem Bethlehem-Himmel, wo es von Segen nur so wimmelte. Die Frösche kletterten wieder auf die Seerosen, und in der Stille des Moors hörte man bald nur noch das dumpfe Geräusch der Wassertropfen, die von den schweren Ästen fielen.

»Da ist sie«, rief Toni und öffnete das Fenster.

Ganz da hinten in der Ferne meinte er aus dem undurchdringlichen Dunkel das kleine zitternde Surren des Mopeds kommen zu hören.

»Das wird was setzen«, sagte Gaétan.

Sie liefen zum Mäuerchen. Maï kam langsam auf dem Weg angerollt, mit brennendem Scheinwerfer, den Pfützen ausweichend. Als sie die anderen sah, schien sie fast ärgerlich.

»Ihr seid verrückt! Papa, warum bist du noch auf?«

Sie war durchnäßt, doch sie fühlte sich pudelwohl mitten in der Nacht und schalt ihren Vater und ihren Cousin, die aussahen, als wäre ihnen etwas zugestoßen. Dann sagte sie mitleidig, noch bevor Gaétan ein Wort äußern konnte:

»Mein armer Papa! ... Ich habe an dich gedacht, weißt du. Du mußt dir schreckliche Sorgen gemacht haben, wie ich dich kenne. Na, komm schon ...«

Sie war bis nach Lanvaur gefahren, es war herrlich. Sie hatte das Solex ihrer Freundin Annick gezeigt. Auf dem Rückweg hatte sie der Regen überrascht, ein Regen, wie man ihn sich nicht vorstellen kann. Vor den Hagelkörnern hatte sie sich in eine Telefonzelle geflüchtet. Es war um so dämlicher, als sie kein Geld hatte, um zu Hause anzurufen.

»Die Polizei ist umsonst.«

Er sah seine Cousine an und klapperte mit den Zähnen. Er hätte sie am liebsten geohrfeigt.

»Wenn ich das gewußt hätte«, sagte Maï. Dann mit müder Stimme, als sie zur Tür kamen: »Sei so nett, Toni, stell mein Solex weg. Ich falle gleich um. Ich weiß nicht, ob ihr euch vorstellen könnt, welche Angst ich hatte.«

»So siehst du aus!« sagte Toni.

»Geh schleunigst ins Bett«, fuhr Gaétan dazwischen, »du wirst noch krank. So was habe ich noch nie erlebt, aber wirklich noch nie. Und ich muß die Polente benachrichtigen. Los, kommt rein.«

Toni holte Maï im Hausflur ein.

»Wo warst du?«

»In der Telefonzelle neben dem Sägewerk«, sagte Maï leichthin. »Und es ging mir blendend, stell dir vor.«

Sie fügte sogleich hinzu:

»Danke für das Solex, verstaue es gut. Und fahr bitte nicht damit spazieren. Tschüs, Toni.«

Sie wandte sich um und ging ohne Kuß hinauf.

Toni machte sich auf zum Schuppen. Er hätte sie schlagen sollen, an Ort und Stelle verdreschen. Morgen würde er sie schlagen. Die Rinnsteine plätscherten in der Nacht. Überall auf der Erde lief und rieselte das Wasser, die vom Himmel gefallenen Sturzbäche flossen zurück ins Moor. Ein Vogel sang wie am hellen Tag. Toni stellte das Moped unter und sperrte es ab. Das Solex war schlammbedeckt. Er nahm einen Schwamm und begann es zu säubern. Dann polierte er es mit Fensterleder, den Lack, das Chrom und die Speichen. Er schraubte die Zündkerze heraus, wischte sie ab, schraubte sie wieder hinein. Bereit für morgen. Bereit für diese Schlampe, die ihm irgend etwas erzählte. Julius war nichts als ein Keckskerl, Maï ein Schlampe. Er setzte sich auf den Sitz, drehte den Griff, und sah sich wieder in Brissac bei dem Kerl von den Antillen ankommen. »Hallo, Julius. Gefällt dir meine Maschine?« Eines Tages vielleicht. Bevor er ging, öffnete er die Packtasche des Solex. Darin befand sich ein Benzinkanister, eine Plastiktüte und in der Tüte ein schwarzer Kimono, der fest um eine Haarbürste gewickelt war.

9

Um vier Uhr morgens, vor den Schrank hingekauert, faßte er seinen Entschluß. Weggehen. Jetzt weggehen. Keine Zukunft mehr, kein Beruf mehr, keine Fragen mehr, keine Schlaflosigkeit, keine Schlitze mehr, keinerlei Angst mehr. Weggehen, weggehen, aufs Geratewohl. Zu Fuß rund um die Welt, durch Schnee, Meer, Traum, Sonne, Leben und Tod. Eine Reise, runder als ein Ehering. Wenn er den Ozean überwunden, die Berge erklommen, die niedrigsten Niederungen von Amerika und anderswo durchstreift hätte, wenn er Umgang gepflegt hätte mit Dieben, Mördern, Pennern, Huren, braven Leuten, die weder Huren noch Penner, nur einfach lebendig waren, indem sie existierten, ohne zu sterben, sich tummelten, durch die Stadt gingen, den überfüllten Untergrundbahnen entgegeneilten, wenn er sich getummelt, das Pflaster getreten, gebettelt, weiße Hosen angezogen, in gestohlenen Wagen die Bullen abgehängt, die Wüsten durchquert, Blueberry verdroschen, das Meer verschlungen, die gebratenen Blutegel der letzten Wilden gegessen, Leben gerettet, getötet, das eigene gerettet hätte in jedem Augenblick, wenn er seine Seele an allen Freuden, allen Lastern gerieben hätte, dann würde er nach Hause zurückkehren. Er würde soviel mehr darüber wissen als seine Mutter und sein Vater, er wäre es wahrscheinlich so leid, das alles über sich selbst und über die Landschaft jenseits der Moore zu wissen, daß er nicht noch mehr wissen wollte. Allen würde er ihr Geheimnis ersparen. Ohne Bedauern. Er sah schon seine Rückkehr nach Les Angéliques vor sich, zehn Jahre, zwanzig Jahre später. Er schweigsam und lächelnd, die Augen weit offen vor Heiterkeit. Maï unverändert, Maï als Johannisbeere, als Vogel Strauß, als Schlampe. Unverändert, aber schluchzend, denn sie hatte ihn tot geglaubt und versuchte nicht, ihre Freude zu verbergen. Ich bin deinetwegen zurückgekommen, Liebste, um dich zu holen. Nicht eine Sekunde stellte er sich vor, sie könnte verheiratet sein, eine Familie haben oder ohne ihn weggegangen sein. Seine Eltern dagegen, zwei kleine Kreuze hinten im Garten, beim Klo, Verzeihung, Mama.

Zehn Jahre, dachte Toni ... Es braucht sicher zehn Jahre, um ihren Stolz zu brechen, bei diesem Luder. Der Countdown lief. Er zerriß den Kimono, den er aus der Packtasche entwendet hatte. Er stank nach Benzin und Rosenwasser, sie flirtete wohl mit einem Tankwart. Zehn Jahre später würde er nicht mehr wissen wollen, was er dort in der Packtasche suchte und was Maï mitten in der Nacht draußen im Wirbelsturm suchte, in einer Telefonzelle, die so unglaubwürdig war wie ihre ganzen faulen Ausreden. Und auch nicht, was sie mit ihren Freundinnen in der Kneipe von Doktor Julius wollte, dem Knutscher, dem Verführer, dem Dreckskerl. Und ob sie ihn wirklich geküßt hatte! ... Er hätte Maïs Stolz gebrochen, er verlangte nichts anderes vom Leben. Er würde sie als Besiegte heiraten, ohne die mindeste Frage zu stellen. Vielleicht hätte er vergessen. Vielleicht auch nicht.

Bevor er ginge, würde er die Geheime abbrennen, sie zog nur den bösen Blick und Elend an. Sie war von Clochys Seele durchdrungen. Er würde sie abbrennen und mit ihr all die widerlichen Geister, deren Eier am Torfmoos klebten wie schwarze Läuse. Ein Spritzer Benzin, und wumm! Weg mit den Salamoks, den verfluchten Geistern. In Les Angéliques würde man den Rauch aufsteigen sehen. Der Schisser läßt euch grüßen. Der Schisser braucht zehn Jahre.

Der Schatten an der Wand wurde blasser. Um ihn herum herrschte Chaos. In seiner Wut hatte er alles abgerissen, die Fotos von Maï, das Blueberry-Plakat, die Aloebüsche. Die Hängematte hing an einem einzigen Haken und erbrach Bettzeug, Bibel und Comics. Die Möwe und der Drachen lagen zerfetzt auf einem wüsten Haufen von Kleidern und verstreuten Heften, die Kokospalmen zerfleddert auf dem Boden. Maï war nicht hochgekommen, um nach ihm zu sehen. Maï hatte ihn ganz allein gelassen mit seinem Anfall. Er hätte sich umbringen können, sie scherte sich nicht darum. Und als er hinuntergegangen war, an ihrer Tür geklopft und sie angefleht hatte, zu öffnen, hatte er ihre schleichenden Schritte im Dunkeln gehört und dann, wie der Schlüssel zweimal herumgedreht wurde. Zweimal zuviel, Schlampe! Sie hatte sich eingeschlossen, verbarrikadiert, taub für seine Schreie, seinen Kummer, die Fußtritte. In zehn Jahren würde er sich an nichts mehr erinnern. Er würde sich erinnern, aber er würde so tun, als hätte er vergessen. Zuerst würde er sie heiraten.

Die andere offene Rechnung: Julius. Nach der Geheimen würde er ihre Freundschaft in Brand stecken, ihr Freundschaftstheater. Er würde zu ihm sagen: Schluß, Julius, Freunde wie dich überlasse ich den Idioten. Und von meiner Schwester, Finger weg! Sonst hol ich die Polizei. Du bist doch mehr oder weniger Ausländer, oder? Das ist keine Kleinigkeit bei uns, Verführung Minderjähriger. Ihr Vater weiß übrigens Bescheid ... Zu lang. Er würde sagen: Paß auf, Gaétan hat's mit den Bullen. Und Julius würde kapieren. Weg mit den feindlichen Brüdern.

Bei den ersten Sonnenstrahlen zog Toni sich an, stopfte den Kimono zum Transistorradio und den Olivengläsern in Maïs Air-France-Koffer und stieg dann über die Lärche hinunter in den rosaroten, vom Morgentau benetzten Hof.

Kein Luftzug; über den in bläulichen Nebel gehüllten Seen stieg der Tag auf.

Als der Ausreißer an die verlassene Anlegestelle kam, entschlossen genug, um sich den Zug, der ihn anderswohin bringen würde, einzubilden, erwartete ihn etwas Unvorhergesehenes. Die Souris des Mers war untergegangen. Nicht ganz. Der rote Rand war noch zu sehen, der an der Wasseroberfläche einen Spitzbogen beschrieb. Arme alte Souris, armer Milo. Noch ein Weilchen, und sie würde sich zu den Mortas unter dem Schlick gesellen, und in einigen Jahrtausenden würde man sie dann im Naturhistorischen Museum von Poitiers wiederfinden. Toni zog die Schuhe aus, um den Kahn auf ein abschüssiges Bett aus Gras zu ziehen. Eine richtige Badewanne. Ein Astknoten schwamm oben, die Ursache für das Vollaufen. Ein Witz. Als er den Grund absuchte, fand er den Stagblock. Er würde ausschöpfen, abkratzen, wieder anleimen, und der Kahn würde glänzen wie ein Erstkommunikant. Die Sache von einer Stunde. Er ging nach Les Angéliques, um Arbeitsgerät zu holen, und im Schuppen nahm er sich zusammen, um ihr nicht das Solex kurz und klein zu schlagen, diesem Luder!, nicht die Reifen zu Mus zu machen.

Es war fünf Uhr. Es wurde schon sehr heiß. Zurück am Strand, leerte er die Souris des Mers aus und zog sie unter die Weiden, in den Schatten eines mit Brennesseln durchsetzten Brombeergestrüpps. Das Heck lag in der Sonne, ein leichtes Geräusch ablaufenden Wassers war ohne sichtbaren Ursprung; man sah Rinnsale auf dem Moos funkeln.

Zehn Jahre, um sie zu brechen, sie als Besiegte zu heiraten.

Unwillkürlich hob Toni den Kopf und suchte Maïs Fenster zwischen dem hängenden Blattwerk der Weide. Die Läden waren geschlossen. Sie würde bis mittags faulenzen. Er seufzte, drehte das Boot um und begann zu kratzen. Das Holz klang weich, schwammig, das Werg gab nach. Das Kratzeisen fuhr kreischend hin und her. Ein Erstkommunikant, gut, aber gefüllt mit rostzerfressenen Nägeln, wackelnden und verfaulten Zahnstummeln. Der ganze Kahn verlangte nach einer neuen Haut, neuem Teer, neuen Nägeln. Bei Sonnenuntergang würde er aufbrechen, nachdem er ihn hergerichtet hätte. Er würde die ganze Nacht marschieren. Sein Vater hatte verfaulte Stummel, unförmige Lippen. Wenn er lächelte, glaubte Toni eine gebärende Molluske vor sich zu haben. Er lächelte nur, um seine vom Tod abgefressenen Zähne zu zeigen. Sollen sie sich doch anschreien, seine Mutter und er, sich gegenseitig umbringen, sich bestrafen für vergessene Vergehen! Die Zeit war lange vorbei, da er dachte, sie versöhnen zu können. Scheinbar ging es leicht. Eines Tages, als seine Mutter in der Küche weinte, war er zu seinem Vater gegangen und hatte ihm Vorhaltungen gemacht. »Ich will nicht mehr, daß du Mama zum Weinen bringst, hörst du?« Sein Vater war blaß geworden. Sein Vater hatte sehr erregt geantwortet, daß es leichtfertig sei, so mit ihm zu reden. »Weißt du denn nicht, welche Hölle ich durchlebt habe? Ich werde es dir später erzählen, wenn du volljährig bist. Du siehst sie jetzt, arm und voller Barmherzigkeit, sie hat keine Wahl mehr. Doch wenn ich tausend Leben hätte, würde sie mich diese tausend Leben lang anwidern ...« »Aber du, Papa, was hast du getan, um sie anzuwidern?« »Ich, Toni? Nichts, hör mal. Ich habe sie jahrelang ertragen.« Das Kratzeisen quietschte, die Farbe löste sich in Klumpen ab. »Sag doch, Papa.« »Was soll ich sagen, Toni?« »Sprich jetzt, Papa, wer war Barabbas?« »Ein unendlich liebenswürdiger Neger eben, er hat mir im Gefängnis geholfen.« »Was hattest du im Gefängnis zu suchen?« »Ich hatte nichts getan, Toni. Das Versehen einer Polizeistreife im Feierabendgedränge an der Metrostation Corentin-Cariou. Rotgekleidete Chorknaben. Und dann eine Gedankenlosigkeit der Richter, ich erkläre es dir, wenn du volljährig bist.« »Sag mir jetzt alles, Papa, gestehe!« »Was soll ich denn gestehen, Toni? Du machst es dir unnötig schwer, frag deine Mutter, sie wird dir Horrorgeschichten erzählen. Horrorgeschichten, verbrämt mit christlichen Gefühlen.«

Toni setzte sein Kratzeisen ab. Die Sonne brach durch den Nebel. Er schwitzte. Die Fensterläden waren zu. Maï schlief, ohne an ihn zu denken. Wenn sie ihre Frisur ordnete, sah man das Ohr, ein weiß schimmerndes Labyrinth, wo schattige Falten sich bogen, man hatte den Eindruck, ihr ein Geheimnis zu stehlen. Seit einiger Zeit sah er ihren Hals und ihr Ohr nicht mehr. Sie bürstete ihr Haar ostentativ auf die Seite, wo er sich befand.

Er arbeitete bis mittags, während er immer wieder nervöse Blicke auf die geschlossenen Fensterläden warf. Wie lange würde sie pennen? Es war brüllend heiß. Er hatte dreimal das Läuten zur Messe gehört und seine Mutter und Maryse im Sonntagsstaat vorbeigehen sehen. Er badete und picknickte im Schatten von Boot und Brombeergestrüpp, das Transistorradio lief leise. Abenteurermahlzeit: schwarze Oliven und lauwarmes Wasser aus der Feldflasche. Mit aufgerichteten Flügeln schöpften bunte Schmetterlinge um ihn her frische Luft. Die Ellbogen auf dem entblößten Kahn aufgestützt, sah Toni auf dem glitzernden Wasser ins Leere. Ein Sperber kreiste im Gleitflug, sein Schatten folgte ihm, kam ihm zuvor, befleckte das Blau der Strömung, und peng! ich töte dich! Der Sperber fiel senkrecht auf seinen Schatten.

Er fühlte sich müde, melancholisch. Er hatte Maïs Bürste zu Hause vergessen. Was tat die Bürste in der Packtasche? Was tat der Kimono dort? Was tat Maï? Wo hatte sie bloß die Nacht verbracht?

Er nahm die Arbeit wieder auf. Er zündete den Gaskocher an und ließ ein Stück Pech schmelzen für den Anstrich. Ah, kleine Souris des Mers, bald wirst du flitzen! Eine süßliche und unwirkliche Stimme kam aus dem Radio. Im Gras kniend, rührte er mit dem Pinselstiel im Topf. Das Pech schmolz, schwarz, rötlich schimmernd, das Schwarz färbte sich golden. Toni rührte die Farbe von Maïs Blick um, Gold und Dunkelheit. Man könnte glauben, es wäre Nacht, dachte er. In ihren Augen züngeln Flammen wie in Murmeln oder Augustnächten, und man hat den Eindruck, daß sie ganz nah sind, die Flammen, die Funken, wie in den Murmeln oder in den Augustnächten, aber es gelingt einem nie, sie zu berühren.

Als das Pech flüssig war und Fäden zog, begann Toni mit dem Anstreichen. Das Pech qualmte und verströmte einen scharfen Nelkengeruch. Die Mücken kamen, um sich die Beine daran zu verbrennen, und der Pinsel zerquetschte sie, wobei er einen kurzen Augenblick lang eine Blutspur sichtbar werden ließ. Der rote Rand? Er würde keine Zeit dazu haben. Falls er nicht den Aufbruch auf morgen verschob. Die Geheime würde unter freiem Himmel in Flammen aufgehen. Gleich danach würde er fliehen. Man sollte nicht sagen können, daß er die Souris des Mers in Schwarz zurückgelassen hätte wie eine Witwe oder wie einen Morta.

Sein Blick suchte die Fensterläden zwischen den Blättern der Weide, als die Musik aus dem Kofferradio jäh abbrach. Er ahnte, daß sie da war.

Maï besaß die Gabe des Auftauchens, man hörte sie nie kommen. Sie mußte durch die Lüfte kommen, Libelle oder Schmetterling, Funkenflug der Augustnächte. Sie mußte ihre

Flügel am Fuß eines Baumes verstecken und dann wieder davonfliegen.

Schimmernd und frisch lauerte sie Toni auf, entzückt, ihn zu überraschen. Er dagegen war rot im Gesicht und schwitzte, hatte Farbe auf dem Körper und im Haar, Kopf und Augen voll Sonne, und war so wenig auf die Begegnung vorbereitet, daß er nichts zu sagen fand.

Maï erkannte den Air-France-Koffer im Schatten des Brombeergestrüpps.

»Der gehört mir«, sagte sie und zeigte mit dem Finger darauf.

»Du hast ihn mir geschenkt.«

»Und drin?«

»Das ist mein Picknick. Kannst ja nachschauen.«

Anstatt hinzugehen, setzte sie sich im Schneidersitz ins Gras, mit dem Rücken zur Sonne, und schloß einen Moment die Augen.

»Ich mag diesen Geruch«, murmelte sie und atmete den Pechdampf ein, »das weckt Erinnerungen in mir.«

Sie schnurrte und lächelte. Mit süßer Stimme sagte sie zu Toni, sie habe in seinem Zimmer nachsehen wollen, aber der Saustall habe sie abgehalten. Sie komme also, um ihn, ohne weiteren Kommentar und auch ohne daß er sich zu einem solchen genötigt fühlen möge, um die Rückgabe des Kimonos zu bitten.

»Was für ein Kimono?« fragte Toni, dem der Sinn nach einem Kamm und einer Dusche, einer mit klarem Wasser gewaschenen Haut und einem weniger rasenden Herzen stand.

»Sagt dir das nichts?«

»Überhaupt nichts.«

Sie lächelte schweigend, und Toni wollte sie ohrfeigen.

Sie hatte ihre weiße Hose an, die bis zu den Waden ging, ihr indisches Tuch und ihr altes, ganz ausgebleichtes und verschlissenes rosafarbenes T-Shirt, sie hatte ihre gebräunte Haut an, ihre blutroten Lippen, ihre schwarz-goldenen Augen.

»Ich gehe, Toni. Ich gebe dir bis morgen, einverstanden?«

Niemals würde er den Kimono zurückgeben! Soll sie zuerst gestehen, wo sie diese Nacht war und warum sie ihn quälte. Was habe ich dir getan, Maï? Weißt du, daß ich weggehe? Weißt du, daß du mich nicht mehr sehen wirst? Morgen wäre sie nicht mehr so stolz, wenn die Feuerwehr die Seen nach der Leiche absuchte, sie würde ein bißchen weniger an ihren Kimono denken, wenn man ihr den ertrunkenen Cousin heimbrächte.

Maï stand auf.

»He, Maï!« sagte Toni verstört. »Hast du gesehen? Ich habe die Souris des Mers gestrichen.«

»Na und?«

»Nichts«, sagte Toni und senkte den Kopf.

Er sah einen Pechtropfen an der Pinselspitze trocknen, ein winziger Spiegel, in dem Maï reflektiert wurde, ein verlorener Reflex wie eine Flamme in einer Murmel; Maï und er spiegelten sich darin, konnten sich verknäueln wie zwei Spinnen beim Liebesspiel und umkommen, was soll's!, sie liebten sich.

»He, Maï!« sagte er wieder, den Blick auf den Reflex geheftet. »Erinnerst du dich?«

»Woran? ... Natürlich erinnere ich mich. Besser als du, vielleicht.«

Es gab weder Zug noch Tunnel, weder Souris des Mers noch Sonne, noch Salamoks. Kein Schrecken, keine Bedrohung weit und breit. Es genügte zu sehen, wie Maïs Gesicht um den Pinsel schillerte, das Haar, die Augen, die Blässe. Ein großes Gesicht, ein Zwergenkörper, ein unsichtbares Mädchen, wahrgenommen im Auge eines Mikroskops wie ein namenloser Stern.

»Am Abend von Maminas Tod«, sagte Toni, »erinnerst du dich?«

»Natürlich«, sagte Maï.

»Ich bin spät heimgekommen, und du hast auf mich gewartet. Und ...«

»Und was?« fragte Maï. »Übrigens habe ich nicht auf dich gewartet.«

»Doch, du hast auf mich gewartet. Du hast mir deine Flugzeuggeschichte erzählt. Du bist zu mir gekommen, erinnerst du dich?«

»Und was dann?« sagte Maï. »Beeil dich, ich verstehe gar nichts.«

Und dann ..., dachte Toni. Doch er konnte nicht mehr sprechen. Er hatte keine Wörter mehr, seine Kehle war trocken, die Sonne stach, das Blut klopfte ihm in den Schläfen, der Pechtropfen lief auseinander, wurde groß wie ein Auge, wie sein Fenster in der Nacht, wie die verschneite Manege des Zirkus Universal. Ein schwarzes Pferd drehte sich, die Reflexe schwankten, Gesichter verformten sich, wurden vertauscht, Türen schlugen, eine Stimme sagte, sie sei gekommen, sie komme wieder, eine Stimme ohne Person. Nichts hatte sich geändert, er hatte nichts zu befürchten, sie würde ihn nicht mehr verlassen, alle liebten ihn, alle ... Und dann hast du dein Nachthemd ausgezogen, du bist in mein Bett gekommmen, und ...

»Wir sind wie Liebende gewesen«, stammelte Toni.

»Mein armer Toni«, sagte Maï. »Du wirst völlig bescheuert.«

Toni fühlte sich taumeln, er schloß die Augen. *Ich bin der Schnee, schöner und grausamer als der Regen, dein Vater weiß es genau, deine Mutter weiß es genau. Ich muß sie sehen, Mama, ich muß sie sehen, es macht mich fertig.* Er hörte, wie Maï von weitem zu ihm sagte: »Tschüs dann, Toni. Denk an meinen Kimono. Mach nicht zu viele Dummheiten und räum dein Zimmer auf ...«

Er öffnete die Augen wieder, Maï war verschwunden. Der Schatten des Brombeergestrüpps breitete sich längs des Kahns aus.

Als er mit seinen Instandsetzungsarbeiten fertig war, legte er sich neben dem Boot ins Gras. Er hörte seine Mutter nach ihm rufen und reagierte nicht. Ihm war übel von der Hitze, den Oliven und den Bitumendämpfen, er döste und träumte vor sich hin. Er dachte nicht mehr daran, die Geheime in Brand zu stecken, und nicht mehr ans Weggehen.

Er hatte alles vergessen. Er fühlte sich sehr allein in Les Angéliques, sehr alt. Er würde dort seine Tage beschließen, trotz der Verschwörung. Maï hatte das ganze Haus gegen ihn aufgebracht. Wenn er nahte, verstummte das Flüstern, entfernten sich die Schritte, erstarrten die Blicke. Maï tat ihm schon immer gern weh. *Toni kann ja zu Hause bleiben*. Das war ihre Stimme, waren ihre Worte, die Worte einer sehr fernen, sehr unscharfen Vergangenheit. Unter welchen Umständen mochte sie, ein gerade erst dem Säuglingsalter entwachsenes Mädchen, gewünscht haben, ihn mit solcher Verachtung ins Abseits zu stellen? ... Toni kann ja zu Hause bleiben. Die Schärfe eines Urteils. Der Wille, ihn auszuschließen, hinter dem sich noch Grausameres verbarg: Es macht gar nichts, wenn Toni nicht kommt. Tonis Anwesenheit wird alles verderben. Wenn Toni kommt, dann komme ich nicht. Toni kann ja gehen, sterben, zu existieren aufhören. Wenn er sich umbringt, sind wir ihn los. Ein Unerwünschter, der anderer Leute Freiheiten ein ganz klein wenig respektiert, hätte es schon getan. Der Umzug? Ränke, Verschwörung. Sie hatte gesagt: »Dieses Jahr gehe ich nicht weg. Nächstes Jahr, nach dem Abitur gehe ich weg ...« Wohin würde sie gehen? Angeblich nach Paris. Eine Theaterschule. Sie würde ihren Cousin verlassen, um Kostüme zu zeichnen. Er hatte alles verstanden, »da du nicht gehst, gehe ich. Da du nicht stirbst, werde ich anderswo leben.« Wohin sollte er gehen? Was sollte er tun? Julius jetzt: »Du ziehst mit Gigi zusammen. Sie liest die Zukunft, und du verkleidest dich als Frosch. Als Frosch würdest du irgendein Unheil auf der Straße anrichten. Der Brandfrosch. Gigi das Tamburin, du das Feuer, du speist Feuer. Und es regnet Geld.« Julius, immer: »Scheißhaufensammler in Paris, das ist dein Beruf. Sie haben grüne Motorräder mit Staubsaugern. Das wird dir Spaß machen! Na ja, später wirst du dann sehen.« Später kam näher, später wurde unmerklich bald, morgen, gleich und jetzt. Die Familie löste sich auf, seine Träume lösten sich auf. Sterben, warum auch nicht? Im Zollhaus wartete eine Waffe auf ihn, ein Sammlerstück zu seinem achzehnten Geburtstag, eine preußische Pistole mit

Kugeln, Pulver aus dem Mittelalter, ein verstaubtes Geschütz, mit dem man überall frisches Blut verspritzen konnte, so daß es schön tropfte, wie das Gelb zerplatzter Eier von den Wänden. Maï würde schreien vor Entsetzen. Sie würde ihr Leben lang Alpträume haben.

Die Nacht brach herein. Die Fenster zwischen den Weiden waren erleuchtet. Die Sternbilder kreisten. Die Mücken machten sich im Dunkeln zu schaffen. Sie stachen den schlafenden Toni, schliefen auf ihm ein. Das Land dehnte sich still um die Moore aus. Ein violetter Schatten verschwamm im Westen. Irène ging von neuem nach draußen, um ihren Sohn zu rufen, sie flehte ihn an, zu antworten, wenn er da sei. Er hörte nichts, nicht einmal das Spektakel der Frösche, die das Ende des Tages feierten. Er träumte. Eine Stunde später, als er sich gerade anschickte, seinen Traum zu benennen, ließ ihn etwas blendend Helles die Augen öffnen. Wo war er? Er sprang auf. Ein Auto stand mit brennenden Scheinwerfern und laufendem Motor fast auf dem Anlegesteg. Der Motor ging aus, die Scheinwerfer wurden auf Standlicht zurückgeschaltet, eine Silhouette löste sich aus der Dunkelheit.

»Komm raus, ich habe dich erkannt«, rief Julius' Stimme. »Du hast mir einen Schreck eingejagt.«

Er war ohne Gesicht zwischen den beiden Scheinwerfern, nur ein Schatten, eine große undeutliche Gestalt.

»Was tust du denn hier?« fragte Toni, halb tot vor Angst.

»Ich habe unter deinen Fenstern nach dir gepfiffen. Das ist ja nichts Schlimmes ... Was würdest du zu einer kleinen Autofahrt sagen, um meinen Führerschein zu feiern?«

Toni hatte keine Lust, Julius zu begleiten, aber er fand nicht die Worte der Ablehnung, die Worte, um dem Kerl von den Antillen zu bedeuten, daß er seine dreckige Fresse am liebsten nie mehr sehen würde. So willigte er mürrisch ein, versuchte aber, durch den Tonfall seine wahren Gefühle zu verraten. Er fügte hinzu, daß er müde sei. Er hatte den ganzen Tag an seinem Boot gearbeitet. Er mußte sich einen Sonnenbrand geholt haben. Er wollte nicht spät heimkommen. Seine Eltern warteten auf ihn. Und während er Julius folgte, mit dem Koffer in der Hand, fragte er sich, warum die Worte: »Geh zum Teufel, Judas! Verschwinde von hier!«, warum diese Worte nicht über seine Lippen kamen.

Toni stieg wütend in den Traction.

»Was hast du in deinem Koffer?« fragte Julius, als er losfuhr. »Ninas Unschuld?«

»Genau«, sagte Toni.

Der Koffer lag auf seinen Knien, beide Hände darauf. Julius lächelte. Er beobachtete Toni aus den Augenwinkeln, während er fuhr. Er trug ein fadenscheiniges muschelfarbenes Hemd, das so weit war, daß er sich darin zu verhüllen schien. Er sah aus wie der Pirat, der überstürzt ein Flugzeug voll gestohlenem Geld besteigen mußte.

»Das werden wir feiern«, sagte Julius, ein Lachen auf den Lippen.

Toni lachte auch, er zwang seine Muskeln zur Heiterkeit, wütend auf Julius, auf sich selbst. Er hatte es satt, immer wieder anzustoßen auf die Freundschaft, die Mädchen, das Vögeln, die Angeberei, all die Jungfräulichkeiten, die noch in Freiheit waren unter der Sonne und deren sie sich schließlich bemächtigen würden. Er hatte es satt und war es müde, Angst zu haben. Er sah die Straße auf die Scheinwerfer zueilen. Er versuchte, den Kerl von den Antillen zu vergessen. Er sagte sich, daß er weggehen würde, daß das Exil ganz sicher begonnen habe. Das Leid würde sich bald einnisten in Maïs Herz. Gleich würde er den Fahrer bitten, auf freiem Feld anzuhalten. Er würde aussteigen. Das Auto würde weiterfahren, von der Dunkelheit verschluckt werden. Er würde seinen Weg allein fortsetzen. Eine Weile würde er unter den Sternen dahinschreiten. Niemand wäre da. Es gäbe die Straße und die Sterne und seine Schritte unter den Sternen und vor seinen Schritten zehn Jahre Einsamkeit und Verlassenheit. Im Morgengrauen würde er einen Lastwagen anhalten, einen jener dicker Transporter, die in der Lage sind, Grenzen zu passieren und, in den Bäuchen der Schiffe verstaut, das Meer zu überqueren. Er schliefe ein neben einem schweigsamen Fahrer mit tätowierten Armen. Und wenn er zwei Tage später wieder erwachte, würde er in sich das Vibrieren der Maschinen eines Frachters spüren, der gerade ausgelaufen wäre, jener unbekannten Welt entgegen, die sich jenseits der Moore auftat. So stellte er sich stets seine Flucht vor. Ein Lastwagen unter den Sternen, und er schlief ein, verlor jeden Begriff von Zeit und Ort, merkte nicht, daß er in eine andere Epoche hinüberglitt, wo Maï für Jahrtausende nicht mehr existieren würde. Dann kehrte er zurück. Sie heirateten. Und später ...

»O Toni! Hör mal auf zu träumen. Zeigst du's mir oder nicht?«

»Was?«

»Die Unschuld ...«

Toni verkrampfte sich, ohne zu antworten. Er hielt mit beiden Händen seinen Koffer. Der Wagen hatte Saisine verlassen und die Müllkippe passiert. Jetzt fuhr er auf dem Nordufer an schwarzen Gebäuden vorbei. Ein flitzender Schatten, aufgesaugt von seinen Lichtern und seinem Lärm, der eine unendlich stille und flache Gegend ohne Ansiedlung durchquerte, das verschlafene Königreich der Tümpel und des überschwemmten Landes, Vogelschutzgebiet, Mückenhölle. Ferne, tiefstehende Lichter tauchten auf. Toni sah, wie die Straße sich öffnete. Er spürte sie über seine Schläfen gleiten mit der Sanftheit frischen Wassers und verlor die Besinnung. Julius redete und redete, Toni hörte nicht zu. Autogeschichten, der Preis, den er für seinen Traction bezahlt hatte, die Mädchen, die er mit seinem Schlitten ködern würde und die er übrigens schon geködert hatte. Toni pfiff auf die Autos, er pfiff auf die Mädchen. Er wünschte sich nur einen Schlitz auf der Welt und einen Mädchengeruch und eine einzige Liebe, einen einzigen Traum. Er schlief ein. Im Rückspiegel, der seinen Blick anzog, sah er manchmal einen Streifen Helligkeit schwächer werden und verschwinden. Dann wurde das Auto langsamer, verließ die Straße und folgte einem abfallenden Weg, um fast am Wasser stehenzubleiben. Julius stellte den Motor ab, machte die Scheinwerfer aus, und das Moor verschwand. In der Ferne sah man die Straßenlampen von Saisine, eine Reihe zitternder Lichter.

»Wir sind da«, sagte er.

»Wo denn?«

»Das siehst du doch«, sagte Julius.

Er erzählte, daß er hierherkam, um Autofahren zu üben. Nie ein Bulle, nie ein Auto. Jetzt, da er seinen Führerschein hatte, konnte er überallhin fahren. Und hier war es praktisch, um Mädchen abzuschleppen. Sie dachten gar nicht daran, Widerstand zu leisten. Übrigens hatten sie auch keine Lust dazu. Sie kamen deswegen. Was willst du, ein so gottverlassener Ort.

»Wenn ich daran denke, daß du mit ihr gevögelt hast«, seufzte er, die Hände auf dem Lenkrad verschränkt.

»Mit wem?« fragte Toni.

»Na, mit der verheirateten Frau!«

»Sie möchte, daß ich mit niemand darüber spreche ...«

»Das sagen sie immer«, erklärte Julius verächtlich. »Und sie sind die ersten, die alles erzählen.«

Auch er hatte eine kleine Freundin. Sogar eine ganz kleine Freundin. Die hatte er leider noch nicht rumgekriegt. Er spürte, daß sie heiß war, daß sie bereit war, sie küßten sich wie die Wahnsinnigen, aber was das Bett anging: Sense. Oh, er würde sie schon noch bekommen, sie war wie die anderen. Wenn ihre Krise vorbei wäre, würde sie drankommen. Inzwischen war er verknallt, verknallt wie noch nie.

Seine Finger trommelten aufs Lenkrad. Er sprach mit lauernder Stimme und sah Toni im Dunkeln ständig an.

»Wann hast du eigentlich mit deiner gevögelt?«

»Ich weiß nicht mehr«, sagte Toni. »Letzte Woche.«

»Toller Kerl!« grinste Julius.

Das Problem mit seiner war, daß sie zu verliebt war. Sie verlangte zuviel. Sie wollte alles, Ehe, Kinder, Familie. Mit ihr käme der Spaß später, nach alldem. Zuerst Ehe, Kinder, Familie, Scherereien. Neulich abends waren sie hierhergekommen. Sie hatten im Regen getanzt, die Musik ganz aufgedreht. Sie hatten sogar in den Seen gebadet, im Regen. Und dann hatte sie heimgehen wollen. Nicht einmal ein Kuß. Sie schenkte nichts. Das Benzin war auch nicht geschenkt ...

»Worauf wartet sie?« sagte Toni mit trister Stimme.

»Auf das Vertrauen ... Sie sagt, bei so einem Weiberheld kann man kein Vertrauen haben.«

»Da hat sie recht«, bestätigte Toni, ohne etwas zu denken.

Julius packte ihn an der Schulter.

»Erzähl mir bloß nicht so was«, drohte er, »oder ich mach dich kalt. Ich kann sehr wohl heiraten, wenn es nötig ist! Ich werde sie heiraten, wenn du es wissen willst. Kannst es ihr ja sagen. Übrigens nein, sag ihr nichts. Sie ziert sich. Sie will nicht, daß du es weißt. Sie hat geschworen, daß sie sich umbringt, wenn du es erfährst.«

»Aber wer denn?« murmelte Toni.

»Verarsch mich nur!« sagte Julius böse, und er schüttelte Toni. »Du hast mich seit Jahren verarscht mit deiner Nina und all deinen Dummheiten und deiner Unschuld im Koffer!«

Er redete und lachte gleichzeitig, er schien gefährlich und verrückt, seine Stimme dröhnte im Auto:

»Du wirst selbst sagen, wer es ist! Du nimmst deinen Mut in beide Hände und sagst es, Blödmann! Sag es, oder ich schlag dich nieder.«

»Ich weiß es doch nicht!« schrie Toni und umklammerte seinen Koffer, er zitterte und sträubte sich.

Da packte Julius ihn im Nacken und schleuderte ihm ins Gesicht:

»Deine Cousine, Blödmann! Maï ist es, deine Cousine, deine Cousine Maï! Wiederhole es, wiederhole es mit mir!«

Zweiter Teil

10

Später würde er sich seiner Kinderjahre mit unendlicher Ungläubigkeit erinnern. In einer Zeit, da es nichts mehr zu wissen gäbe, da es kein Moor mehr gäbe, um darin zu rudern, keine schwarzen Katzen zum Abmurksen, keine Mutter, die in der Dämmerung am Ufer nach Toni riefe. Eine befreite Zeit. Keine Schatten mehr, denen in den Tunneln zu trotzen wäre, keine raschelnden Disteln mehr an den Abenden des Geheimnisses und keine zu erforschenden Geheimnisse mehr. Selbst die Sterne hätten ihr Gesicht alltäglicher Unausweichlichkeit aufgesetzt, so wie das Leid oder der Schlaf. Erlöst, nichts weiter. Die Süße der von vergangenen Empfindungen bewohnten Leere und blitzartig die Reue, daß er sich hatte hinreißen lassen. Er würde sich erinnern ohne Hoffnung, ohne Begierde, ohne Glauben. Das Moor, die Schußwaffe, seine Eltern, den Vorhang mit den Schatten und den ängstlichen Bengel vom Kahn, der von der Liebe träumte, all das würde er rundweg ablehnen. Spielt euer Spiel, aber ohne mich. Schaut, wie ihr zurechtkommt. Die Wahrheit? Ein Jux. Les Sphaignes, das ist schwimmendes Torfmoos, so stetig, wie es ein Himmelskörper im Rahmen der Gravitation sein kann. Die Wahrheit? Himmelskörper und Gravitation. Alles ist nur Torfmoos, Ruhelosigkeit, Hypothese und Ungewißheit.

Weitere Jahre würden vergehen. Die Fragensteller wären seit langem verstorben. Wenn er die Hände öffnete, sähe er Handflächen, die vollendete Furchen durchziehen, ein besiegeltes Schicksal. Er würde sich sagen: Ich glaube, ich erinnere mich. Das bin ich, dieses spöttische Kind, ein Schisser, wie es scheint. Dort, das bin wieder ich, nachts, auf dem Mäuerchen. Ein orangegelber Dunst umhüllt die knisternde Neonröhre der Straßenlampe. Ich sehe einen Schatten an Maïs Fenster vorübergehen. Manchmal kommt der Schatten nicht mehr zurück, und das Licht erlischt. Manchmal fängt Maïs Schatten an, Maï nachzuäffen, wenn sie sich auszieht, und ich versuche, auf dem Mäuerchen stehend, das nackte Fleisch zu sehen. Der übergroße Schatten spielt zu meinen Füßen im Gras, er kommt bis zum Mäuerchen. Das ist mein Teil. Zu ihrem Geburtstag habe ich Maï geschrieben: *Am Abend von Maminas Tod waren wir verbunden wie Mehl und Salz, wie ein Liebesknäuel.* Und Maï hat geantwortet: *Hör auf mit dieser Geschichte einer erhabenen Nacht, wo wir uns am Abend einer Beerdigung geliebt haben sollen.* Ich werde ein ganzes Leben gebraucht haben, um mich damit abzufinden, daß ich immer nur auf Raten gerettet werde. Ohne Maï. Da ist der parfümierte Julius. Er trägt einen goldenen Siegelring. Der Arme, er weiß nicht. Er spioniert im Schutz der Weiden. Eines Abends läßt er mich in sein Auto einsteigen, er wird gemein, und ich rufe in Panik: »Maï, es ist Maï! Ja, du wirst mit ihr vögeln ...« Und er macht sich lustig über mich, er lacht schallend und sagt: »Merkst du denn nicht, daß ich dich auf den Leim führe, du Schißhase! Nur um zu sehen, ob du Bammel hast ...« Und ich lasse mich heimbringen. Ich werde meinen kleinen Globetrotter-Koffer im Zollhaus verstekken. Ich betrete das Haus. Es verändert sich nicht. Der Spiegel im Eingang spiegelt nichts wieder. Ein Geist der Dämmerung, der unempfindlich ist für Erschütterungen. Alles ist da in meiner Hand: die Souris des Mers, o kleine schwarze Maus mit den roten Schnurrhaaren, die verbogene Windrose auf dem Dach, der Sonnenzahn von Maï, von dem ich ihre Stimmung ablese, die sich verändert wie ein Schatten auf dem Mäuerchen, das wattige Morgengrauen im Winter, der Minzegeruch ums Haus herum, Minze- und Windgeruch, und im Haus der Geruch der Familie, die der Familie nachspioniert und sie überlebt. Alles spielt sich in der Küche ab, dem Gemeinschaftsraum. Der Kohleherd steht neben dem Elektroofen, den Mamina gegen die Kopfschmerzen gekauft hat. Das Telefon ist Notfällen vorbehalten, Feuer, Trauer, Unfall. Maryse ruft heimlich ihren Friseur in Lanvaur an. Jeden Samstag kommt sie krebsrot und verschämt nach Les Angéliques zurück mit ihrer Wasserwelle. Und Gaétan scheint sie, derart verschönert von der Hand des Friseurs, nicht begehrenswerter zu finden. Er sagt, daß sie zu sehr schreit beim Verkehr.

Die Kinder könnten sich fürchten. So bringt er die Frauen der anderen zum Schreien, und die Kinder schlafen gut. Wenn er zurückkommt, fragt Maryse, ob er Nutten oder Huren genommen hat. Der Abend bricht herein, in der Ferne ruft die Musik. Maï hält meine Hand in der Nacht. *Er kommt, er kommt, der Zirkus Universal.* Es ist windig. Die Manege ist kahl, die Peitsche knallt. Ich sehe eine Elefantenkuh mit einem hölzernen Rasiermesser bewaffnet lachen, ich höre die Abschiedsfanfare der Clowns, *lebwohl, Toni, lebwohl*, das Ende der Welt ist nah, Ovide hat seine Fangschnüre losgehakt, die Klarinette auseinandergeschraubt, die Raubtiere wieder in Kisten gesperrt, und das Zelt wird fallen wie ein Leichentuch, lebwohl, schluchzen die Zwerge. In der ersten Reihe der leeren Zuschauerbänke verschlingt ein kleiner Weihnachtsmann von vier oder fünf Jahren namens Toni mit den Augen die bis zu den Füßen dekolletierte Kunstreiterin, *er kommt, er kommt, der einzige, der echte, der große Zirkus Universal*, er kommt von nirgendwo und anderswoher, Charenton, Valparaíso, Dikili, Siboga, Lanvaur, Shanghai, die Schöpfung landet mit ihrem alten Geruch von Stroh und Urin, er kommt und er stirbt, ein verdorrter Kreis im gelb gewordenen Gras.

Die Zeit geht weiter und nimmt ihre Nächte, ihre Morgenröten wieder auf, und die Jahre scheinen zu verfliegen, ohne daß die Träume davon wissen. Les Angéliques, ewige Erinnerung, wiedergefundene Sphaignes. Der Morgenstern in einem vom violetten Horizont begrenzten Nachthimmel, wo das Angelusläuten sich mischte mit dem Abflug der Gänse, ein Himmel wie ein freies Gelände mit reglosen Wölkchen, ein Himmel, unter dem man seinen Wohnwagen abstellt, unter dem man für siebentausend Jahre eine glückliche Stadt gründet, unter dem man Kinder kopfüber vorbeigehen sieht, unter dem man den Schnee und das Meer steigen sieht, unter dem die Düfte in aller Freiheit die Haut der Mädchen suchen. Im Schatten mein Leben, mein Haus, das erwacht inmitten eines alten Bildes, verlockt vom Tag, das seine Lampen anzündet, seine Türen öffnet und den Sterblichen wieder ihre Chance gibt. Ich mit meinen Lieben und meinen Ängsten, alles durcheinander, ich, der leidet, grübelt, die Meinen haßt. Ich, der den Morgen betrachtet wie einen Bruder, ich, der sich wünscht zu wissen, alles zu wissen. Mein Vater erklärt mir alles, wenn ich achtzehn Jahre alt bin, das klirrende Rasiermesser und die gelben und blauen Blumen, den Schnee und die weißen Hosen, Corentin-Cariou, die Wahrheit, die grausamer ist als der Regen. Er schenkt mir die preußische Pistole, wenn er sie nicht für Zigaretten verkauft hat. Ich habe kein Vertrauen mehr zu ihm. Er schreibt mir Briefe und wirft sie nachts vor dem Haus ein. Ich sehe ihn über den Hof schlendern, ein dickes Baby, ein Herumtreiber und Flüchtiger. Eines Tages wird er sich so klein wie möglich zusammenrollen, wie eine Kastanie in ihrer Schale, und es wird vorbei sein. So viele Kastanien und Schalen liegen unter der Erde zwischen der Stille und nirgendwo. Er macht nie mehr sein Licht aus. Mach es aus, Papa, schlaf ein bißchen. Welche wilden Tiere versuchst du fernzuhalten? Bald werde ich diesen Schein abknallen können. Die preußische Kugel wird entlang den Metrostationen die Erinnerungen, die ältesten Geheimnisse nach und nach auslöschen. Es wird wirklich dunkel sein bei Corentin-Cariou. Wenn ich mein Abitur habe nächstes Jahr, gehe ich mit Maï nach Paris. Auch Maï büffelt fleißig. Julius bleibt in Poitiers. Gut so. Seine blauen Augen sind noch blasser geworden. Je blasser sie werden, um so selbstsicherer ist er. Und je mehr ich ihn belüge, um so selbstsicherer ist er, um so weniger selbstsicher bin ich, um so lieber möchte ich ihm die blassen Augen ausstechen, die einen nie direkt anblicken. Neulich hat er auf der Straße mit seinem Auto auf mich gewartet, und ich wollte nicht einsteigen. Ich habe irgend etwas erzählt: Ich gehe zu Carole. Er hat gesagt: Die kenne ich gut, deine Carole. Sie ist ganz sanft im Bett. Wie ein Stück Seife ... Es gibt keine Carole. Er hat gesagt: Es ist blöde für dich, Toni, aber sie wird nicht zum Rendezvous kommen. Ich hab es vorhin so heftig mit ihr getrieben. Ich bin in den Traction eingestiegen, und ich weiß nicht mehr, worüber wir geredet haben. Über ihn, sicherlich, über die Mädchen und ihn.

Ich habe das Gefühl, zwei Herzen zu haben, eins für die Liebe, eins für den Haß. Eins für Maï, eins für Julius. Und für mich nichts!

Maï ist auch nicht freundlicher. Sie hat mir nie ihr Solex geliehen, am Speichenputzen lag es nicht. Sie sagt zu mir: Such die Schuld doch bei dir selbst. Ich suche die Schuld bei mir selbst und finde nichts. Sie sagt: Denk mal nach, du hast nie richtig nachgedacht. Das ist nicht wahr, ich denke genauso nach wie jeder andere. Sie sagt: Beharre nicht darauf, Toni, das nervt. Sie hat unrecht. Natürlich werde ich beharren. Das ist mein Leben, zu beharren. Eines Tages werden wir verheiratet sein und jede Menge Kinder bekommen. Sie sagt: Du ähnelst deinem Vater, das widert mich an. Ich verstehe sie. Ich würde gern meine Eltern vergessen, ihnen nicht mehr verdanken, daß ich geboren bin. Maï braucht jetzt Geld. Sie geht abends aus, ich nicht. Also zahle ich, schieße vor, laß mich ausnehmen. Es ist ein bißchen so, als wären wir verheiratet. Sie sagt: Ich gebe es dir später zurück. Und ich denke: Wenn wir verheiratet sind. Das Geld widert sie nicht an. Für das Geld habe ich ein Lächeln verdient, einen Kuß. Sie geht ins Theater, sie kommt spät zurück, und von der Lärche aus sehe ich sie im Dunkeln kommen. Sie sagt zu Gaétan: Verwandte haben mich heimgebracht. Lügnerin, sie kommt allein nach Hause, mit dem Solex. Sie stellt den Motor ab, bevor sie ans Mäuerchen kommt. Sie weiß nicht, daß ich sie heiraten werde. Sie weiß auch nicht, daß ich sie nächstes Jahr nach Paris begleite. Ich werde sie zu gegebener Zeit damit überraschen. Ein ausgezeichnetes Programm: Abitur, Heirat und jede Menge Kinder.

Und dann wird man sehen.

11

In der Nacht vor dem Abitur schlief Toni nicht. Er las die Apokalypse, rasierte sich zweimal im Lauf der Nacht, schlich an Maïs Tür und lauschte der Musik, klebte Ruder auf eine Modellgaleere, stieg auf die Lärche, um die Sterne zu betrachten, und entdeckte mit Bedauern, daß er ihre Namen nicht kannte.

Im Morgengrauen ging er nach unten, um sich ein Omelette mit Speck zu braten, stürzte mehrere Tassen Kaffee hinunter und verließ das Haus viel zu früh mit einem von seiner Mutter sorgfältig zurechtgemachten gigantischen Picknick, das er auf dem Fahrrad mitnahm. Er hatte einen Füller, eine Ersatzpatrone, einen Ausweis, Maïs Foto als Spickzettel, einen Kamm, einen Spiegel. Heute: Philosophie, Mathematik, Spanisch. Auf geht's!

Er sauste durch die süße Luft des Morgens, an einem Wasser entlang, das blau dalag wie ein Schild. Die Gänse watschelten bei seinem Anblick herbei und wünschten ihm viel Glück, die Katzenwelse sprangen, um ihm zu applaudieren, die Krebse winkten mit ihren Scheren, das Schilf zitterte, die Mortas schüttelten sich. Er war der allerzuversichtlichste Abiturient. Er würde sein Abitur bestehen, alle bestanden heute ihr Abitur, von den Doofsten bis zu den Pfiffigsten. Warum sollte er sich im übrigen mit einer Prüfung abplagen, bei der niemand hängenblieb?

Auf halbem Weg zwischen Saisine und Lanvaur erinnerte er sich, daß er in Mathematik eine Null war, in Philosophie eine Null, in Spanisch eine Null, aber glänzend in Naturwissenschaften, Geographie, Religion, Botanik, Apokalypse und Comics, vor allem Blueberry. Im Norden sah der Eingang des Stollens aus wie eine traurige Null auf einem Blatt, das mit Hieroglyphen bedeckt war, Tintenkringel einer flüchtenden Krake, hätte man glauben können. Befragen Sie mich lieber über die Ehebrecherin oder das Gleichnis von den Talenten, meine Damen und Herren, über das siebte Siegel, den Nestbau im Moor, die Liebschaften des Kiebitzes, des Ritters Gambette oder auch die der Anodonta, der Teichmuschel, und Sie werden sehen, daß wir damit den Tag verbringen, folgen Sie mir in die Kanäle, Sie werden etwas lernen. Eine Null in Philosophie? Das war übertrieben. An jenen Satz des Aristoteles erinnerte er sich sehr gut, daß der außergewöhnliche Mensch seinen Untergang manchmal seinem moralischen Reichtum oder seinem Mut verdankt. Gesagt, getan, er bog nach rechts ab und fuhr zwischen dem nassen hohen Gras, das sich über den Pfad neigte, bis zum Ufer. Er erreichte die ehemalige Anlegebrücke der Pachten, eine Art Floß, in ziemlich schlechtem Zustand, das auf schwimmende Kanister gebunden war. Dort legten früher die Kähne an, mit denen Viehherden transportiert wurden. Er ließ sein Fahrrad stehen und machte es sich am Wasser bequem. Die Sonne kam hervor, streckte ihre steifen Tentakeln aus. Toni war in der Stimmung, die Frösche zu vermehren. Etwas anderes, als das Abitur bestehen. Die kleinen Streber, die sich in Lanvaur abfragen lassen wollten, sollten es nur versuchen. Übrigens wußten sie nichts von Aristoteles. Sie würden ihr Abitur bestehen, doch dieses Abitur würde sie ins Verderben stürzen, nicht wahr, ihr Frösche? Seinen Pfiffen gehorchend, hüpften die Frösche ans Ufer, bildeten einen Kreis um ihn. Wenn ihr mich begleitet, gut, dann gehe ich hin. Ihr werdet mir einsagen. Und vergeßt nicht eure Papiere! Alle zusammen sollten wir es schon bestehen, dieses Abitur, dieses idiotische Abitur! Ich übernehme Aristoteles und ihr den Rest. Er neckte die Frösche ein Weilchen, hörte das Angelusläuten, und der Hunger piesackte ihn. Das Abitur wird bald anfangen, meine Wertesten, ein wenig Ernst. Und Maï, was meint ihr, wird sie es bestehen, wird sie es nicht bestehen, ihr nettes Abitürchen ...? *Ein Sohn von Maï, ein Sohn von Maïs Liebe, ein Töchterchen*. Er schälte ein erstes hartes Ei auf dem Moos, ein zweites, dann ein drittes, und kaum eine Stunde später war kein Schokoladenkeks, kein Brotkrümel mehr übrig. *Ein Sohn von Maï, eine Tochter, ein Neugeborenes*. Es war sehr heiß, als er die Augen wieder aufmachte. Das Motorboot der Zöllner fuhr langsam vorbei. Ah, die Luftverpester! Bis sie die Ruder herausholen, das kann noch lange dauern. Das Motorengeräusch begleitete die Wellen unter der Anlegebrücke, die Kanister schwankten und quietschten. Der blaue Himmel leuchtete. Toni legte sich in den Schatten der Bambussträucher.

Heute nachmittag: Naturwissenschaften. Auf geht's!

Als er abends nach Les Angéliques zurückkam, zeigte er die strahlende, aber erschöpfte Miene einer jungen Wöchnerin. Zu müde, um ein Wort zu sagen, nicht einmal neugierig, ob Maï es geschafft hatte oder nicht, zwinkerte er seiner Mutter nur siegesgewiß zu und ging auf sein Zimmer. Er schlief friedlich und traumlos.

Am zweiten Tag der Prüfungen überhörte er den Ruf der Frösche. Er nahm sein Picknick und seinen Ausweis, Maïs Foto und den gefüllten Federhalter mit bis nach Lanvaur, fast bis zum Lycée Boileau, wo die Prüfungen stattfanden. Schließlich folgte er der Anregung des Aristoteles, betrat einen Spielsalon, irrte von einem Flipper zum anderen, suchte sich den kitschigsten und grellsten aus und begann vor den Leichen sensenbewaffneter Mönche seinen guten Willen zu ruinieren. Er verbrachte den Vormittag im vertrauten Zusammensein mit Toten, die ihre blutigen Augenhöhlen für die Anzeige der Punkte hergaben. Die Frösche brachten ihm Glück. Er bestand mehrmals sein Abitur in der Lotterie, er heiratete Maï noch und noch. Als ein Tilt den Apparat sperrte, war ihm nach Töten zumute. Er ging nach Hause, benommen von dem Automatenlärm, er unterließ jeden Kommentar und sehnte sich nur danach, zu versinken. Er versank. Er schlief wie ein Wahnsinniger. Er bewohnte, als kleiner Däumling, den hohlen Zahn eines ermordeten Mönchs.

·

Toni bemühte sich, die Nacht, die Schreie der Eulen und das verlorene Gebell zu vergessen. Er ruderte. Vor ihm öffnete sich unter dem durch die Schäfchenwolken dringenden Mondlicht der unheilvolle Ort der Sphaignes, ein giftiges, von Geistern bewohntes Sumpfland, wo zwischen Torfhaufen die

Ruinen des Stollens lagen. Zwischen zwei Wolken überflutete ein aschgrauer Strahl eine Gruppe gnomenartig verkrüppelter Eichen. Toni bemühte sich, die Gnomen, die Alraunen und die Salamoks, die im Mund der Ertrunkenen brennenden Irrlichter zu vergessen. Er weigerte sich, die im Schlamm eingeschlossenen Gasblasen platzen zu hören. Trotz der kichernden und pupsenden Dämone würde er diesmal bis zum Stollen fahren, er würde seine Angst besiegen, sein Abitur bestehen, seine Mutter und seinen Vater zum Reden bringen. Er würde Julius töten, er würde Maï heiraten, er würde sein Leben wie einen Triumph hinausschreien.

Die Nacht bewegt sich, und der Stollen verwandelt sich in den Schlund eines Tiers. Toni macht die Augen zu. Die Fledermäuse werden ihn nicht kriegen, die Salamoks gibt es nicht, die Angst ist nur ein böser Traum, den man zerstören muß. Das Boot gleitet zwischen geknickten Binsen hindurch, das Boot läuft auf Grund. Toni schreckt hoch und sieht eine schwarze Masse aufragen, er sieht die verschlungenen Schatten einer wogenden Pflanzenwelt, er sieht Augen sich öffnen, er vernimmt dumpfe Schreie, ersticktes Schluchzen, *adieu Toni adieu*. Nach Luft schnappend, stolpert er über die Bänke nach vorn, um sich mit dem Ruder abzustoßen. Das Ruder bleibt im Schlamm stecken, und der Kahn entfernt sich. Er erwischt das Hilfspaddel, manövriert in Richtung Hafeneinfahrt, paddelt, ohne zurückzuschauen, überläßt gedankenlos sein Ruder den Geistern, die ihn verfolgen. Saisine erscheint in der Ferne in einem flimmernden Rund, die Rettung. Dem Moor entronnen, stellt er sich aufs Dollbord und bricht in Jubel aus. Er hat es geschafft. Er ist geheilt. Was bedeutet schon das Abitur, er hat die Schatten besiegt. Er kann endlich leben, frei die Nacht betrachten, sich auf dem Widerschein der Sterne treiben lassen. Er ist nicht hineingegangen? Das nächste Mal wird er hineingehen. Das nächste Mal wird er über den Farn steigen, seine Lampe anzünden und sich vor all den geblendeten Vampirbabys das Fleisch des Daumens aufschlitzen in Erinnerung an eine Zeit, da Julius sich imstande glaubte, ihn zu vernichten.

Er ließ sich im Mondstaub auf dem Wasser treiben. Er hatte das Gefühl, ein Traum zu sein, ein unsichtbares Geschöpf, das durch einen Zauber existierte. Seine Leben veränderte sich. Sein Schicksal billigte es.

Doch wenn er auch kein Angsthase mehr war, nicht alle Teufel waren tot. Morgen kam Julius. Er kehrte jeden Sonntag nach Brissac zurück. Wie üblich würde er im Traction durch Saisine kurven. Wie üblich würde er es so einrichten, daß er Toni begegnete. Wie üblich würden sie sich in der Stadt herumtreiben, und Julius würde alles über seine Liebesabenteuer wissen wollen. Er würde protzen, erzählen, daß die Mädchen in Poitiers bereitwillig mit ins Bett gehen. Wie üblich würde er Julius belügen, der vorgeben würde, ihm zu glauben. Er würde sich nicht trauen zuzugeben, daß er seine Cousine liebte und daß er nichts von der Liebe verstand, weniger als nichts: eine heimliche Entjungferung unter den Händen einer schmutzigen Nutte mit gefärbtem Haar. Wie üblich würde Julius sagen: Wir sind zwei Verführer, du und ich, Toni. Ich hab's mit den Mädchen und du mit den Fröschen ... Wie üblich würde er weder die Zeitungen gelesen, noch die letzte Sendung über das Jahr Zweitausend gesehen haben, er wüßte nichts über die Kriege zwischen den Ländern, nichts über die Revolutionen, Katastrophen und Erdbeben auf der Welt. Er hätte die Bibel und noch einmal die Bibel gelesen, und Julius würde ihm ins Gesicht lachen. »Und dein Beruf später ...?« Wie üblich hätte er keine Idee, aber Julius hätte Ideen, Julius würde ihn sich nacheinander als Kaldaunenwäscher im Schlachthof, Barmann, Pfarrer, städtischen Bibelvorleser vorstellen.

Nur daß er jetzt groß war, größer als üblich, er hatte keine Angst mehr. Morgen würde er einen Entschluß fassen, und Julius würde es gar nicht merken. Einen blitzschnellen Entschluß. Er würde den Kerl von den Antillen mit dem Boot hinaus, weit hinaus in die Lagunen fahren, er würde seinen preußischen Revolver ziehen, ihn nachlässig auf ihn richten. Und ganz sicher würde er ihn erschießen. Wie in der Bibel und bei einem Cowboy namens Blueberry, namens Jahve.

Als er zum Anlegeponton zurückkam, war der Mond verschwunden. Das Licht von Maï schimmerte durch das Laubwerk. Er vertäute die Souris des Mers und ging zum Haus. Am Fenster bewegte sich ein Schatten hin und her. Schläft sie nicht? Um diese Zeit? Unter dem Licht stehend, stieß er seinen Einsamkeitsschrei aus und streichelte sich zweimal hintereinander mit Heftigkeit, so daß er das Gleichgewicht verlor, dabei murmelte er Obszönitäten, Kindergebete, *ein Sohn von Maï, ein Sohn unserer Liebe, ein Töchterchen, jede Menge Kinder*. Lange blieb er an die Mauer gelehnt und lauschte dem Palaver der Frösche in der klaren Nacht. Weiße Sommernächte, weiße Sterne, deren Namen er nicht kannte, durcheinander geschüttelte Würfel aller Zufälle der Welt, Auszeichnungen, Medaillen, Ovationen, Milchstraßen. Toni Bernard: Abiturient durch größten Zufall ... Und wenn er es trotz allem bestanden hätte? Wenn er seinen Namen auf der Liste der Preisträger fände? Ein Flugzeug zöge seinen Namen durch die Nacht, der mit Feuerbuchstaben auf ein Etaminband, auf einen Brautschleier gestickt wäre. Er grinste. Froschabiturient, ja! Flipper und Katzenwelsabiturient. Pipifaxabiturient. Aber mit oder ohne Abitur würde er Maï nach Paris folgen. Abends würde er seine Cousine im Studentinnenheim treffen. Er würde als Weihnachtsmann verkleidet durch den Kamin kommen, er würde in ihren Schuhen wohnen, ihrem Schlitz. War sie wenigstens noch Jungfrau?

Stille und durchwachte Sommernächte, närrische Nächte, wo sich die Schicksale kreuzten, gewölbte und nackte Nächte, geschlitzte Nächte. Seit dem Tod seiner Möwe lebte er nur noch im Augenblick, der sich endlos ausdehnte, und Maï hatte sich verändert. Sie war kein Kind mehr, sondern eine unbekannte Frau, deren Augen immer jenes schwarze Licht ausgossen, in dem die Geheimnisse zu Nacht verschmolzen. Bist du noch Jungfrau, Maï ...? Er stand auf. Der Schisser in ihm war tot, oder nicht? Die Schatten waren tot. Er brauchte sie nur zu fragen, Maï, sein Kind, sein Spielzeug. »Bist du Jungfrau oder nicht ...« Er ging sich umziehen, kämmte sich, wikkelte sich in eine Decke und klopfte an ihrer Tür.

»Du schon wieder«, flüsterte Maï, nachdem sie aufgemacht hatte. »Das ist sicher schon das zehnte Mal heute. Was willst du?«

Sie stand vor ihm, das offene Haar auf dem weißen Négligé, das er von seinem Geld gekauft hat, dem Geld von den Mortas, dem Geld vom Kahn, der auf erfundenen Legenden fährt.

»Dein Licht«, antwortete er mit Autorität, ohne so recht zu wissen, wohin er schauen sollte. »Ich habe das sonderbar gefunden. Um diese Zeit ...«

Und sein Herz klopfte, klopfte. Er versuchte, über Maïs Schulter zu blicken und ihr Zimmer zu sehen, ihr Mädchenzimmer mit dem Mädchengeruch, den verstreuten Schatz ihrer Intimität, die den Schatten ihren Duft verleiht.

»Und um mir das zu sagen, kommst du wie ein Clochard daher? Du machst dich über mich lustig, Toni!«

Dann fügte sie entschuldigend hinzu:

»Ich rede Unsinn, ich bin müde, du kennst mich ja ...«

Sie hatte Ränder unter den glänzenden Augen, er schaffte es nicht zu gehen, sie hatte sich die Fingernägel lackiert, das Négligé ließ ein helles Dreieck unter ihrem Hals frei, dort, wo die Haut zart und schimmernd wird, Rätsel und Taumel wird.

»Gut, Toni, ist das alles?« seufzte Maï. »Läßt du mich in Ruhe?«

Er schauderte vom Kopf bis zu den Füßen. Wenn sie es merken würde, ließe sie sich eine Nummer einfallen, um sein Mitleid zu erregen.

»Ach ja!« sagte er plötzlich. »Ich wollte dich etwas fragen. Etwas über Julius.«

»Laß mich mit diesem Julius in Frieden, Toni.«

»Er erzählt überall, daß er mit dir geschlafen hat. Stimmt das?«

»Hau ab, Toni!« versetzte Maï.

Sie stieß die Tür zu, und der Schlüssel drehte sich zweimal im Schloß.

»Und daß du nicht mal Jungfrau warst!« rief er durch die

geschlossene Tür, die er mit Fußtritten traktierte. »In Wirklichkeit bist du nur eine Schlampe!« rief er noch, auf die Gefahr hin, die Familie aufmerksam zu machen. Und verblüfft über seinem eigenen Mut ging er in sein Zimmer hinauf.

Warum hatte sie nicht gesagt: Töte ihn, ich gehöre dir. Er behauptet, mit mir zu schlafen? Töte ihn, Toni. Töte ihn um unseretwillen, um unserer Kinder willen, bitte, töte ihn. Töte ihn, mein Schlitz gehört dir. Er würde ihn töten. Julius war nur ein Clochy. Julius brachte ihnen Unglück. Er würde Julius bestrafen. Der Kerl von den Antillen wußte nicht, daß er verurteilt, enttarnt war. Er ahnte nichts, aber die Würfel waren gefallen. Trotz seiner schönen Pläne, seines schwarzen Traction mit weißen Reifen, seines Lachens und seiner ganzen Gynäkologie, seiner blauen Augen, der brünstigen Schätzchen, die sich im Wartezimmer drängelten: seine Tage waren gezählt. Das Lachen würde ihm im Hals steckenbleiben, und Toni würde nicht einmal verdächtigt werden. Zwei Freunde, die sich gut verstanden. Ein unzertrennliches Gespann. Eine weiße Hand, eine schwarze Hand, wie schön. Sie haben mit einem Revolver gespielt, ach, die Idioten! Ein weißer Idiot, ein schwarzer Idiot. Ein ausgedienter Revolver, eine preußische Reliquie. Der Schuß hat sich trotzdem gelöst, und das Lachen des Schwarzen ist in tausend scharfe, blutige Stücke zersprungen. Vermeiden Sie es bitte, barfuß zu gehen. Sieben Jahre Unglück. Armer Julius und armer Toni. Und vor allem armer Toni, der die sieben Jahre des zersprungenen Spiegels aufgebrummt kriegt.

Und Maï wäre sein.

Schaukel: stuhl, Wip: pe, tick: tack, der Sessel quietschte, Schaukel: stuhl. Lucien schmollte, das Gesicht zwischen den Händen, klipp: klapp, und sein Bart raschelte wie brennendes Holz, rick: rack. Er war in Bademantel und Socken und schaukelte unentwegt, tick: tack. Er hatte Toni nichts zu sagen. Diesem Jungen, der ihn seit Monaten vernachlässigte. Ein Heuchler, ein abgefeimter Lügner, wie seine Mutter. Abgefeimte Lügner, sie alle, vor allem er, dieser To: ni. Der Strolch glaubte, durch seine Fragen verbindlich zu erscheinen, pah: ah, seine lauten Fragen, die man auf hundert Meilen herantrapsen hört, rum: pum, und die einen anstinken, ram: pam. Doch der Mann im Gefängnis, der mit gesenktem Kopf verloren vor einer Wand sitzt, ohne Licht und ohne Gewicht, sieht alles, fühlt alles, läßt sich keine Schwingung entgehen und erkennt die falschen Frömmler am Geruch, die Tonis, die abgefeimten Lügner, und zack!, Riegel vor und Stille. Versteinert, vermauert. Ein Niemand ...

Enttäuschend von einem Sohn, dem er alles beigebracht hatte, Haus: Maus, Laus: Graus, Mari: gnano. Ohne die Haftanstalt zu vergessen ..., eine Veranstaltung zwischen Mauern ha ha ..., eine böse Sache. Eine Gedankenlosigkeit der Richter, aber ja. Reine Gedankenlosigkeit, diese von allen Seiten gegen ihn vorgebrachte Anschuldigung. Er hatte gebüßt. Auf eigene Faust büßte er weiter, und er würde es so lange tun, wie er im Herzen die Sehnsucht nach einem kleinen Rückfall verspürte, nur ein einziges Mal. Eine einfache Fahrt mit der Herde, den Schäfchen, um sechs Uhr abends. DIE METROSTATION VAVIN LIEGT IN EINER KURVE ACHTUNG BEIM AUSSTEIGEN. Achtung Bullen: Boing. Folgen Sie: uns. Ratata: tam ...

»Wer war Barabbas?«

»Ich habe es dir schon hundertmal gesagt, Toni. Ein unendlich liebenswürdiger Neger.«

»Papa, du hattest mir geschworen ...«

»Die Wahrheit, die reine Wahrheit, nichts als die Wahrheit«, unterbrach Lucien. »Du bist wirklich ein Witzbold, Toni. Ein Witzbold und obendrein ein Verräter. Gib's zu. Du bist nur wegen dieser Pistole gekommen.«

Und Lucien fuhr fort zu schaukeln, hin und her, Schieß: gewehr. Sich das Fell versengen, bumm: pamm, wie man die Borsten des Frischlings ins Feuer hält, null: nichts, nada: nadus, ins Feuer mit den Borsten der Schülerinnen, pumm: pamm, ins Feuer mit den sündhaften Mondzeiten.

»Papa, mir ist schlecht. Hör mal auf. Was schaust du an?«

»Deine Frage durch meine Brille.«

Toni sah einen diffusen Schimmer auf dem Grund der dikken Brillengläser. Und dann sah er ihn nicht mehr. Die Augen hatten sich gleichsam zusammengezogen.

Er war seit einer Stunde da, und seit einer Stunde hörte er das Ticktack des Schaukelstuhls, in dem sein abgemagerter, spöttischer Vater ihm mit Schweigen und Mißverständnissen antwortete. Gleich würde er die preußische Pistole, die Geschosse mitnehmen, aber er würde nichts wissen über den Mann mit den weißen Hosen, nichts über diese Zeit, deren Wörter vor allem dazu dienten, ihm angst zu machen.

»Die Richter und Weltverbesserer vergessen immer, daß sie sterblich sind, Toni. Wenn es um die anderen geht, erinnern sie sich. Denk daran. Nichts Lächerlicheres auf der Welt als ein gutes Gewissen.«

»Wem sagst du das?«

»Stell deine Mutter nicht in den Schatten.«

»Meine Mutter?«

»Eine Denunziantin. Sie zieht die Fäden.«

Und Lucien grinste. Seine Zehen stießen sich im Takt vom Boden ab, durch die Hausschuhe hindurch. Bada: bumm, Réau: mur. Rührung überkam ihn. Drüben auf dem Ofen stand eine verblühte Kamelie in einer Babyflasche. Die abgefallenen Blütenblätter bedeckten die Kacheln. Nur eine bläuliche Ader, ein verwelkter Stempel waren übrig. »Siehe, ich bin das sanfte Lamm«, trällerte er.

»Stimmt es, daß du kein Kind wolltest?« fragte Toni.

»Frag mich nicht mehr, sonst glaube ich noch, es zu hören.«

Dann sagte er ablenkend, mit spöttischem Ton, während er den Schaukelstuhl anhielt:

»Ich sehe dich ja nicht mehr oft, hör mal. Doch ich interessiere mich für dich, ich habe es bewiesen. Ich bin mit dir verreist, oder? Wir haben eine Weltreise und eine Zeitreise gemacht. Wir sind umgestiegen an den Stationen République, Chambre des Députés, Madeleine. *O pharefleur mes souvenirs, les cheveux noirs de Madeleine*, ich habe dir Verse aufgesagt. Ich hatte dieses Metrospiel erfunden, um dich aufs Abitur vorzubereiten. Übrigens, dieses Abitur ...?«

Die Augen zur Decke erhoben, fuhr er fort:

»Entschuldige, Toni, mir ist das jetzt egal. Du hättest mich ja nicht fallenlassen brauchen. Es gibt Wichtigeres. In diesem Augenblick, stell dir vor, sind die Bahnsteige der Station Corentin-Cariou in Dunkelheit getaucht, und im Schotter, der erwärmt ist von den heißgelaufenen Reifen, werden bald die Grillen ihr Muskat reiben. Nur die Augen der Ratten, unserer Freunde, der Ratten, leuchten, die goldenen Fliegen der Johannisnacht, kleine Brüder von Apollinaire und von Corentin-Cariou.«

»Mir ist dein Corentin-Cariou auch egal, Papa!«

»Vergiß nicht, Toni«, sagte Lucien in belehrendem Ton und mit erhobenem Zeigefinger, »wenn du eines Tages einen Sohn bekommst, nenne ihn Corentin-Cariou. Zur Erinnerung an mich. Aber ich mache mir keine Illusionen.«

»Einverstanden, Papa. Und Bir-Hakeim, wenn ich eine Tochter bekomme. Oder Pigalle.«

»Mach nur Faxen, Toni, mach nur Faxen. An deiner Stelle würde ich mich nicht so aufspielen. Anstatt Fragen zu stellen, würde ich mir selbst welche stellen.«

Als er sah, daß Toni die Pistole in seine Sporttasche steckte und aufstand, um zu gehen, begann er wieder zu schaukeln, Coren: tin, tinCa: riou.

»Die Kugeln sind futsch, ich habe sie alle ausprobiert.

Aber an deiner Stelle würde ich den Lauf verstopfen lassen. Fachmän: nisch.«

Nachdem er seinen Vater verlassen hatte, ging Toni in den Schuppen, ungeduldig, die Waffe zu untersuchen und instandzusetzen. Die Kugeln futsch? In einer Schublade der Werkbank gab es Schießpulver. Es gab Fett und mehrere Wischer, es gab ein verschrumpeltes Wildschweinohr. Morgen abend würde man auch die Ohren von Julius und seine blauen Augen auf einen Draht aufgespießt finden. Er würde ihn aus Versehen töten, am Eingang des Stollens. »Hast du meine Knarre gesehen? ...« Im Innern konnte das Gewölbe einstürzen. »Keine Angst, der Lauf ist verstopft.« Und bumm! Die beiden Ohren von Julius als Schlüsselanhänger in der Schublade. Er schloß die Tür wieder und ging, ohne Licht zu machen, in die Werkstatt. Er tastete zwischen den an der Wand hängenden Werkzeugen nach der Lampe. Dann holte er den Revolver aus dem Etui, den Ladestock des Magazins, die sechs Patronen mit den numerierten Hülsen. Ein Mordinstrument schimmerte mitten in dem diffusen Lichtfleck, den die Bürofunzel auf die Werkbank warf. Morgen abend würde Maï ihm gehören, das Mädchen mit den großen schmalen Augen, sein Kind, sein Spielzeug.

Er würde die Teile eins nach dem andern abmontieren, putzen, wieder einbauen. Er würde die Patronen, das Magazin füllen, die Pistole wieder ins Etui stecken. Er würde schlafen und die Nacht schweifen, ihm Rat bringen lassen, einen einzigen Rat: nieder mit Julius.

Er hörte die Tür aufgehen und hatte gerade noch Zeit, die Waffe in seiner Tasche verschwinden zu lassen. Maï tauchte aus der Dunkelheit auf, ein Paket in der Hand, überrascht, doch angenehm überrascht, als fügte der Zufall die Dinge einmal wohl, indem er sie zusammenbrachte.

»Tag Toni, ich hab dich gesucht.«

Er traute seinen Augen nicht. Maï hier, vor den Kaninchenställen. Maï und er unterhielten sich in dieser Schmugglerbeleuchtung. Wie viele Nachmittage, wie viele Abende hatte er damit verbracht, sie durch das Guckloch zu belauern, die Nase im Geruch der Tiere.

»Mich hast du gesucht?«

»Natürlich, falls es dich nicht stört.«

»Nein«, sagte er verblüfft.

Um sie herum glänzten die Engländer und Schraubenzieher an der Wand, die Kaninchen kauten leise.

»Ich muß dir etwas zeigen.«

Sie legte ihr Paket auf die Werkbank, machte es auf und faltete ein langes Kleid aus golddurchwirktem nachtblauem Satin auseinander, das sie an sich hielt.

»Gefällt es dir?«

Aufgewühlt stammelte Toni, der kaum hinzuschauen wagte:

»Ich weiß nicht, muß man mal sehen.«

»Das ist ein chinesisches Kleid, ein echtes. Meine Mutter hat nichts anderes getragen. Schön, nicht?«

»Nicht schlecht, mmh. Das muß teuer sein. Ist es für den Ball am 14. Juli?«

Maï lächelte.

»Ein Fest bei Freundinnen, am Abend nach dem Abitur. Na ja, wenn ich es bestehe!«

»Es sieht vor allem nach Karneval aus«, sagte Toni. »Aber glänzen tut es prächtig. Und ihr wollt bei deinen Freundinnen tanzen?«

»Kommt drauf an ... Aber gefällt es dir oder nicht?«

»Muß man mal sehen«, seufzte Toni. »Ich habe keine Ahnung.«

Seine Stimme versagte, seine Knie zitterten. Da gab es natürlich gar nichts zu sehen! Das Kleid würde Maï stehen wie den Schwänen das Weiß und ihm am Abend des Abiturs nichts als Einsamkeit und Hohngelächter einbringen.

»Verstehst du, ich möchte deine Meinung hören«, fing Maï mit kindlicher Stimme wieder an. Ihre zarte Hand strich lange über den Stoff. »Ich ziehe es an, dann wirst du dir klarer darüber.«

Er drehte sich zu den Engländern und Schraubenziehern

um. Er hörte seine Cousine atmen, er roch ihren Minzegeruch und den Geruch des Kaninchenstalls, er nahm Geraschel wahr, das gedämpfte Wispern der Kaninchen, das Klicken der Druckknöpfe, das sich endlos wiederholte. Er dachte: Das ist doch nicht möglich, sie ist da, sie ist nackt, ich brauche nur eine Sekunde ungehorsam zu sein und sehe sie. Und brav hielt er die Augen auf die Wand gerichtet, wo Maïs Schatten sich reckte und wiegte.

»Fertig«, sagte Maï. »Zum Anziehen ist es bescheuert!«

Als er sich auf dem Absatz drehte, sah er zunächst, mitten in den Lichtfleck geworfen, ein Durcheinander von Kleidungsstücken, von dem sich der Träger eines schwarzen Büstenhalters abhob.

Seine Cousine löste mit erhobenen Armen ihre Haarspangen. Mit einem Ruck gab sie ihr Haar frei.

»Na?« fragte sie mit ängstlicher Miene.

»Es ist nicht hell genug«, sagte Toni.

Er nahm die Lampe von der Werkbank und richtete sie auf das Kleid. Maï erschien plötzlich wie eine Wellenbewegung, halb Fleisch, halb Traum, ein Lustgeschöpf, vom Teufel an einem Sabbatabend erfunden, eine böse Jungfrau, die sich nach den Gewalttätigkeiten des Drachens sehnt, Frucht sein will, Tier sein will, Beute sein will, den Instinkt herausfordert, der aus dem harmlosesten Engelchen ein Monster machen kann.

»Antworte doch!«

Was soll ich antworten, dachte Toni verwirrt. Ich möchte dir mit der Axt den Schädel spalten.

»Es ist schön ...«, flüsterte er. Und blitzartig stellte er sich vor, wie er ihr diesen Fetzen auf dem Leib zerriß, ihre Brüste entblößte, sie biß, sie leckte, sie massakrierte, sie anpißte, sie nahm. »Es ist wirklich schön«, sagte er wieder und schluckte seinen Speichel hinunter, »aber ...«

»Aber was?« erregte sich Maï. »Los, beeile dich, ich muß weg. Also?«

»Ich weiß nicht ... Laß sehen, der Rücken?«

Toni beleuchtete sie von oben bis unten, der Lichtstrahl

umschlang Maï, liebkoste sie, den Hals, die Taille. Sie war barfuß, das Kleid schmiegte sich dem Körper an, reichte bis zu den Knöcheln und verbreitete einen zarten Goldschimmer.

»Seh ich aus wie eine Wurst, oder was?«

»O nein!« rief Toni mit zugeschnürter Kehle.

Er griff nach den erstbesten Wörtern, die durch den Raum schwebten, und murmelte mit ganz kleiner Stimme:

»Eher siehst du aus wie ein Pirat ...«

Sie lachte laut auf und warf den Kopf in den Nacken. Ah, wahrhaftig, er verstand sich auf Komplimente! Er fand die richtigen Worte. Ein Pirat! Warum nicht Capitaine Crochet? Warum nicht eine Hexe? Und plötzlich wurde sie nachdenklich und schien weit weg.

Er hatte Lust, sie zu trösten, ihr die Finger in den Mund zu stecken, Lust, ihre Zunge und ihre Zähne zu berühren.

»Ich habe nicht genug Geld, um es zu bezahlen«, sagte da Maï, während sie die ersten Knöpfe am Hals aufmachte. »Ich zieh mich erst mal um.«

»Da haben wir's«, dachte Toni, fasziniert von der nackten Haut, die zwischen den Falten des Satins schimmerte.

Mit dem Zeigefinger forderte sie ihn auf wegzuschauen.

»Kannst du mir helfen, es zu bezahlen?«

»Du hältst mich wohl für einen Trottel!« erwiderte er wütend. »Ich habe übrigens noch was anderes zu tun, du kannst dich allein aus dem Fetzen schälen!«

Er hob seine Tasche auf und sah die nackten Füße auf dem Lehmboden, Maïs Fleisch ... Lust, sie zu lieben, ihre Füße anzuknabbern.

»Warte doch auf mich!« rief sie und hielt ihn am Arm fest. Ihr Geruch berauschte ihn, er fühlte sich wanken. »Schließlich hast du mir meinen Kimono gestohlen, oder? So wären wir quitt.«

»Genau«, sagte er, »genau!« Er machte sich los. »Such dir einen neuen Trottel, meine Liebe. Davon gibt es sicher genug bei deinen Freundinnen.«

Er öffnete die Tür, und das Licht der tiefstehenden Abendsonne überflutete die dunkle Werkstatt bis in die hinterste

Ecke. Maï vor der Werkbank sah aus wie eine Erscheinung, die auf einem Zephir herabgeschwebt war, eine orientalische Venus mit nackten Schultern, die sich in eine Rumpelkammer verirrt hatte, wo es nach keimenden Kartoffeln und Kaninchenurin roch.

»Es wird dir bestimmt nicht schwerfallen, einen zu finden!«

Und Toni ging in die Dämmerung hinaus, besänftigt, leicht, in dem Bewußtsein, einmal gut dazustehen und inmitten der Schraubenzieher ein armes, etwas lächerliches und beleidigtes Mädchen zurückzulassen, das nach einem solchen Affront sicher gar nichts mehr wissen wollte von dem Kleid.

O ja, sie trösten, lecken, in sie eindringen!

Als Maï spät nachts nach Les Angéliques zurückkam, erwartete Toni sie vor ihrer Zimmertür sitzend und mehr oder weniger vertieft in *Le Roman de Renart*.

»Ein Uhr morgens! Du langweilst dich nicht. Na, und der neue Trottel?« Und ohne ihr Zeit für eine schlagfertige Antwort zu lassen: »Wieviel fehlt dir denn für deinen Faschingsfummel?«

»Ich habe mich anders beholfen, Toni, das wird dir eine Lehre sein. Los, verschwinde.«

»Gut, gut«, sagte er und stand auf. »Träum was Schönes, denk an mich.«

Und er ging zur Treppe.

»Tausend Francs, das wäre toll«, bemerkte Maï noch mit neutraler Stimme.

»Sie stecken zusammengerollt im Schlüsselloch«, erwiderte Toni ohne stehenzubleiben. »Für diesen Preis könnte man miteinander schlafen, oder?«

Er bekam keine Antwort.

Am nächsten Tag mußte Toni die Exekution des Verurteilten aufschieben. Um acht Uhr holte ihn das Löschfahrzeug von Lanvaur in Les Angéliques ab. Er verbrachte den Nachmittag bei der Feuerwehr damit, aussortierte Raketen abzuschießen. Ein halbes Jahr zuvor hatte er, da er sich rühmte, nachtsichtig zu sein und die Kanäle der Sphaignes auswendig zu kennen, die Aufgabe des Feuerwerkers für den Abend des Vierzehnten Juli übernommen. Zum ersten Mal sollte das Moor als Schauplatz des Feuerwerks dienen. Um Mitternacht würden die kostümierten Tänzer des Balls Feuerräder aufleuchten sehen, die die Wassergeister ausgespien, die Riesen ausgestoßen hätten. In diesem Fall die Souris des Mers und Toni, ihr bester Kanonier.

Am Nachmittag des großen Tages wollte er auch die Wettkämpfe auf dem Wasser austragen: Aalrennen, Entenrennen, Labyrinthrennen und vor allem Kissenschlacht auf dem mit Talg eingeschmierten Balken; bei dieser Gelegenheit geruhten die Bewohner von Saisine, sich mit der ganzen Welt zu messen. Im allgemeinen einer Handvoll bierseliger Deutscher. Wenn das Feuerwerk zu Ende wäre und er die Wettkämpfe gewonnen hätte, haushoher Sieger auf dem Podest, ginge er mit Maï in die Felder tanzen, feierte er den Tod des Kerls von den Antillen, den Tod seines Abiturs, die Abreise nach Paris, die schmalen Lippen. Wiedersehen, Liebe ohne Ende.

Nono, der Truppführer, gab sein pyrotechnisches Wissen an ihn weiter, ein paar dürftige Geheimnisse, von denen Toni dachte, sie hätten ihm bei der Arbeit genausogut selbst einfallen können.

»Sei vorsichtig, Kleiner. Wenn du merkst, daß eine Rakete nicht losgeht, schmeißt du sie ins Wasser.«

Da würde ich nicht lange zögern, dachte Toni.

»Die hier mußt du unten anfassen. Sonst haut deine Hand mit ab. Wegen der Kälte.«

»Der Kälte?«

»Genau, Kleiner. Das ist eine Kältemischung. Feuer, das Kälte erzeugt. Wenn du den Kühler berührst, ist es wie Glut. Du bist dran.«

Toni steckte die Zündschnur an. Die Rakete stieg auf. Der Junge betrachtete perplex seine unversehrte Hand. Die Mehrfachknaller stellten keine Gefahr dar, da die Flammen sich von Knaller zu Knaller fortpflanzen.

»Die beweglichen sind eine Schweinerei, Kleiner, bring deine Augen in Sicherheit. Du sähst gut aus auf deinem Boot mit einer Augenbinde. Und dich im Dunkeln abzuholen, na prost!«

Letzte Vorsichtsmaßnahme, Feuer. Ein bösartiger Funken, und die Souris des Mers ging mit ihrem Kapitän und seiner Raketenladung in Flammen auf. Der Verbrannte würde sicher postum eine Medaille kriegen, aber genau besehen war es besser, am Leben zu bleiben. Je mehr Nono schwadronierte und die zu verhütenden Katastrophen in den grellsten Farben ausmalte, um so weniger hörte Toni zu, um so weniger sah er sich auf den Seen mit den Wunderwerken Luzifers hantieren. Notfalls würde er die Darbietung verkürzen. Schlimmstenfalls würde er sie absagen. Er würde sich etwas einfallen lassen.

Julius war nackt, bis auf die Bermudashorts mit ineinander verschlungenen Papageien darauf. Nackt bis auf das spöttische Lächeln und den goldenen Siegelring. Mit sonnenölglänzendem Körper prangte er vorn im Kahn, die Beine gespreizt, schweigend und sinnlich.

Hinten ruderte nachlässig Toni. Er beobachtete verstohlen den Kerl von den Antillen. Ein gefährlicher Verbrecher. Sie waren durch eine unsichtbare Kette miteinander verbunden. Er würde ihn bis zum Rand der Hölle geleiten und hineinstoßen. Es war schwül und grau. Die Motorjacht sah aus wie ein dickes Straußenei, das auf einem zitternden Spiegel zurückgelassen worden war. Am Horizont zeichnete sich im Hitzedunst der Eingang des Stollens ab. Es waren noch drei Tage bis zu den Abiturprüfungsergebnissen, nur noch zwanzig Minuten bis zu dem verhängnisvollen Augenblick, der über Julius' Schicksal entscheiden würde. Toni verspürte keinerlei Rührung, kein Mitleid. Er würde seine Tasche öffnen und sagen: »Hast du meine Kanone gesehen?« Und aus Versehen würde der Schuß losgehen. Er brauchte nur auf die Zähne zu zielen.

»Was hast du diese Woche getrieben?« fragte Julius.

»Eine aufgerissen. Ich hab sie gestern in den Stollen gezerrt. Ein super sexy Mädchen. So was hab ich noch nie gesehen! Mit chinesischem Fummel.«

»Ich hab die Nase voll von den Weibern«, seufzte Julius. »Gib mir die Flasche.«

Sie tranken abwechselnd von einem Gebräu, das Julius mitgebracht hatte, eine Mixtur auf der Grundlage von zerdrückten Fliegen, angeblich ein unfehlbarer Kraftspender. Julius trank und streckte den Unterarm aus, die geballte Faust. Unter »Kraft« verstand er die Erektion, das Messer der Lust, die Achse, um die sich alles dreht, die jede Frau nach ein paar Stunden verrückt macht und zur Magd, Hündin, Lustbestie werden läßt.

»Und sonst?«

Sonst werde ich dich kaltmachen, dachte Toni. Dann spuckst du nicht mehr so große Töne.

»Ich habe eine Knarre im Stollen gefunden, ein ganz verrostetes Ding. Willst du's sehen?«

»Lade sie mit Fröschen«, spottete Julius. »Dann kannst du die Seerosen wegschießen.«

Toni schaute auf die Tasche zu seinen Füßen. Der Revolver lag mit dem Kolben nach rechts und dem Lauf nach vorn gerichtet auf einem Stapel Geschirrtücher.

»Weißt du es schon?« sagte da Julius. »Gigi hat sich erhängt. Vor zwei Tagen. Mit einer Hundeleine.«

»Einer Hundeleine! Die schreckt wirklich vor nichts zurück.«

Das gleißende Licht tat in den Augen weh, Tausende von Schatten sprenkelten die milchige Oberfläche des Wassers.

»Sie muß was Grundlegendes kapiert haben, und das war's,« fuhr Julius fort. »Ich mochte sie gern, diese Puppe. Eine hochgradig Verrückte, aber nett.«

Er stützte sich auf die Ellbogen und begann zu schwafeln. Ohne Gigi hatte der kleine Alte nicht mehr den Mumm, alt zu werden, und der Zirkus würde bald sein letztes Mitglied verlieren. Einen Schuß für den Esel, einen für ihn, er verlangte nichts anderes vom Leben. Aber er schaffte es nicht einmal mehr, sich eine Kugel in den Kopf zu jagen. Zu alt, zu wacklig. Zu schwer, das Gewehr. Er hatte Angst, sich zu verfehlen oder den Esel zu verfehlen. Zuerst mußte man den Gewehrlauf absägen. Er brauchte Hilfe von außen. »Und da hat er mich auserkoren«, schloß er selbstgefällig.

»Was hast du gemacht?«

»Wenn ich mich geweigert hätte, wär er schon tot. Er hätte sich so oder so getötet. Jetzt ist er beruhigt. Sein Schießeisen ist bereit. Er kann's auf sich zukommen lassen.«

Sie näherten sich dem Wrack. Julius bemerkte ein Rattenpaar, das auf dem Vorschiff ein Schläfchen hielt.

Er stand jäh auf und war mit zwei Sätzen hinten.

»Also, die Knarre«, sagte er hastig, »holst du sie raus oder nicht? Ich würde gern einen dieser Herren umlegen.«

Toni, der darauf nicht gefaßt war, wollte die Hand ausstrecken. Julius kam ihm zuvor, griff nach der Tasche und zog sie zu sich heran.

»Das kann ich schon«, sagte er, zog den Reißverschluß auf und nahm vor dem entsetzten Toni den Revolver in die Hand.

»Schau dir das an!« rief er nach einem Pfiff der Bewunderung. »Für eine alte Knarre sieht das Biest nicht schlecht aus! Genau so was bräuchte mein Alter. Willst du sie ihm nicht borgen?«

»Sie ist kaputt«, stammelte Toni, »der Lauf ist verstopft. Gib auf die Sicherung acht.«

»Meinst du?« antwortete Julius zerstreut und drehte die Waffe hin und her, wog sie in der einen, dann in der anderen Hand.

»Mach keinen Mist!« rief Toni mit angstverzerrter Stimme.

Wie ein Operettenschurke nahm Julius die Haltung des Scharfschützen ein, beide Hände am Kolben, die Arme ausgestreckt, die Pistole auf den Boden des Kahns gerichtet. Sein Lächeln gefror. Er hob langsam die Waffe, machte das linke Auge zu, schien einen Augenblick unschlüssig über das zu wählende Ziel und hielt sie dann auf Tonis Gesicht.

»Ich sehe eine Ratte in meiner Schußlinie«, sagte er leise

mit angewiderter Miene. »Eine echt rattige Ratte, tausendmal rattiger als die beiden Ratten auf der Motorjacht. Jetzt gestehe, Toni!«

»Hör auf«, flehte Toni mit einem entsetzten Aufstöhnen, doch die schwarze Mündung des Pistolenlaufs bewegte sich keinen Millimeter.

»Na, wird's bald?« drohte Julius.

Von einer Sekunde zur anderen ließ er die Waffe sinken und entspannte sich, er atmete tief, als würde er nach einer großen Anstrengung Luft holen. Toni konnte nichts mehr sagen.

»Du bist dran«, sagte Julius und drückte ihm die Pistole in die Hand. »Ziel auf mich, als wolltest du schießen. Ich möchte sehen, ob das angst macht. Vergiß nicht zu entsichern.«

Toni zitterte, die Pistole zitterte. Kaum sah er Julius am anderen Ende des Laufs. Es war wie ein aufgelöster Reflex in einer nassen Fensterscheibe.

»Jetzt schieß!« befahl er und bot seine glänzende Brust dar, »los, knall mich ab. Darauf bist du doch scharf!«

»Mir reicht's!« schrie Toni, der seinen Arm sinken ließ. Die Pistole hing von seiner Faust wie ein toter Vogel.

»Du hast wirklich Nerven wie ein Blumenkohl!« gluckste Julius. »Wenn wir schon mal russisches Roulette spielen. Roulettebruder, lockt dich das nicht? Na gut. Wir sind nun mal keine Kosaken, und die Zukunft wartet auf uns. Man soll den Teufel nicht reizen.«

Er streckte die Hand aus, nahm die Waffe wieder und hielt sie zwei Fingerbreit über das Wasser, lächelnd, versonnen.

»Einverstanden? ... Oder willst du sie behalten?«

»Einverstanden«, sagte Toni.

Julius kniff die Augen zusammen. Anstatt die Waffe loszulassen, begann er laut nachzudenken. So eine schöne Pistole. Sie ins Meer schmeißen, ohne überhaupt zu wissen, ob sie funktioniert oder nicht. Ob sie nicht noch ein oder zwei Schüsse auf Lager hat. Das war kostbar im Leben, ein oder zwei Schüsse. Er nahm sie zurück ins Boot und entsicherte sie.

»Nur eine Sekunde, eine kleine Überprüfung. Wir werden sehen, ob du es verdienst, mit dem Leben davonzukommen. Wir werden sehen, ob der Lauf wirklich verstopft ist, einverstanden?«

Und Julius sah Toni in die Augen.

»Nein«, ächzte dieser.

»Warum nein? Ist er nicht verstopft?« fragte Julius, der die Pistole wieder mit beiden Händen ergriff. »Ist sie richtig geladen? Solltest du mich angelogen haben?«

Er redete laut, fast dröhnend, Toni sah ihn entsetzt an. Mit ausgestrecktem Arm schwenkte er die Waffe langsam über Tonis Körper hinweg bis zu der gekenterten Motorjacht, die ihre Seite zeigte.

»Welche der beiden Ratten verdient, mit dem Leben davonzukommen?« murmelte Julius.

Der Schuß ging los. Eine heftige Detonation erschütterte die Erstarrung der Sphaignes. Die beiden Ratten sprangen ins Wasser und Dutzende von Vögeln flogen auf. Beim zweiten Schuß hatte die Pistole eine Ladehemmung. Der Kahn schlingerte auf dem Wasser.

»Deine Knarre war nur halb kaputt, Dreckskerl«, zischte Julius mit tonloser Stimme. »Toll, damit herumzulaufen! Hältst du dich für Zorro oder was?«

Ohne Toni anzusehen, nahm er die unbenutzten Patronen aus dem Magazin, warf sie über Bord und schmiß die leere Pistole in den Kahn.

»Völlig beknackt!« sagte er noch. »Um ein Haar hätte ich dich umgelegt. Mich juckt das nicht, aber stell dir mal das Gesicht von Carole vor.«

Er ging wieder nach vorn und legte sich hin.

»Das Gesicht von Carole und das der Frösche von nebenan. Das gibt Witwen! Jedenfalls hast du einen Beruf gefunden, Kumpel. Du brauchst nur zur Polizei zu gehen. Die geben dir umsonst eine Kanone. Dann kannst du auf alles schießen, was sich bewegt. Sogar auf Freunde.«

Toni zitterte, der Schweiß machte ihn blind. Er dachte an nichts.

»Komm, komm! Es ist vorbei«, tönte Julius nach ein paar Minuten, als er sah, daß Toni bedrückt war. »Da, schau mal, dein Liebesnest!« sagte er beim Anblick des Stolleneingangs, der aus dem Dunst auftauchte. »Gehst du da nicht mit deinen Weibern hin? Gib mir die Flasche und erzähl mir alles.«

Er trank, ohne die Flasche an die Lippen zu setzen, und gab sie Toni zurück.

»Kann man denn da vögeln? Ist da Platz?«

Toni antwortete irgend etwas.

»Auf der deutschen Geschützbettung«, behauptete er, und als er Julius' Blick begegnete, erfand er noch: »Sie ist ein bißchen verrostet, aber es geht. Man muß aufpassen, das ist alles.«

Er dachte an Maï in der Werkstatt und beschrieb das hübscheste Mädchen, das er je gesehen hatte, so schön wie ein Traum. Er hatte ihren Vornamen vergessen, bestimmt eine Ausländerin. Auf verblüffende Art angezogen, ein chinesisches Kleid mit vielen Knöpfen vorn. Und sie roch gut. Verdammt noch mal, und wie gut sie roch! Wenn du ihre Finger gesehen hättest, als sie die Knöpfe aufmachte ...

Als er den Kopf hob, sah er einen unkenntlichen, nach Luft ringenden Julius, dessen Augen vor Haß ganz klein waren.

»Was ist los?« sagte Toni, »du ...«

»Schnauze!« fiel ihm Julius ins Wort.

Er war grau, kniff die Lippen zusammen, seine Augen waren farblos, die Gesichtszüge zu einem grausamen Ausdruck erstarrt, aus dem Verzweiflung und Wut sprachen.

»Die dreckige Schlampe!« preßte er zwischen den Zähnen hervor.

»Wer denn?« fragte Toni verdutzt.

»Niemand«, erwiderte Julius. »Meine Großmutter! Bring mich zurück.«

Da hörte man Kilometer entfernt einen dumpfen Knall, eine Explosion von nirgendwo, Auspuff eines Lastwagens, Schallmauerdurchbruch, erschossene Krähe, Einbildung. Julius streckte den Zeigefinger in die Höhe, man hätte glauben können, er wolle den Wind spüren.

»Hast du gehört? Die abgesägte Kanone des Zirkusmenschen. Der kleine Alte hat sich erschossen, mein Lieber. Du würdest das nicht tun.«

13

Am Tag der Abiturergebnisse erlegte Toni sich die Pflicht auf, ins Lycée Boileau zu gehen. Er mußte die Ellbogen gebrauchen, um an die Namensliste zu kommen. Unter Bernard niemand. Eine Lücke. Barnard hatte sein Abitur, Bernouilli hatte es, Bodénan hatte es. Bei Bernard eine leichte Leere, ein Aussetzten des Herzschlags. Vielleicht bei den Fundsachen? Unter Toni die gleiche Lücke, nicht einmal eine Null. Die Lücke zitterte. In aller Form durchgefallen. Dennoch war er von einem Irrtum überzeugt. Oder von einer leicht zu behebenden Absurdität. Wenn nicht von einer Schikane, die sich irgendein Spaßvogel ausgedacht hatte. Eine etwas lahme Sekretärin hatte seinen Namen übersprungen, das konnte schnell passieren. Toni Bernard: vergessen. Ein Federstrich weggelassen oder angefügt, und der Justizirrtum kommt in Gang, ein Mann mit nacktem Hals besteigt das Schafott, die Klatschweiber tun sich am Blut gütlich, der Henker schluchzt am Fuß einer Platane. Das wär's, Totenmesse. Aber rühmten denn nicht alle Lehrer in schöner Einmütigkeit seine Aufgewecktheit? Sagten sie nicht alle, mit einem Minimum an Anstrengung würde er es zu Höchstleistungen bringen? Übrigens, nein, nicht alle. Seine Mutter behauptete es. Aufgeweckt war er, ganz zweifellos. Er fürchtete niemand. Seines Wissens verkörperte er hinieden den einzigen Faulpelz, der aufgeweckt genug war, um sich ein Picknick am Examenstag auszudenken. Hier ruht meine Aufgewecktheit, seufzte er und zwinkerte der Namensliste zu. Dann stieg er wieder aufs Fahrrad.

Wozu heimkehren? Wohin gehen? Wohin fliehen? Wohin, um nichts mehr zu empfinden? Was tun zwischen dem Ende der Welt und jetzt? Er radelte planlos dahin. Das Fahrrad fuhr nach Hause. Die Gänse watschelten bei seinem Anblick immer noch herbei, die Sonne schien, die Luft roch gut. Toni war nicht unglücklich, er ließ sich treiben, abgelenkt durch die Vision der sechsunddreißig erloschenen Kerzen, die er auf dem verminten Kuchen des Schicksals ausgeblasen hatte. Er nahm es sich nicht übel. Nachtragend war er nur mit anderen. Wenn er es noch einmal tun könnte, würde er es noch einmal tun. Er würde die Kerzen wieder ausblasen. Er würde frei leben, unverbesserlich und verträumt, heftig verträumt. Er würde erneut von Les Angéliques fliehen, in der Schule schludern, den Fröschen pfeifen, die Inseln suchen, in der Bibel lesen, Maï lieben, er wollte nur sie und keine andere Frau, keine andere Zukunft. Maï, seine unberührte Insel und seine Wahrheit. Und später würde er dennoch alles wissen. War Maï unberührt? ... Kein unbekannter Schatten auf ihren Zügen, vor ihrem Lachen kein Schleier. Kindheit und Unschuld in ihren grausamen Augen. Wenn sie nur durchgefallen war. Sie würden den Abend zusammen verbringen. Er würde sie auf die Geheime führen. Sie würden sich unter freiem Himmel lieben. Sie ginge nächstes Jahr nicht nach Paris. Sie würden am Lotosblumenmeer heiraten.

Kurz vor Les Angéliques stieg er ab. Mit seiner Mutter hatte er ausgemacht, daß er nichts sagen würde, falls er durchgefallen wäre. Er ginge würdig vorbei und ohne Abendessen in sein Zimmer hinauf. In ein paar Tagen kämen die Zeugnisse im gestempelten Briefumschlag, die schlechten Vorzeichen verschlampte der Briefträger nie. Mehrere Nullen, außer in Sport, eine im Lauf des Jahres abgelegte Prüfung. In Sport: zehn. Nicht schlecht! Eine Zehn in Sport, das hieß zehn Punkte über null. Beim Pegel Null sind die Seen ausgetrocknet, die Feuerwehrleute müssen die Fische wiederbeleben. Bei Zehn laufen die Seen über, überschwemmen die Straßen, die Bäume stehen im Wasser, und das Schilf wird grün. Zehn: ein grünes Ergebnis.

Er vermied es, von der Straße her einzutreten, er ließ das Fahrrad draußen und bahnte sich einen Weg durch die Hecke. Vor dem Haus standen Gartenstühle herum. Die Fensterläden waren gegen die Abendsonne zugeklappt. Er vernahm Lachen und Gläserklirren. Gebückt ging er bis zum Küchenfenster. Durch den Spalt zwischen den Läden sah er die drei Sauveurs, Gaétan, Maryse und Maï, am Tisch Champagner trinken. Maryse versprach, nach Paris zu fahren. Das war ihr Traum, Paris, ach ja, Paris! Gaétan feixte: »Wenn er nicht da ist, dann, weil er gekniffen hat. Der Außerirdische hat gekniffen, prost! Er kann sein Abitur ja bei den Marsmenschen machen! ...« Maï, im Profil, hatte ihr Gesicht in eine Hand gestützt. Sie sah ein bißchen träumerisch und betrunken aus, ein bißchen traurig. Sie nahm ihr Glas, nippte, neigte es dann und machte sich einen Spaß daraus, den Champagner zu verschütten. Sie berührte mit den Fingerspitzen die Bläschen und betupfte sich lächelnd die Ohrmuschel. Ihre Lippen formten stumme Worte, die Toni sich in seinem Versteck übersetzte: »Ein wenig, über alle Maßen, ganz rasend, gar nicht, du hast es herausgefordert, dein Fehler ...« Er beobachtete sie ein paar Minuten bis zu dem Augenblick, da Maï verkündete, sie müsse sich für das Fest zurechtmachen. Sie war erschöpft. Noch einmal ausgehen, wie öde!

Ein wenig später sah er von der Lärche aus zu, wie sie sich mit dem Solex auf der Straße entfernte, und er verfolgte sie lange durchs Fernglas. Als sie verschwand, murmelte Toni: »Das wirst du mir auch büßen!« Er verbrachte den Abend Trübsal blasend in den Lüften. Er hörte seine Mutter kommen und gehen, hörte vielfaches Angelusläuten auf dem Land. Er sah nacheinander die Lichter angehen, sah das Haus sich in der Dunkelheit zusammenkauern, sich verformen, abweisend, feindselig werden. Er sah die Lichter nacheinander erlöschen, außer im Zollhaus. Ein Feigling war das! Ein armer Kerl in weißen Hosen. Er mußte sie geträumt haben, die weißen Hosen. Sein Vater war in einem scheußlichen Bademantel geboren. Er hörte Maryse husten, eine Gans antwortete, dann ein heiserer Frosch. Kein Geräusch, von dem er nicht wußte, woher es kam, kein Kropf, dessen Gickser er nicht genausogut kannte wie seinen Aristoteles. Er hatte den Eindruck, daß der Duft der Lagunen intensiver wurde, so als wären alle Früchte, alle Beeren auf ein bestimmtes Zeichen hin gleichzeitig gereift. Er selbst war zweifellos eine glückliche Feige, die vor der Nacht noch ihren Jubel ausströmte. Eine glückliche Feige? Eine verfaulte Nektarine, ja! Er hatte

Hunger. Er stieg vom Baum und stahl sich wie ein Dieb in die Küche. Die Wanduhr zeigte halb zwölf. Und was macht Maï jetzt? Nennt sie das früh nach Hause kommen? Im Kühlschrank fand er Schinken, einen Stapel Scheiben, den er so, wie er war, aufaß. Er schnappte sich eine kaum angebrochene Flasche Champagner und trank, ohne abzusetzen, mit Tränen in den Augen. Das Getränk schäumte aus seinem Mund und rieselte über seine Brust, prickelnd, eiskalt. Mit der Zeit schluckte er nur noch, was ihm sauer aufgestoßen war. Er schleuderte die Flasche auf den Steinfußboden und murmelte: »Schlampe! Was treibst du?« Wütend öffnete er wieder den Kühlschrank. Kein Champagner mehr. Er nahm eine Flasche Bier; da Schritte sich näherten, beeilte er sich, über den Fenstersims zu klettern.

Er sitzt am Ende des Anlegestegs. Er ist nicht zufällig hergekommen, aber es müßte mit dem Teufel zugehen, wenn er sich erinnerte, wie. Die Bierflasche zwischen seinen Knien ist fast leer. Die Souris des Mers schimmert zu seinen Füßen, der See schimmert, der Schatten schimmert. Das macht Spaß, ein so schimmernder Himmel. So unberührt und schimmernd. Man könnte glauben, er habe Maïs Kleid angezogen. Im Sommer brannte es lichterloh da oben. Bist du unberührt, Maï? So unberührt wie ein Junihimmel? Ich warte. Ich warte auf eine Sternschnuppe, ein Zeichen der Unberührtheit, einen Funken, damit ich mir etwas wünschen kann. Schlampe! So unberührt wie ein Gewitterhimmel über einem Vulkan. Er griff nach der Flasche, tat einen tropfenden Zug und begann seinen Vater zu beschimpfen, diese Memme, diesen Schisser, diesen Neidhammel, der ihm sein Leben lang die Namen der Sterne vorenthalten hatte. Er behielt die Namen der Sterne für sich, die geheimen Wege durch die Sternbilder, die Schlüssel zu den Nächten. Sterndieb! Statt dessen hast du mir die Pariser Metrostationen beigebracht, vielen Dank! Ich war nie dort. Verstaubte, unterirdische Namen ohne Sterne und ohne Himmel, Namen, um sich in der Tiefe eines Tunnels zu verirren, *wo alles schwarz wird, mit wundgescheuerten Füßen muß man weitergehen auf dem Schotter, den Ausgang su-*

chen, die Hände folgen der feuchten Wand, kalter Lufthauch fährt einem ins Gesicht, und Wesen von nirgendwo beginnen zu kreischen.

Er liegt in seiner Hängematte, die Bierflasche an der Wange. Er weiß nicht mehr, daß er längere Zeit draußen, an der Anlegestelle, verbracht hat, um dann stockbetrunken, nackt, von den Zweigen zerkratzt wieder oben auf der Lärche nach seiner Cousine auszuspähen. Das Fernglas um den Hals, hat er Maï auf der Straße und zwischen den Sternen gesucht und sie nicht gefunden. Er hat das Fernglas über Bord geworfen im Glauben, sich einer leeren Flasche zu entledigen.

Er schläft. Er weiß nicht mehr, daß er am Fenster seines Vaters geklopft hat, einen Hocker schwingend, und geschrien hat: »Komm raus, wenn du ein Mann bist. Komm raus, du Schisser!«, noch daß seine Mutter gekommen ist und ihm geraten hat, sich weniger aufzuspielen und sich klein zu machen, indem sie sehr laut Wörter flüsterte, die sie anekelten, Wörter, die ihrem Ekel angemessen waren: »Du solltest dich ganz klein machen, Rotznase, Versager! Glaubst du, du bist im Puff? Geh schlafen, Versager, Idiot! Wir sehen uns morgen ...« Er schläft, er weiß es nicht mehr. *Abends hast du Daumen gelutscht. Sag es ihnen nie, Toni, das ist ein Geheimnis. Gut, ich sage nichts, aber zeig mir deinen Schlitz. Weißt du es nicht? Meine Mutter hat dein Fläschchen gestohlen. Sie hat es zu meinem Vater gestellt mit einer roten Pfingstrose drin. Er hat gesagt: So ist es eine Milchblume. Komm, zeig ihn mir, nur ein Mal. Niemand wird es erfahren. Stimmt es, daß er feucht ist, wenn man sich liebt? Zeig ihn mir, ich kann's nicht aushalten. Wenn du nicht willst, kannst du ja gehen. Los, hau ab, Maï. Ich flehe dich an, Toni, laß mir eine Chance. Eine Chance? Du hast sie verpaßt, deine Chancen. Verdufte, gib's auf. Erbarmen, Toni, ich gehöre dir, ich bin dein Kind, du bist alles für mich. Natürlich bin ich unberührt, ich bin dein Spielzeug, das Kleid habe ich gekauft, um dir zu gefallen, ich flehe dich an. Komm in mich rein, kleiner Mann.*

»Hör auf mich zu nerven!« stöhnt er, als er die Treppe knacken hört.

Das seufzende Geräusch der Klappe, die sich in den Angeln dreht. Schritte auf dem Fußboden. Toni versteckt sich unter dem Kopfkissen, ist auf das Schlimmste gefaßt, auf Geflüster aus dem Jenseits, Aufforderungen, Tränen, unheilvolle Fragen, schon wieder Fragen, ein Delirium trauriger Monotonie, die nichts mehr zu tun haben wird mit seinem Abitur, eine Messe der Bitterkeit, wo er die Rolle des Sünders spielen und um Verzeihung bitten muß, Verzeihung, Mama, Verzeihung für immer, rettet mich.

Nach einer Weile richtet er sich auf und gewahrt einen Schatten an der Luke. Er beugt sich vor, er sieht Mondschatten, eine Silhouette, er sieht zwei nackte Fersen nebeneinander, vom Mond beleuchtet, er erkennt Maï im silberdurchwirkten Gewand. Dann sinkt sein Kopf ins Kissen zurück.

»Hau ab!« ruft er.

Sie lehnt sich an die Wand und beginnt zu sprechen. Sie ist im Lycée Boileau vorbeigegangen. Sie ist enttäuscht von ihm. Es hat sie überrascht, daß er durchgefallen ist. Wenn es einen lieben Gott für die Säufer gibt, müßte auch einer für die Faulenzer da sein! Und vor allem für den größten Faulenzer von allen.

»Du mußt geknickt sein, mein armer Toni ... Aber es ist wirklich nicht so schlimm. Nächstes Jahr bestehst du.«

»Halt die Fresse!« sagt Toni. »Du hältst dich wohl für sehr schlau mit deinem lächerlichen Zeugnis. Kein Grund, mitten in der Nacht zu kommen und anzugeben. Wenn das so weitergeht, werde ich auch ein Vorhängeschloß anbringen.«

Maï sagt, sie hält sich nicht für schlau und schon gar nicht heute abend. Sie hat den ganzen Abend getrunken, um sich Mut zu machen. Sie hat wohl nicht genug getrunken. Oder sie hat zuviel getrunken. Jedenfalls fühlt sie sich schlecht. Außerdem hat sie einen Schluckauf.

»Hilf mir, Toni, ich schaff's nicht.«

»Was denn ...? Los, verzieh dich.«

»Dich etwas zu fragen«, sagt Maï mit gedämpfter Stimme.

»Wenn du mich verarschen willst, das ist gelungen«, antwortet er grinsend. »Du hast dich betrunken, das liegt in der Familie. Du hast heimlich Champagner gepichelt mit deiner kleinen Bande, und ich ...«

Das Blut steigt ihm in den Kopf, die Eifersucht macht ihn rasend. Sie ist betrunken, er hört ihren Schluckauf, die Hickser stechen ihm in die Augen. Halt die Fresse, Maï! Sag mir, ob du Jungfrau bist! Zieh dein Kleid aus, mach die Beine breit, mach es für mich! Wo hat sie bloß all diesen Champagner getrunken? Mit wem? Wohin ist sie gegangen, gekleidet wie ein chinesisches Glühwürmchen? Die Schatten drehen sich, ihm ist übel, er wird sie vollkotzen, die kleine Schlampe! Stell schon deine Frage!

»Also was?«

»Du kannst es ablehnen«, sagte Maï.

»Schieß los, verdammt!«

»Kohle«, flüstert Maï. »Ich weiß, daß ich dir jede Menge schulde, Toni. Aber jetzt brauch ich sie wirklich. Nicht für Klamotten. Ich geb sie dir nächstes Jahr zurück, ich schwör's. Nächstes Jahr fange ich an, mein eigenes Geld zu verdienen.«

»Wieviel?« seufzt er.

»Ungefähr dreitausend Francs. Vielleicht ein bißchen mehr. Ohne dich bin ich verloren.«

Die Hündin. Wieder einmal ist sie nur raufgekommen, um ihn anzupumpen. Madame spielt das ganze Jahr über die Prinzessin, belügt ihn, demütigt ihn, quält ihn. Sie, ja, sie hat ihr Abitur, nicht so wie dieser arme Trottel, dieser Versager! Sie verschwindet die ganze Nacht, *Toni kann ja zu Hause bleiben.* Sie tanzt, sie strahlt, sie pichelt und Gott weiß was! ... und wenn sie zurückkommt, macht sie, raffiniert, wie sie ist, einen Umweg über sein Zimmer, um die Ersparnisse des armen Tölpels einzusacken.

»Bitte, Toni. Ich brauch es wirklich.«

»Wozu?«

»Das geht dich nichts an«, sagt Maï leise.

»Ach ja!« ruft Toni wie aus einem Nebel heraus. »Mich geht nie etwas an. Ich bin gut zum Blechen, sonst nichts. Und dein Trottel von Vater kann es dir nicht geben? Die Brieftasche aus Seeigelhaut! Ihr liebt die Kohle bei euch in der Familie. Und deine Mutter, ist sie genauso? Sie muß Gaétan ja ähnlich sein, um einen solchen Dreckskerl zu heiraten.«

Er feixt und redet gleichzeitig, verwirrt, daß die Worte einen Sinn haben; er ist nicht darauf gefaßt, sie auszusprechen, aber er kann seine Stimme nicht mehr zügeln.

»Und du auch, du mußt deiner Mutter ähnlich sein mit deinen langen Fingernägeln und deinem koketten Getue. Bei mir sagst du dir: Immer her damit! So lange er was hat, muß man's ihm abnehmen. Aber heute abend sage ich nein. Wenn du Kohle willst, gibt es doch ein gutes Mittel. Du wirst reich werden in Paris, nächstes Jahr.«

Ihm ist übel, er macht die Augen zu, beugt sich über den Rand der Hängematte und fährt in weinerlichem Ton fort:

»Bitte, Maï, geh nicht weg. Ich geb's dir schon, hab keine Angst. Ich habe das gesagt, um dich zu necken. Wir vögeln miteinander, und ich geb's dir, einverstanden?«

Er hört Maï die Stufen hinabsteigen. Er hört, wie ihre Tür auf- und wieder zugeht. Er hört, wie der Schlüssel sich zweimal dreht. Er übergibt sich auf den Fußboden.

14

Am Morgen weckten ihn gedämpfte Geräusche. Seine Mutter wischte auf Knien den Boden und zischelte Beschimpfungen vor sich hin. Toni beeilte sich, die Augen zuzumachen.

Als er die Augen eine Stunde später wieder aufschlug, war sie immer noch da, saß in ihrer Feldwebelhaltung auf der Bettkante, das Gesicht nackt wie eine Wunde. Sie wippte mechanisch, ihre Finger zerknüllten ein Taschentuch. Als sie eine Bewegung von ihm hörte, ergriff sie leise das Wort. Ohne den Kopf zu heben, sagte sie ihrem Sohn, daß sie eine Frau der Pflicht sei, eine Frau der Gesetze. Eine Mutter auch, die bereit sei, alles zu geben und alles zu ertragen für die, die sie liebe. Nur, für ihn habe sie nun genug getan.

»Nachdem ich meine Ausbildung, meine Jugend, meine Eitelkeit geopfert habe. Nach dieser Hölle der Langeweile in dieser trostlosen Gegend, wo ich mich vergraben habe zu deinem Besten, damit der Herr eine glückliche Kindheit haben möge. Nach all diesen Opfern bist du imstande, mich zu täuschen, uns zu täuschen, deinen Vater und mich. Übrigens möchten wir mit dir reden. Es ist höchste Zeit.«

Sie verzog den Mund.

»Eine schöne Bescherung! Du bist achtzehn Jahre alt, und was ist aus dir geworden? Ein Versager. Ich muß mich damit abfinden. Mein einziger Sohn ist ein Versager. Sogar ein größerer Versager als mein Mann.«

Toni, der nur noch Matsch im Kopf hatte, betrachtete, zur Seite gedreht, seine Möwe und träumte davon, dieser ausgestopfte Vogel unter den Balken zu sein, eine verstaubte Trophäe.

»Aber es war deine Entscheidung, mein kleiner Junge! Du hast dich dafür entschieden, den Charmeur zu spielen, anstatt ein guter Sohn zu sein.«

Zwei ausgestopfte Möwen unter den Balken eines von der Zeit unbeachteten Hauses. Maï und er, die für immer aufeinander zuflogen und davon träumten, einander im Flug zu begegnen. Wozu dreitausend Francs?

»Schluß mit dem Gurren! Deine Cousine hat sich nicht ablenken lassen durch dein tölpelhaftes Schmachten. Sie geht weg von hier, um so besser.«

Beim Anblick der Möwe stellte er sich die Gewalttätigkeit des Kampfes in der Gluthitze des Sackes vor, die funkelnden Augen der beiden jaulenden Tiere, die sich nur umschlangen, um sich zu massakrieren.

»Und du hast natürlich nichts zu sagen und pfeifst natürlich auf meinen Kummer. Für dich ist das Leben schön, nichts ist jemals schlimm, schon gar nicht anderer Leute Schmerz.«

Tonis Blick fiel einen Moment lang auf sie. Mit wem mochte sie bloß reden? Es mußte noch einen anderen Toni im Zimmer geben, einen anderen Versager, den nur sie sah. Anderer Leute Schmerz! Das war ihr Steckenpferd: der Schmerz. Ein privates Revier. Wer auch immer behauptete, welchen zu haben, galt in ihren Augen als Schnorrer.

»Die Pflicht einer Mutter ist es, ihren Sohn zu zwingen, erfolgreich zu sein, notfalls gegen seinen Willen ...«

Da war sie wieder beim Skandieren der mütterlichen Pflicht. Die linke Hand zum Vogelschnabel geformt, die fünf Fingerspitzen zusammengelegt, schlug sie ein wütendes Mea culpa auf ihren Schenkel, das ihn mit den Zähnen knirschen ließ.

»Und du hältst nie die Klappe mit deiner Pflicht!« unterbrach er sie hart. »Ist das die Pflicht einer Mutter, nie die Klappe zu halten?«

Sie fuhr hoch und blickte ihn empört an.

»Die Pflicht einer Mutter ist es, Versager kurzzuhalten, mein kleiner Junge. O ja, nächstes Jahr wirst du den Mund nicht so voll nehmen, ich werde dich triezen!«

»Träume nicht zu viel, Mama«, grinste Toni. »Ich habe einen Beruf gefunden.«

Irènes Kinn wurde bleich, ihr Mund begann zu zittern.

»Was für einen Beruf?«

»Bildhauer.«

»Bildhauer?«

»Und zwar Schaumbildhauer.«

Bei einer Arbeitsvermittlung hatte er sich für zwei Stellen beworben: Zuschneider von Styropor in der Heimwerkerabteilung des Bazar de l'Hôtel de Ville und Tunnelarbeiter auf der Baustelle eines Umleitungskanals im Departement Pyrénées-Atlantiques.

Mit offenem Mund sah Irène ihren Sohn an.

»Das ist ein schöner Beruf, weißt du«, prahlte er. »Schaumbildhauer. Stell dir das mal vor, auf einer Visitenkarte. Du hast ein elektrisches Messer, ein Eisenlineal, und schneidest runde, quadratische, rautenförmige Kissen aus. Du gehst deinen Eltern nicht mehr auf die Nerven. Es ist die Pflicht eines Sohnes, seinen Eltern nicht ewig auf die Nerven zu gehen.«

Eine Sekunde lang konnte er die Illusion haben, daß sie seinen Humor schätzte. Er sah bei ihr ein unbekanntes, sehr sanftes Lächeln, das zweifellos für einen unbekannten, sehr sanften und sehr guten, folgsamen und fleißigen Sohn bestimmt war, für ein Kind des Glücks, das zu keiner Gemeinheit seiner Mutter gegenüber fähig war und sich freute, jeden Tag mit ihr zu verbringen, und zwar bis zum letzten Atemzug. Dann wurde Irènes Gesicht angespannt, und es brach aus ihr heraus. Er ginge nicht von hier weg, das wäre zu billig! Nach allem, was sie getan hatte? Er würde schon sehen, wer das Sagen hatte! Bildhauer? Er ginge zurück ins Gymnasium, jawohl! Und zwar ganz schnell! Wenn er wegginge, bekäme er keinen Sou. Und er brauchte gar nicht wiederzukommen. Und wenn er im Gefängnis wäre, würde sie ihn nicht besuchen, sie würde sagen: recht so!

»Inzwischen wirst du aufstehen, Langweiler! Dein Vater hat ein Wörtchen mit dir zu reden. Ich gebe dir eine Minute zum Anziehen. Wir treffen uns bei ihm. Und daß ich nicht noch einmal hinaufmuß. Los, ein bißchen dalli!«

Als er angezogen war, kletterte Toni an der Lärche hinunter. Seine Mutter erwartete ihn unten.

»Glaubst du, ich kenne dich nicht? Beeil dich. Dein Vater ist außer sich vor Wut.«

Sei es, daß sie es erfunden hatte, sei es, daß er seine Wut vergessen hatte, jedenfalls schien Lucien, als sie kamen, keineswegs betroffen darüber, daß sein Sohn durchgefallen war. Prüfungen belohnten den Arbeitseifer, aber nicht die Phantasie, die immerhin das allerfeinste Sprühen des Geistes ist. Toni wollte bildhauern? Mit Schaum? Warum nicht. Wenigstens würde er nicht Steine klopfen. Vielleicht würde er ein Schaumgenie, eine Art Michel-Ange Auteuil des geschäumten Materials.

»Das wäre lustig, eine Kathedrale ganz aus Schaum.«

Irène konnte sich noch so sehr ereifern, ihn auffordern, seine Vaterpflicht ernst zu nehmen, und ihn schließlich zu demütigen versuchen vor dem Sohn, dem er das erbärmliche Beispiel einer zynischen und willensschwachen menschlichen Natur gab, es gelang ihr nicht, ihn aufzustacheln.

»Das zieht nicht«, sagte er schließlich argwöhnisch. »Du versuchst, mich abzulenken. Du weißt sehr gut, warum ich vorhin zornig war.«

In seinen Schaukelstuhl gefläzt, bot er die vergnügte Miene dessen, der einen Streich ausheckt. Ab und zu betrachtete er seine rechte Hand durch eine Lupe und schien mit sorgenvoller Stirn Hieroglyphen zu entziffern.

»Endlich habe ich euch, ihr Schlauberger«, fuhr er plötzlich fort. »Setzt euch aufs Bett. Ihr seid angeklagt. Ihr spielt ein gewagtes Spiel, ich warne euch.«

»Für wen hältst du dich?« sagte Irène gehorchend. »Und dein Bett ist nicht mal gemacht. Das ist widerwärtig.«

Lucien betrachtete seine Frau und seinen Sohn, die nebeneinandersaßen wie Passagiere eines Zuges, von dem man annimmt, daß er sein Ziel erreicht. Wie komisch waren doch Züge, Gespräche in Zügen, hinweg über harte Eier und Strickzeuge und den Katzenkorb, wie komisch die rote Wasserspülung der Notbremse und die plärrenden Säuglinge, die auf der Sitzbank gewickelt werden. Er erinnerte sich an die Gespräche, stets die gleichen, und stets die gleichen Züge, die gleichen harten Eier, die gleichen Säuglinge, seine Stimme erinnerte sich ...

»Tatie mag keine Innereien«, begann er in belehrendem Ton, zu seinem Sohn gewandt. »Noch heute morgen sagte sie zu mir: Die Innereien und ich, das ist zweierlei. Aber keineswegs! Onkel Paul mag keine Innereien. Tatie liebt sie. Noch heute morgen habe ich sie zum Frühstück Hirn essen sehen. Was mich betrifft, ich habe sie nie Schwägerin nennen können ... Mach nicht so ein Gesicht, Toni, was soll das erst in ein paar Minuten werden.«

»Dreckskerl!« sagte Irène. »Das ist wirklich der richtige Moment, um den Hanswurst zu spielen.«

»Kann ich mich verziehen?« fragte Toni. »Ich hab die Nase voll. Ich gehe nur Luft schnappen und komme wieder.«

»Du wartest, bis ich fertig bin«, sagte sein Vater. »Es ist sehr lehrreich, du wirst sehen. Diesmal steht eure Zukunft auf dem Spiel.«

Der Hanstwurst war nicht zufrieden, aber überhaupt nicht zufrieden. Seht mich gut an, ihr Schlauberger, ich bin ein verbitterter, hilfloser Hanswurst. Wußten sie denn nicht, daß er solvent war? Bestimmt nicht. Kein Sou wurde in diesem Haus ausgegeben, den er nicht zuvor verdient hatte.

»Reden wir doch über deine Einkünfte!« unterbrach ihn seine Frau mit empörtem Auflachen. »Wenn ich mich nicht abrackern würde, säßen wir alle auf der Straße.«

Mit herrischer Gebärde brachte ihr Mann sie zum Schweigen und wies darauf hin, daß, wenn man ihm früher nicht diverse Knüppel zwischen die Beine geworfen hätte, das Geld in seinem Beutel weniger knapp wäre.

»Das Geld ist knapp und nicht ich, aber lassen wir das.«

Er hatte also die beiden Personen vor sich, die vom Gesetz dazu ausersehen waren, ihn bei seinem Tod zu beerben. Zwei Personen, ohne die sein Geld sehr gut eines Tages der Unterhaltung der städtischen Anlagen dienen könnte. Abgesehen davon, daß es in den Händen einer Dirne landen konnte, die mit einem suspekten Beamten zusammenlebt.

»Eine Erscheinung wie aus der Parfümerie«, sagte er träumerisch.

Dann mit einem Blinzeln über die Brille zu Toni hin:

»Und ich behaupte, daß Tatie keine Innereien mochte.«

»Und ich behaupte, daß du das absichtlich tust«, stieß Irène hervor. »Das ist jetzt deine neue Masche, den Idioten abgeben. Du wirst mir sagen, daß es dir nicht schwerfällt.«

Ihr Mann umfing sie mit einem Blick spöttischen Mitleids.

»Auch du, meine Dornenranke, hast über die harten Eier und die Strickzeuge hinweg geschnurrt, früher, zwischen dem Anblick des alten Hafens von Nizza und dem Anblick des Pont du Gard. Toni ist eher von der Sorte: è pericoloso sporgersi. Das mag ich. Er leckt mal seine Tränen, mal die beschlagenen Fenster, das mag ich. Sein Geist schweift umher. Aber das ist nichts für dich, meine Dornenranke, du hast zuviel zu tun mit Taties Hirn.«

Außer sich stand Irène auf.

»Ich habe mehr als genug von deinen Andeutungen. Und ich verbiete dir, mich deine Dornenranke zu nennen. Es gibt Dinge, die du nicht weißt, Lucien, und die schwerwiegen werden in deiner Akte. Du hast Glück, daß Toni da ist.«

»Großes Glück, in der Tat«, seufzte Lucien mit einem Lächeln auf den Lippen. »Setz dich wieder hin, mein Augapfel, wir haben viel Zeit, uns scheiden zu lassen. Ich kann dir sogar als Anwalt dienen, das ist nicht so teuer. Und nicht so ernst. Welche Strafe willst du? Elektrischer Stuhl? Spanische Stiefel? Eine kleine Steinigung?«

»Mistkerl«, sagte seine Frau. »Daß man sie dir abschneidet, das will ich!«

»Pause«, rief Lucien und streckte die Hände nach vorn. »Die Atmosphäre ist viel zu schlecht. Die Sitzung ist aufgehoben. Geht's dir nicht gut, Toni?«

Toni sah seinen Vater an und wandte die Augen ab. Nein, mir geht's nicht gut. Eines Tages wird es mir gutgehen. Eines Tages würde er beide am Kragen packen und aneinanderschlagen. Und er würde sie so lange aneinanderschlagen, bis sie sich gegenseitig zerschmettert hätten. Es gäbe keine gelben und blauen Blumen mehr und keine weißen Hosen auf dem Land, es gäbe nicht mehr diese verlorene Straße auf dem Land. Ist da nicht ein Haus am Ende der Straße? Eine Geschichte in dem Haus? Wer möchte sie mir erzählen, bitte ... Er blieb sitzen, die Hände unter den Schenkeln, und versuchte, nichts zu hören und nichts zu sehen. Normalerweise hatte er immer etwas im Kopf, wohin er sich flüchten konnte, hatte er immer eine Insel, wo er sich, ohne daß die anderen es wußten, einschließen konnte. Eines Tages wird's mir gutgehen. Eines Tages werde ich euch ersticken. Ihr werdet in den Sack hineingehen und euch totschlagen.

»Laßt mich euch jetzt«, tönte Lucien, »einen Brief von meiner Schwester Maryse vorlesen, den ich heute morgen unter meiner Tür gefunden habe. Wer hat sie schon einmal hier gesehen? Niemand. Ich auch nicht. Also hört euch das an.«

Er öffnete seine linke Faust und begann scheinbar Zeile um Zeile von der Handfläche abzulesen.

Mein lieber Lucien,

es ist sehr traurig, weißt Du, sich trennen zu müssen. Oh, ich weiß, Du nimmst es mir sicher übel, daß ich Dich nie besuche. Du schüchterst mich ein da drüben. Ich weiß nicht, wie ich es sagen soll. Wenn Du Dich entsinnst, ich habe das Zollhaus nie gemocht. Das geht auf die Zeit zurück, als ich klein war, erinnerst Du Dich? Mama sagte, daß dort die Deutschen Papi geschlagen hätten. Aber da wir bald weggehen, meine Stieftochter und mein Mann und ich, möchte ich Dir auf Wiedersehn sagen. Und auch mein Mann möchte kommen. Sag uns, wann es Dich am wenigsten stört.

»Beachtet die Schönheit der Sprache«, sagte Lucien, »beachtet auch, daß sie ein schlaues Weib ist. Sie sagt nie Gaétan, sie sagt: mein Mann. Sie weiß genau, daß sein Vorname mich jedesmal um zehn Jahre altern läßt.«

Dann murmelte er mit monotoner und fast unhörbarer Stimme wie ein dem Altar zugewandter Priester:

»Sie auch, die spiralförmige Apfelschale und der Blick von oben auf die Canebière und die widerwärtigen Säuglinge. Und über den Katzenkorb hinweg die Aber ja natürlich, Nein natürlich nicht, die Also ich denke und die Ich bin der Ansicht und die Also ich meine, o doch, ich kenne sie, alle gleich, einer wie der andere nach fünfzig Jahren, vor allem mein Mann, Ihrer auch? Sich beweisen, daß ich bla bla, von ihrem ersten bla bla mit der Nachbarin, ah, doch ich ich meine ...!«

»Geht's dir nicht gut?« fragte Irène halb ernst. »Wirst du jetzt kindisch?«

»Kindisch, nein, aber ich habe Durst«, sagte Lucien. »Ich werde trinken, und zwar was Starkes! Warte das Ende des Briefes ab, dann weißt du Bescheid. Halte dich gerade, Toni, du siehst aus wie ein alter Opa, ganz krumm.«

Er sah auf seine Handfläche und las:

Es sei denn, Du könntest ins Haus kommen, es ist ja doch besser ausgestattet für Besuch. Es wäre an der Zeit, daß Du darüber nachdenkst und Dich überwindest.

»Überwinden wozu? Das bleibt ihr Geheimnis. Und jetzt kommt der Clou:

Mein Mann denkt, daß Du ihn nicht magst. Doch ihr hättet euch viel geben können.

»Viel Ärger!« höhnte er. »Und jetzt Spaß beiseite: zurück zum Prozeß.«

Er schloß die Hand wieder und drehte seinen Sessel in ihre Richtung.

»Wie ich euch schon gesagt habe, ihr spielt sehr hoch. Ich bin solvent, ihr nicht. Also, bei der ersten Lüge, zack!, drehe ich den Geldhahn zu.«

Ihn quälte eine krankhafte Überzeugung. Einer seiner beiden Erben versuchte, die Erbschaft zu beschleunigen, kurz gesagt, ihn ins Grab zu bringen. Und der Schuft bediente sich einer unschlagbaren Waffe: der Barmherzigkeit. Die prompte Antwort: Alkohol. Der heilige Alkohol, Schutzpatron der Gedächtnislosen. Er hatte in der Nacht zuvor seinen Entschluß gefaßt, als er einen Betrunkenen im Hof grölen hörte.

»Folgt meinem Blick«, sagte er halblaut, die Augen niedergeschlagen.

Er hatte, einem plötzlichen Einfall folgend, zu rauchen aufgehört, er würde dafür trinken, den geliebten Dunst des Zigarillos, diesen nicht greifbaren Tod, eintauschen gegen den Alkoholselbstmord, diese Bestialität.

»Ich, der ich Alkohol verabscheue und den Geruch nur ertrage, wenn er in den Falten einer Crêpe Suzette verborgen ist.«

Zumindest würde er nicht zu diesen fanatisierten Alkoholikern gehören, die ihre verhärtete Leber schwenken wie die Erleuchteten sonntags, wenn die Messe aus ist, ihren ganz genauso verhärteten Glauben. Jedem sein Idol. Alles ließ sich ohne größeren Schaden regeln, wenn der hier anwesende Schuldige geruhte, sagen wir, ein reuegefärbtes Geständnis zu formulieren.

»Ihr sitzt da wie die Ölgötzen, ihr fühlt euch getroffen. Wem von euch kann ich, euer Ernährer, so gönnerhafte und demütigende Gefühle einflösen? Gewiß! Ich, der ich die Barmherzigkeit nur ertrage, wenn sie in den Falten des Mantels vom heiligen Martin versteckt ist. Es steht mir frei, zum Clochard zu werden, nicht?«

Irène und Toni sahen sich verblüfft an.

»Das ist Kokolores!« sagte Toni. »Mama hat recht, du machst es absichtlich. Mir reicht's. Ich gehe.«

»Und das, ist das auch Kokolores?« fragte da sein Vater und griff mit der Hand in die Tasche.

Er zog Maïs Haarbürste heraus, die in der Packtasche des Solex war.

»Finger weg! Die gehört jetzt mir. Für jede Borste trinke ich eine volle Flasche Wodka aus. Wer hat sie mir hingelegt?«

»Und was trinkst du für den Griff?« fragte Toni wütend.

Lucien hielt die Bürste auf ihn gerichtet.

»Für den Griff wird es zu spät sein, frecher Kerl! Du kannst ihn mir ja ins Grab legen mit deinen Diplomen. Und das ist noch nicht alles.«

Er steckte die Bürste wieder in die Tasche, sprang auf und holte unter der Spüle der Kochnische einen Plastikeimer hervor, in dem so etwas wie ein Putzlappen schwamm. Mit zwei Fingern zog er den tropfenden Rest des schwarzen Satinkimonos heraus.

»Auch hierin erkennt keiner von euch mein Beweisstück ...? Gut, gut.«

Er ließ den Kimono in den Eimer zurückfallen, setzte sich wieder und hob irgendein Buch auf, eine broschierte Abhandlung über den Plan einer Vergrößerung des Hafens von Cherbourg aus dem 17. Jahrhundert.

»Jetzt seid ihr dran. Eure Unschuld um den Preis eines vorschriftsmäßig abgelegten Eids. Sei Kavalier, Toni, fang an.«

Die Augen zum Himmel erhoben, legte Toni die Hand auf die Deiche eines von Vauban entworfenen Hafens von Cherbourg. Irène weigerte sich. Ihr reichte es. Sie gestand alles en bloc: die Bürste, das Négligé, die Barmherzigkeit, die Demütigungen, und jetzt hatte diese Komödie schon viel zu lange gedauert, sie ging ins Haus.

»Und du komm mit mir«, befahl sie Toni und stand auf.

»Toni, bleib noch ein bißchen«, sagte Lucien. »Ich muß ihm ein Geheimnis anvertrauen. Ein Familiengeheimnis. Aber ich will dich nicht aufhalten.«

»Ein Geheimnis! Was für ein Geheimnis?« Irène durchbohrte ihn mit dem Blick.

»Komm, Irène, du weißt es doch genau. Nicht ein Geheimnis, sondern ›das Geheimnis‹. Wir haben keine vierzig.«

»Das wirst du teuer bezahlen«, flüsterte seine Frau. »Ich verbiete dir, ihm den Kopf zu vergiften. Du hast ihn schon genug vergiftet. Deinetwegen ist dieser Junge nur ein armer Kerl. Niemand weiß, was aus ihm werden soll. Du hast uns alle vergiftet. Du brauchst nicht zu grinsen, Lucien. Ich habe eine ärztliche Bescheinigung, stell dir vor.«

Dann sah sie Toni an:

»Und du, was machst du? Bleibst du da? Läßt du deine Mutter gehen?«

Da sie sah, daß Toni den Blick senkte, ohne zu antworten, wankte sie zur Tür.

Lucien rief ihr nach:

»Eine ärztliche Bescheinigung, genau. Wir lassen sie einrahmen für unsere Enkel. Für Corentin. Er wird sie im Zug lesen.«

Er lehnte sich im Sessel zurück und starrte ins Leere, die Anwesenheit seines Sohnes schien er vergessen zu haben.

»Was ist das Geheimnis?« fragte Toni.

Nur das Quietschen des Sessels antwortete.

»Ich gehe dann, wenn du nichts zu sagen hast ...«

Er ging schlurfend durchs Zimmer.

Er war schon fast draußen, als die Stimme seines Vaters ihn im Genick traf.

»Mach dir keine Sorgen um deine Zukunft, Toni, du wirst sie schon wieder einholen. Ich habe es nie zu etwas gebracht, aber das ist nicht dasselbe, ich bin ein Sonderfall.«

Die Hand am Türgriff, bereit zu gehen, hörte er das Knarren des Sessels und die melancholische Stimme seines Vaters.

»Hast du deine Mutter gesehen? Was für eine Lügnerin. Sie hat mich immer so belogen, das ganze Leben. Unglaublich. Dich dagegen habe ich neulich nachts gesehen, kleiner Schelm, wie du deinen Schatzkoffer hinter meinem Bett versteckt hast. Und sie schafft es tatsächlich, auf die Bibel zu schwören! Und alle sind gleich, Toni, alle, selbst die Schlimmsten.«

15

Der kleine Alte hatte sich nicht abgeknallt. Am Tag des Distelballs ging er beim ersten Hahnenschrei hinaus, trank vor dem Wohnwagen seinen Kaffee und stellte eine Wanne auf zwei Kisten, in der Plastikentchen schwammen, jedes mit einem krummen Nagel versehen. Das Spiel bestand darin, gemäß dem Prinzip der hakenförmigen Atome, die Vögel mittels einer Angelrute aus dem Wasser zu ziehen. Zehn Francs der Versuch, zehn Francs der Ruhm. Der Gewinner gab seine Ente zurück und ging mit leeren Händen, außer er versuchte noch einmal sein Glück. Zehn Francs. Auf einer weiteren Kiste: Bier, eine Untertasse mit Salz gegen den bösen Blick, Konfetti. Zehn Francs. Wo hatte er seine Vorräte her? Aus dem Pfarrhaus von Saisine. Nach Fronleichnam überließ ihm der Pfarrer sein Kirmeszubehör, unverkauftes Konfetti, Tröten, Papierschlangen, überließ ihm gratis pro Deo, mein Freund, pulvis es und das Geld fliegt im Wind, das Konfetti, den Zufall, die Handlinien, die Kristallschimären, den Blick der Sterblichen; und gratis pro Deo fischte der Pfarrer nachmittags seine Ente auf dem heidnischen Fest.

Nachdem er seinen Stand aufgebaut hatte, nahm Ovide wieder in seinem Pullman-Sessel Platz, ein Omnibusfahrer ohne Steuer, ohne Bus, ohne Passagiere; er schien darauf zu warten, daß um ihn her ein überfülltes Fahrzeug zu vibrieren anfing.

Die rosige, frische Sonne stieg über den schlafenden, grauverschleierten Lagunen auf. Mittags würde der Himmel aufgehen, es würde Feuer regnen. Platz der Musik, der Tollheit, dem Geld, Platz dem Glück.

Auf seinem Morgenspaziergang bummelte Toni an den Ständen und verschlossenen Buden entlang und sichtete den Schauplatz, wo er bald leiden, Maï wie jedes Jahr gegen seinen Willen beobachten, ihre provozierende und allzugut gebaute Unschuld hassen würde, den Schauplatz, wo er in Gedanken schon die ganze Nacht gelitten hatte, indem er sie sich begehrenswert und kurz berockt zwischen den Weiberhelden vorgestellt hatte, den angetrunkenen Strolchen, die aus Lanvaur, aus Brissac, aus Poitiers gekommen waren, wie jedes Jahr, den Motorradfahrern mit Lederjacke und Springmesser, die nie verlegen waren um einen üblen Streich und die ihr überallhin folgen, ihr hinterherpfeifen, sich gegenseitig dazu aufstacheln würden, sie zu entjungfern, und ihre Chance abschätzten, sie aufs Kreuz zu legen, sie in eine Ekke zu ziehen, die Drecksäcke!

Er mit seinem Taschenmesser, seiner verstopften Pistole, seinem verpatzten Abitur, seinem Styropor, seiner Angst im Bauch.

Er ohne Beruf, ohne Zukunft.

Er näherte sich dem chinesischen Drachen, diesem Karnevalsschrecken, der zum Absprung bereit auf den Schienen stand, bitte, ein Erdbeben, bitte, rettet mich ... Nachher würde sie das Tier besteigen, mit den Kindern, den Mamas, den Großmüttern kreischen, von unten würde man ihre von der Geschwindigkeit entblößten Schenkel sehen, und ein ganzer Schwarm Männchen im Sonntagsstaat würde Stielaugen machen. Sie ginge zu den Venusgondeln, einem dröhnenden, wirbelnden knallbunten Karussell. Auf den angeketteten Schaukeln würden die Frauen sich heiser schreien und die Spitzen im Wind flattern. Maï hätte ihren Rock im Gesicht, Obszönitäten würden gerufen, die weder ihre Fröhlichkeit noch ihre Lust beeinträchtigten, es auszukosten bis in die Nacht, zur Schießbude, zum Drachen zurückzukehren, ohne jemanden gesehen zu haben. Dann ginge sie nach Hause, um sich für den Ball umzuziehen, dann würde sie mit Italienern und Deutschen, die als Prinzen, als Piraten verkleideten wären, tanzen, sie würde die Fragen überhören, so tun, als verstünde sie die Annäherungsversuche nicht, sich verdrücken, zurückkommen, scheinbar nie einen Kuß gewähren. Wo wäre sie im Augenblick des Feuerwerks?

Und Julius? Er würde aufkreuzen, der Idiot! Er wäre beim Fest und heute abend beim Ball. Er käme in seiner Mädchenfalle, selbst als Mädchenfalle verkleidet. Er würde Rock 'n' Roll, Bourrée, Walzer tanzen, er würde alle auffordern, ob häßlich oder sexy, aber insgeheim seine Beute auswählen. Er würde die Musiker um eine Einlage für die Großmütter bitten, die Älteste dazu bringen, den Ententanz vorzuführen, aber den Auserwählten würde er zublinzeln und sie durch seine Freundlichkeit und Gutmütigkeit erst recht erregen, wenn er die Kinder auf den Schoß nahm, ein verdammter Verführer, der nach den Brüsten schielt und die Taillenweite abschätzt und jede Erregung errät. Er würde zu Toni sagen: »Los, komm tanzen ... Hast du gesehen, wie heiß sie heute abend sind? Wir werden mit allen vögeln ...« Doch Toni tanzte schlecht, nervös den Rock 'n' Roll, monoton den Slowfox, früher tanzte er mit Maï, als es ihr recht war.

Um zehn Uhr mußte er gehen, um die Raketen abzuschießen. Und wenn Julius solange Maï aufforderte? Wenn Maï sich auffordern ließ? Maï in den Armen von Julius.

Als er am Stand des kleinen Alten verbeikam, sagte er angesichts des Konfetti:

»Zehn Francs! ... Das ist teurer Staub, ich geb dir fünf.«

Und er zeigte fünf gespreizte Finger.

Sein Vater hatte einmal zu ihm gesagt: »Für meinen Tod habe ich den eigenwilligen Wunsch eines verwöhnten Kindes. Ich möchte einen Sarg voll Konfetti und mich natürlich im Konfetti. Konfetti oder Zuckermandeln, ich zögere, aber Konfetti ist weicher. Früher habe ich meine Hände in Staubsaugerbeutel getaucht. Wenn der Tod so weich ist, kann man gut schlafen ...«

Ovide starrte Toni mit kalten Augen an, den Augen einer Schlange, die eine andere Schlange anstarrt. Toni fragte sich, was ihm einfiel, daß er sich traute, diesem so fernen Mann in die Augen zu blicken. Er wiederholte leiser:

»Fünf Francs.«

Der Alte fixierte ihn von seinem Sessel aus mit kalter Eindringlichkeit und ohne Erbarmen.

Er sagte:

»Rück deine zehn Francs raus, Hurensohn, und verzieh dich.«

Gesten finden in bestimmten Augenblicken ohne uns statt, wenn, der Absicht zuvorkommend, die Hand tötet, liebkost, stiehlt oder verrät. Mit weichen Knien griff Toni in die Tasche und zahlte. Die Münze klirrte lange auf der Untertasse, ein häßliches, ein unheilvolles Geräusch, als wäre er bereits gestorben und würde gezwungen, seinen letzten Herzschlag noch einmal verstärkt zu hören. Ovide hatte die Augen wieder zugemacht. Den Kopf im Nacken, schien er auf den Zahnarzt oder den Barbier zu warten.

Julius hätte nie bezahlt. Julius schnappte sich eine Bierflasche und zertrümmerte sie dem Alten auf der Fresse. Gaétan schnitt dem vor Angst Schlotternden die Kehle durch, Maryse warf seine Enten um, Maï streckte die Zunge raus und raffte das Konfetti zusammen. Leicht, die Ehre zu retten. Vor der Nase des Alten nahm er das Geld wieder an sich, gab den Kisten einen Fußtritt und machte sich davon. Aber die abgesägte Flinte? Die abgesägte Flinte für den Selbstmord? Wenn er sie plötzlich in Händen hielt? Toni sah sich zwischen dem verstreuten Konfetti liegen, Toni sah Julius und Maï in der Dämmerung tanzen, er würde doch nicht für eine Handvoll Staub sterben!

Er machte die Augen zu, öffnete sie wieder. Das Licht war blaß und blau, Schwaden von Wasserminze kamen von Süden, ein Geruch, vermischt mit anderen Gerüchen, den Tausenden von ineinander verschlungenen Aromen der Moore, ein Geruch von Seerose, Taubenflügel, Lisimac, Weiderich, Rohrkolben, Iris, Bittersüß, ein Geruch von Bienensamt oder erwärmtem Stroh über dem schattigen Moos, wo die Wasserspinne nistet. Ein Fries transparenter Wolken zierte den Horizont der Lagunen, das Moor schimmerte in der Sonne. Die Hitze war sicher für die Wettkämpfe am Nachmittag. Wenn er sich seine Münze wieder nahm, würde er gewinnen. Wenn er sich seine Münze wieder nahm, käme ein Entschuldigungsbrief vom Rektorat, in dem er gebeten würde, den Titel eines Ehrenabiturienten anzunehmen. Wenn er sich seine Münze wieder nahm, war er gerettet, würden Maï und er heiraten. Der Alte schnarchte mit offenem Mund, die von den

Fliegen getriezten Enten glänzten in der Spülschüssel. Julius hätte niemals Angst gehabt, niemals gezahlt, niemals Angst gehabt, *ein Mann in weißen Hosen auf einer Landstraße, in der Mittagszeit, seine Schritte hallen auf dem Asphalt wider, und im undeutlichen Nebel der verschwommenen Stimmen eine Stimme ohne Fleisch drum herum, eine Stimme ohne Person, die von den gelben und blauen Blumen im Gras der Böschung spricht, dem Weiderich und dem Lisimac, dem schwarzblühenden Riedgras und dem weißblühenden Hahnenfuß und dem Bittersüß mit den violetten Früchten, dem starkduftenden Geranium und dem Honiglaub der Weiden. Eine Stimme ohne Person und Schritte, die auf dem Asphalt widerhallen, in der Mittagszeit. Wenn er sich das Geld wieder nahm, würde sich der Mann umdrehen.*

Toni stopfte die Kissen für den Wettkampf, als Maï ihn in dem Gehege hinter dem Haus aufsuchte. Er saß mit nacktem Oberkörper auf einem Baumstumpf, im Schatten eines Haufens schneeiger Daunen, die Sonne brannte. Er hörte, wie die Gittertür aufging und das Federvieh durcheinanderstob, er sah ihren Schatten, der sich bis zu ihm ausdehnte, den weißen Berg erklomm, Federn flogen auf, er hörte ihren Atem. Normalerweise kam sie nicht hierher, das Hühnerrevier roch zu schlecht und war auch in zu schlechter Erinnerung. Als Kinder holten sie die frisch gelegten Eier. Maï hielt sich die Nase zu, Toni schlürfte die lauwarmen Eier aus, und Maï schimpfte ihn Mörder, bitte, bitte ... Er sagte sich: Sie braucht Geld fürs Fest, sie will mich weich stimmen, und er sah nicht auf, er griff ganz automatisch in das Weiß der Federn, und jedesmal traf seine Hand Maïs Schatten inmitten der Federn, er hatte den Eindruck, nach Maïs Schatten zu greifen, er wollte nicht gerührt sein, nicht zittern, Maïs Schatten bewegte sich nicht mehr auf dem Haufen. Eines Tages hatte er das Ei plötzlich, anstatt es zu schlürfen, noch ganz warm über ihrem Nacken aufgeschlagen, und Maï hatte aufgeheult, Maï hatte sich das Hemd vom Leib gerissen, als wäre sie von Wespen oder Flammen bedroht. Sie waren mehrere Wochen böse aufeinander gewesen, und seither kam Maï nicht mehr in den Hühnerstall. Und sie aß keine Eier mehr, bitte, bitte.

»Wozu ist der Hammer?« fragte sie.

»Das ist ein Hammer«, sagte der überraschte Toni.

Ein großer Treibhammer lag zu seiner Linken auf einem Berg von Austernschalen. Er diente dazu, die Schalen zu zerkleinern, und diese sollten ein Kissen beschweren, nämlich das seine, um Gegner damit zu verdreschen und ins Wasser zu werfen, die nur mit Daunenknüppeln bewaffnet waren.

»Das ist ein Werkzeug«, sagte er noch, eine Bemerkung von solcher Langweile, daß er niedergeschlagen seufzte.

»Und die Austern?« fragte Maï.

»Das kräftigt die Hühner. Es macht die Eierschalen härter.«

Seine Hände zitterten, sein Genick tat ihm weh. Maïs Schatten auf dem Haufen bewegte sich nicht.

»Und mit dem Hammer prüfst du ihre Festigkeit?«

Obwohl sie sich mit Leichtigkeit hinkniete, flogen Federn auf, eine segelte und legte sich auf ihren Rock. Sie hatte Sandalen an den Füßen.

»Das ist ulkig, an einem Vierzehnten Juli Hühner mit Meeresfrüchten zu stopfen.«

»Wenn es ihnen guttut.«

»Du bist seltsam, Toni«, sagte Maï, »mit dir ist immer alles ein bißchen seltsam.«

Eine spöttische und zugleich müde Stimme, die sich in die Unausweichlichkeit der Lüge hienieden gefügt, mit dem Theater abgefunden hat.

»Und du?« sagte Toni. »Glaubst du, du bist nicht seltsam?«

Er sah Maï an, Maï hielt den Kopf schief und lächelte ihm zu, aber ihr Blick lächelte nicht, sie hatte Ringe unter den Augen. Ihr Haar war unordentlich hochgesteckt, und Strähnen fielen auf ihre Wangen. Sieh mal an, sie hat sich Ohrlöcher stechen lassen, sie hätte ihn warnen können, er mochte keine durchlöcherten, verletzten Ohren. All das für zwei Talmiringe. In der Bibel murkste man sie kurzerhand ab, verwandelte sie in eine Salzpuppe; brannte ihr mit Laser Zebrastreifen auf.

Es war sehr heiß. Maï leckte sich ab und zu die Lippen, wie Kinder es tun. Er wollte ihr sagen: Hör auf damit ...

»Was willst du?« fragte Toni.

Sie antwortete nicht. Sie würde sicher Geld von ihm verlangen, sie wußte sein Mitleid zu erregen mit ihrem Waisengetue. Das war ihr Los, die Ringe unter den Augen, die träge Stimme und das mürrische Gesicht der guten alten Zeit, als sie heimlich an ihrem Daumen nagte. Gleich nachher würde sie Sonne auf den Lippen haben, und ihr Kleid würde auf den Karussells flattern, und von unten würden die kleinen Lüstlinge ihr nachpfeifen, Julius würde Beifall klatschen, als stellte sie ihre nackten Beine für ihn zur Schau, als fände das Fest für ihn statt.

»Also, was willst du?«

Aus dem Augenwinkel bemerkte er Maïs Nabel zwischen dem Rockbund und dem ausgefransten Saum einer weißen Bluse. Maïs Nabel lebte auf der gebräunten Haut, er bewegte sich bei jedem Atemzug, auch der Schatten des Busens bewegte sich, bei jedem Atemzug zeichneten sich die dunklen Spitzen unter dem Stoff ab. Er betrachtete die Gänsefeder auf ihrem Bein. Nach drei Federn kam man zum Nabel. Noch drei Federn, und man berührte den Busen. Und von Feder zu Feder wanderte man über Maï, man erreichte den feuchten Schlitz, der im lauwarmen Schatten zwischen ihren Schenkeln kauerte wie ein neugeborenes Küken im Stroh, man kauerte sich ins Stroh, man konnte endlich sterben.

»Na, wird's bald!« sagte er grob.

Er konnte nicht mehr sprechen, Maï sah ihn an, ohne etwas zu sagen, die Hände flach auf dem Rock.

Was wollte sie? Sie hatte ihr Abitur, im September machte sie sich nach Paris davon, ihre Eltern zogen nach Bressuire, sie war die Sphaignes los, sie war frei, sie würde sich in den Cafés verlustieren, sie würde ihre nackten Schenkel und ihre goldenen Ringe auf den Boulevards zeigen, sie würde jede Nacht ausgehen, sie hätte Freunde aus aller Welt, es wäre ihr piepegal, was nach ihrer Abreise aus ihm würde, ob er zwischen seinen beiden Alten in einer Bude mit geschlossenen Läden verschimmelte, ob er sich an sie erinnerte.

Maï lächelte ihn wieder an, die Augen dehnten sich zu den Schläfen hin, er sah einen flüssigen Glanz zwischen den Lidern, und sein Herz begann zu klopfen. Ohne es beabsichtigt zu haben, streckte er die Hand aus, nahm die Gänsefeder von ihrem Rock und streichelte mit dem Flaum ihre Lippen. Maï schauderte, legte den Kopf in den Nacken, so daß er in der Sonne war, und lächelte noch mehr. Er streichelte die strahlenden Zähne, und Maï biß auf die Feder, animalisch und verspielt, ein bißchen Teufel, ein bißchen Baby. Dann erstarb das Lächeln, sie nahm die Feder und zerknitterte sie zwischen den Fingern.

»Siehst du, wie seltsam du bist«, murmelte Toni, »du weißt nicht, was du willst.«

»Dir auf Wiedersehn sagen«, erwiderte Maï mit gesenktem Blick.

»Mir auf Wiedersehn sagen? Was ist los mit dir? ... He, Maï, was ist los mit dir?«

Seine Stimme war heiser vor Rührung, als hätte er begriffen, daß sie versuchte, ihm Lebwohl zu sagen.

»Es muß sein, Toni, sei mir nicht böse«, sagte Maï, und die Worte waren so undeutlich, daß sie für die zerknitterte Feder bestimmt schienen, die sie zwischen den Fingern zwirbelte. »Ich bin schwanger ...«

Die Stille hatte die Worte in die festtägliche Luft entlassen, wo Vogelgesang vibrierte, wo Gerüche von Küche und Hühnerstall, von in der Mittagssonne verdorrter Vegetation, von Vogeldreck und Minze sich mischten. Toni betrachtete sie wie erstarrt, er blickte sie an, ohne sie zu sehen.

»Ein Kind«, murmelte er. »He, Maï, du bist schwanger?«

Und sie sagte ja.

»Bist du sicher?«

Sie sagte ja.

Es war nicht sie, die er sah, es war ein kleines dreijähriges Mädchen mit einem Schild um den Hals, Marie-Thérèse II, und dieses kleine dreijährige Mädchen gestand ganz leise, daß es ein Baby erwarte. Die Welt brach zusammen, nichts war mehr wahr, kein Traum.

»Bist du mir böse?«

»Nein«, sagte er dumpf.

Es war nicht sie, die er sah, es war Maï als Baby, im Kinderwagen, in der Wiege, auf seinem Arm, ihr staksiger Mädchenkörper mit drei Jahren, das war Maï als Kind, als sie ihm gehörte, als sie beide ganz nackt, wie Verlobte, in einem einsamen See unter den Weiden badeten.

»He! Maï?«

Er konnte nicht mehr sprechen. Seine Cousine nahm seine Hand. Es war nicht sie, die er sah, es war ihrer beider Kindheit, als sie verlobt waren, als Maï ihn liebte, ihre Kindheit und der Traum, immer zwei verliebte Kinder zu bleiben.

»Dann bist du nicht mehr Jungfrau«, sagte Toni zu sich selbst, und Maï antwortete nicht.

Es war nicht sie, die er sah, es war seine Erinnerung, Tausende von Malen zerbrochen, in Tausende von Augenblicken, die Bruch bleiben und nicht mehr wiederkehren würden in seinem Traum.

»Ist das wahr, daß du weggehst?«

Sie sagte ja. Gaétan würde sie umbringen, wenn er es erführe. Toni sah sich ganz allein in einer Wüste zerbrochener Augenblicke, wo er die verschwundene Maï suchte, sie nicht wiederfand, starb, ohne sie wiedergesehen zu haben.

»Dann gehe ich mit dir weg.«

»Nein«, sagte Maï kopfschüttelnd.

Sie wußte nicht einmal, wohin sie ginge, aber sie hatte keine Wahl. Seit sie Kind war, hörte sie Gaétan immer wieder sagen, er würde ihr verzeihen als Diebin oder Verbrecherin: als Hure würde er sie umbringen, er würde eine Gewehrkugel aufbewahren für den Fall des Falles. Ganz in Gedanken fragte Toni:

»Wer ist es, Maï?«

»Du kennst ihn nicht.«

»Ist es Julius?«

»Du spinnst«, sagte Maï, »du kennst ihn nicht, er hat die Sphaignes verlassen.«

Er starrte Maï hypnotisiert an, ohne sie zu sehen, ohne sich sagen zu können: Das ist Maï, meine Kindheit, mein Leben. Sein Herz klopfte, sein Herz pochte ein Wort, das Wort Hure.

»Wenn es Julius ist, dann sag es mir, ich bin dir nicht böse.«

»Das ist ein Typ, den du nie gesehen hast.«

Sie zwirbelte endlos die Feder, der Flaum war nur noch ein unförmiges Wollfädchen zwischen ihren Fingern. Sie trug weder eine Strumpfhose noch Lippenstift, und ihr Nabel lebte auf ihrer Haut.

»Warum hast du das getan, Maï?«

Sie antwortete nicht. Tonis Herz pochte das Wort Hure, die Eifersucht brannte in seinem Gesicht. Sie war keine Jungfrau, sie war Hure. In dem blauen, grellen und blauen Licht war Maï eine Hure, Maï mit der nackten Haut, Marie-Thérèse II, eine Schild um den Hals: HURE. Hure in der Wiege, Hure im Kinderwagen, in seinen Armen, nackt im durchsichtigen Wasser inmitten von Vogelgezwitscher und Schattenspiel. Er haßte die am Zaun aufgereiht stehenden Kissen, Spione, denen nichts entging. Gleich würde er sie aufschlitzen und ihre Federn zum Teufel schicken! Aber warum hast du das getan, warum hast du das getan! In ihrer weißen Bluse, mit ihren spitzen Brustwarzen, ihren wirren Strähnen, ihrem Nabel einer Schlampe und ihren verletzten Ohren, in ihrem Schlitz war sie eine Hure.

»Wer ist schuld?« murmelte Maï.

»Ich!« rief Toni, »ich kann etwas für deine Schweinereien!«

Und er zog seine Hand so heftig zurück, daß Federn aufflogen.

»Toni, das ist nicht der Moment«, seufzte Maï, »ich will mich nicht streiten.«

»Du spielst die Hure, und ich kann etwas dafür? Du spielst die Hure, und ich soll mich entschuldigen? Dir Blumen schicken?«

»Ach, hör auf, du bist wirklich borniert, du bist wirklich der Sohn deiner Mutter.«

»Seit Jahren verkaufst du mich für dumm, und ich bin schuld!« rief Toni. »Seit Jahren spielst du die Prinzessin und das musterhafte kleine Mädchen, und dann treibst du es in den Büschen. Und jetzt hast du einen dicken Bauch und erinnerst dich daran, daß es mich gibt, und du hast Bammel. Vorher habe ich dich wahrscheinlich angewidert. Nun, siehst du, es ist zu spät! Du hättest dich nur nicht mit all den Touristen zu vergnügen brauchen. Du hättest nur nicht ...«

»Na hör mal!« unterbrach ihn Maï keuchend, mit funkelndem Blick. »Ich bin frei, oder? Habe ich deine Erlaubnis gebraucht, um mich zu verlieben, oder die deiner Mutter? Ich bin frei, Toni! Ich tue, was ich will, mit wem ich will. Du bist nichts ohne deine Mutter, eine Art Krüppel, der nicht aufhört zu spionieren, ein Voyeur, ein Satyr wie in den Wäldern. Du brauchst sie ja bloß zu heiraten, deine Mutter, wenn du ohne sie nicht auskommst. Du hast sogar dein Abitur verpatzt, um ihr eine Freude zu machen, um dich so recht in ihren Röcken einzunisten. Ich werde ohne dich zu Rande kommen, armer Kerl, und du wirst keine Erinnerung bei mir hinterlassen.«

Sie war aufgestanden. Mit nervöser Hand strich sie ihren Rock glatt und streifte die Federn ab, während sie leise weiterschimpfte. Vor Erschöpfung schielte sie ein wenig.

»Ein Egoist und ein Krüppel, du glaubst, ich gehöre dir, und du hast immer nur an dich gedacht. Selbst in diesem Augenblick hast du kein Mitleid, du liebst nur dich und deinen armseligen kleinen Stolz.«

Tränen liefen über ihre fahlen Wangen, und Toni sah, wovon er nächtelang geträumt hatte: Maïs Gesicht, vom Schmerz gepackt.

Plötzlich drehte sie sich auf dem Absatz um und ging aus dem Hühnergehege. Im Garten begann sie zu laufen; als er sie nicht mehr sah, sprang er auf, um sie einzuholen. Er suchte lange. Er glaubte, sie sei auf die Straße gelaufen, ans Ende der Welt. Schließlich fand er sie bei den Seen, unter den

Wurzeln der vom Unwetter gefällten Lärche, in einer Höhle aus Sand und Reisig, in die das durch die Weiden blitzende Licht einfiel. Sie schluchzte, die Fäuste auf den Augen, die Ellbogen eng am Körper, mit aufgelöstem Haar, weinte die heißen Tränen eines weder kleinen noch großen, sondern im Angesicht des Schmerzes stets winzigen Menschenwesens. Er setzte sich neben sie und nahm sie in die Arme, zog sie an sich. Eine Flut gelockten Haars streichelte seine Wangen.

»Mach dir keine Sorgen, Maï«, sagte Toni, »ich bringe alles in Ordnung.«

Er drückte sein Gesicht in ihr Haar, er wurde verrückt, seine Worte zitterten vor Trunkenheit, ich bringe alles in Ordnung, Maï, ich hab eine Idee, das ist nicht so schlimm, ein Kind, und außerdem, das ist ein Geheimnis, bei unseren Eltern war es genauso, verlaß dich auf mich, er fieberte und sagte Worte, um ihr nahe zu sein und sie zu streicheln. Wir werden es zusammen aufziehen, du und ich, wir werden es aufziehen, es wird unser Kind sein, wenn du willst. Sag mir, was du willst. Sag es, Maï ... Und Maï antwortete: Du bist verrückt, Toni, du bist nett, aber du bist verrückt, das ist nicht möglich, o nein, man kann nichts in Ordnung bringen, wenn du wüßtest, ich muß weg ... Toni drückte sie an sich und streichelte sie, streichelte ihre Brüste, den Bauch, wir werden es aufziehen, dein Kind, verlaß dich auf mich. Wir werden eine Familie haben und die glücklichsten Menschen sein. Nicht eine Familie wie bei uns, eine Familie zum Glücklichsein, und ich werde dich immer lieben, willst du?

Das gedämpfte Licht flimmerte auf ihnen von all dem Geflimmer der Weiden, die sie umstanden, die Zeit verfloß langsam im Halbschatten, wo nichts sich bewegte außer dem Licht und den Fliegen, wo der Mittag kräftig nach Harz und Minze roch. Dann mischte sich die Musik vom Fest im Halbschatten mit den Düften und Fliegen.

»Wir gehen zurück, mir ist schon besser«, sagte Maï traurig. »Du zumindest liebst mich wirklich.«

»Du kannst dir nicht vorstellen, wie, Maï«, sagte Toni. »Ich möchte dich jetzt heiraten.« Und er hörte ihr Lachen weit weg unter dem Haar. »Je schneller wir verheiratet sind, um so besser. Ich werde dir eine Menge Geschenke machen, ich werde dich überallhin mitnehmen.«

»Dann gehe ich nicht mehr weg?« sagte Maï. »Nur ...«

Er hielt sie im Arm, sie lag fast, er hatte Krämpfe, er verbarg die geschlossenen Augen in Maïs Haar und dachte nicht daran, zurückzugehen. Nichts hätte ihn dazu bewegen können, seine Cousine loszulassen. Er hörte das Stimmengewirr der Erinnerung, ein Gemurmel jenseits der Weiden und des blauen Lichts, was mögen sie sich erzählen, all diese Erinnerungen, was mögen sie aushecken? Sollen sie doch miteinander zurechtkommen ohne ihn, sollen sie sich doch gegenseitig umbringen, wenn ihnen das gefällt. Maï erwartete ein Kind, er würde sie heiraten, im Augenblick wollte er nichts weiter wissen, er wollte nicht fragen: Wer, Maï? Wer? Hast du ihn geliebt? Hat er dich in dem chinesischen Kleid gesehen? Hat er deine nackte Haut berührt? Wer, Maï? Wer? Ich bringe ihn um.

»Los, komm«, sagte Maï, »sie werden auf uns warten.«

»Ich hatte Angst, daß es Julius ist«, sagte Toni mit heiserer Stimme. »Er, das hätte mir zu weh getan.«

Und er streichelte sie immer noch, nervös, er wiegte sich mit ihr hin und her.

»Du hast Julius auch nicht gemocht. Bist du ganz sicher, daß er es nicht ist?«

»Aber nein, du spinnst.« Sie richtete sich auf.

»Ich glaube dir«, seufzte Toni. »Ich mußte einfach an ihn denken. Du bist mir doch nicht böse?«

»Aber nein.«

»Das ist ein solcher Mistkerl, dieser Typ! Er ist zu allem fähig. Ihn hätte es nicht gestört, mit dir zu gehen. Aber du magst ihn nicht. Schwörst du mir, daß er es nicht ist?«

»Fang nicht an, mich zu drangsalieren«, sagte Maï freundlich. »Und laß mich los, Toni, sei lieb.«

Sie weinte nicht mehr. Mit angezogenen Beinen, das Kinn auf den Unterarm aufgestützt, betrachtete sie nachdenklich die Landschaft verkohlter Zweige, mit denen die

Höhle unter dem verschlungenen Wurzelwerk ausgepolstert war. Und Toni liebkoste sie hartnäckig und sog ihren Duft ein, als wäre sie eine vom Himmel gefallenen Blume der Vorsehung.

»Jedenfalls glaube ich dir. Du würdest mir nicht sagen, daß er es nicht ist, wenn er es wäre. Und du hast ihn nicht gemocht. Mit so einem Mistkerl hättest du es nicht gemacht ...«

Während sie ihr Haar in Ordnung brachte, berührte er ihr Profil und ihren Hals. Maïs Blick war starr und nachdenklich.

»Morgen gehe ich ins Krankenhaus«, sagte sie beim Aufstehen. »Ich habe eine Freundin, der es passiert ist. Anscheinend ist man danach traurig, mehr noch als vorher. Kommst du mit?«

»Du kannst mich um alles bitten, Maï«, sagte Toni. »Ich würde für dich töten.«

Und er dachte, daß er sie nach dem Krankenhaus wieder in die Arme nehmen und streicheln könnte, daß er sie auf den Mund küssen würde. Jetzt gehörte sie ihm ...

Bei Sonnenuntergang sah Toni Julius mit dem Solex zum Anlegesteg kommen. Der Bursche von den Antillen stützte es mit dem Ständer ab und kletterte zu Toni ins Boot. Er war als Hahn verkleidet, eine Perücke mit rotem Kamm auf dem Kopf, ein schwarzer Umhang, und Toni, der als gar nichts verkleidet war, mit Jeansjacke und Alltagshose, hatte Fieber, und er hatte Rosé getrunken.

»Was ist das für ein Moped?« fragte Toni.

»Deine Cousine hat es mir geborgt«, grinste Julius, »ich war spät dran. Das ist übrigens nicht das erste Mal.«

»Sie hat es dir geborgt«, sagte Toni im Ton einer Feststellung.

Die Geräusche des Tanzfestes verhallten am Ende der Planken und verstummten am Rand des schwarzen Wassers, und die Tänzer ertranken alle. »Schöne Nacht, Jungens«, sagte

Nono, »das wird ein Feuer«, und er half ihnen, die Raketen auf den Kahn zu laden. Die Mücken schwirrten durch die klare Nacht, in der das Auge mühelos die Durchlässe und die Konturen der Ufer erkennen konnte, man hätte die Augen der Katzenwelse zählen können.

Toni machte das Tau los, stieß sich am Steg ab, und das Boot glitt nach Süden; ein Stern schimmerte über dem Chenal aux Sœurs und markierte den Weg der Lagunen zwischen den stillen Wiesen und den raschelnden Binsen.

Sie würden bis zum Wrack der Motorjacht fahren. Sie würden die Raketen in die Natur schleudern und zum Fest zurückkehren, und er würde mit Maï tanzen, die ganze Nacht. Sie mochte Julius nicht, sie mochte keine Hähne, keine Angeber mit rotem Kamm und blaßblauen Augen. Er würde pausenlos mit ihr tanzen, im Morgengrauen würden sie sich schaudernd ins nasse Gras legen. Krankenhaus? Das war weit, sehr weit weg. Er war noch nie dort. Das war rot und blutig wie die Hähne auf dem Hackklotz. Aber wer, Maï? Hat er dich berührt? Hat er dir weh getan? Erzähl. Ich will alles wissen. Hat er deinen Busen berührt? Hast du dich ihm gezeigt? Wolltest du es wirklich? Hat er dich vielleicht gezwungen? Sag mir, wer? Sag mir seinen Vornamen. Vielleicht hat er dich nicht geküßt, nicht berührt? Ich will alles wissen.

Oben auf den Kisten thronend, spielte Julius mit der Taschenlampe und pfiff vor sich hin. Über die schwarzgoldenen Wiesen hinweg hörte man die Binsen rascheln; man hörte Julius' Gepfeife und das weiche Eintauchen des Ruders.

Ein anderer hatte ihren Geruch eingeatmet, ein anderer hatte ihre Küsse bekommen, ihre nackte Haut, ihren Marienkäferkörper unter dem Blick der Sterne, ein anderer ihren ersten Liebesschrei. Sie ist schwanger, und ich war es nicht. Sie ist nicht mehr Jungfrau, und ich war es nicht. Was braucht sie ein Krankenhaus? Er würde sie morgen auf die Geheime bringen. Sie würden sich lieben, und er würde ihren Keim töten, er würde ihren Verrat, ihre schwarze Laus töten. Das war genauso leicht, wie bei einem Kuchen die Garprobe mit der Stricknadel zu machen. Das Rudern erschöpft ihn, er möchte sich aufs Dollbord legen und schlafen, vergessen. Die Zeit, das Leben, den sprießenden Keim vergessen, Maï und ihren Verrat vergessen, Maï mit gespreizten Beinen auf dem chinesischen Drachen, Maï mit hochfliegendem Rock in der Gondel, über den Zuschauern Chips essend, Maï, die ihn hänselt, Maï bei den Wasserturnieren, in der ersten Reihe sitzend, Julius neben ihr, und er, Toni, der sich gleich beim ersten Anlauf von einem weiß Gott warum mit dem präparierten Kissen bewaffneten Boche niederstrecken läßt. Wenn er schläft, wird er vergessen. Aber beim Erwachen wird sie dasein, Maï, die Hure, die besudelte Jungfrau. Morbides Wiedersehen mit dem Schmerz der Fragen ohne Antwort, wer ist es oder ich bringe dich um.

Der Kahn fuhr an der Blindschleicheninsel vorüber, der letzten vor den Lagunen, und plötzlich war die Nacht da, entfaltet wie ein radschlagender Pfau, plötzlich der Mond mit den funkelnden Kristallen. Die Frösche schwiegen. Der Widerschein der Sterne schimmerte auf dem glänzenden Wasser. Ein lauer Wind trieb die Souris des Mers hinüber in Richtung Ulysses, der schwimmenden Aussichtsterrasse der Biberratten und Möwen, solange das Ende der Welt und die Rückkehr zu den Mortas noch nicht gekommen war. Über demselben Horizont zeichnete die Boje des Wasserbauamts einen kantigen Schatten mitten in die Spiegelungen. Da gab es für alle Ewigkeit eine unmögliche Hochzeit zwischen den beiden scheinbar füreinander bestimmten Wracks, eine unmögliche Hochzeit, jetzt, da Maï nicht mehr Jungfrau war und ein anderer ihre Küsse bekommen hatte. Und die Nächte mochten kreisen, sich um die Welt winden, die Sterne sterben und herabfallen, die Zeit dem Himmel entgleiten, Maï wäre nie mehr Jungfrau in seinen Händen.

»Du bist unglücklich«, sagte Julius, »das spüre ich.«

Die Worte gehen nicht unter. Toni sah sie auf dem schwarzen Wasser um den Kahn zittern, blinde Mitschwimmer zwischen den verstreuten Bruchstücken der Sternbilder. Ein langer Vogelschrei erschallte. Das Licht fiel mitten auf Tonis Gesicht, und er legte den Unterarm über die Augen.

»Mach das aus«, sagte er.

»Antworte zuerst ... Wohin fahren wir eigentlich?«

»Wohin wir wollen. Das Schnellboot ist nicht schlecht für Raketen. Und sobald es uns reicht, hauen wir ab.«

»Fängst du schon an, Schiß zu kriegen?« sagte Julius.

Im Dunkeln sah Toni ihn mit seiner Perücke oben auf den Kisten, er liegt da wie ein Pascha und knipst die Taschenlampe an und aus, die er auf das stille Wasser richtet. Toni konnte sich seinen heiter-schurkischen Gesichtsausdruck vorstellen, seine Überzeugung, daß ihm alles gebührt, die Nacht, die Freundschaft, die Mädchen, jedes Mädchen in jedem Augenblick. Er holte das Ruder ein und setzte sich ebenfalls, und die Souris des Mers schien mitten im Himmel zu treiben, quer durch die regungslosen Boliden, zwischen dem Mond und dem Meteor Ulysses, dem ein Ziel fehlte, mit dem er zusammenstoßen konnte.

»Wohin gehst du nächstes Jahr?«

»In den Süden«, antwortete Julius.

»Mein Weib ist schwanger«, sagte Toni.

»Dein Weib ist schwanger?« fragte Julius und fing an zu lachen, ein idiotisches Gelächter, das bis zum Himmel dröhnte. »Großartig! Man muß aufpassen mit der Hitze, sie machen schnell die Beine breit ...« Und er zwang sich, noch lauter zu lachen. »Du übertreibst immer ein bißchen, Toni. Du vernaschst nicht nur Miezen, die es nicht gibt, du schwängerst sie auch noch. Kannst du das wirklich wiederholen: Mein Weib ist schwanger ...?

»Mein Weib ist schwanger«, sagte Toni noch einmal.

Da sah er den Mond zwischen seinen Füßen auf dem Grund des Kahns.

»Du bist wirklich ein Kerl, Toni«, spottete Julius. »Genau, ich habe einen Beruf für dich: Phantomficker. Herr Toni Bernard: Phantomficker, Abtreibung inbegriffen.«

Zwischen seinen Füßen sah Toni auch das Lachen von Julius. Der Mond und das Lachen von Julius flossen ineinander und wieder auseinander, zwei schwappende Lichter, die nichts zu suchen hatten auf dem Grund des Kahns. Und als

Julius sich auf die Kisten stellte, sah er auch die Gürtelschnalle zwischen dem Lachen und dem Mond.

»Für mich bist du nichts als eine Jungfrau!« trumpfte Julius auf. »Du bist nie mit einem Mädchen zusammengewesen, nur mit Phantomen. Also reg dich nicht auf, wenn Carole schwanger ist, sie wird ein Wölkchen ausbrüten, und niemand wird es merken. Und du brauchst dir nur einen runterzuholen, um sie wieder zu schwängern ...«

Toni stand auf, und die Souris des Mers bewegte sich, Julius' Lachen zwischen seinen Füßen sah aus wie eine von den Wellen hochgehobene Piroge.

»Ich!« rief Julius mit offenen Armen aus, »ich habe sie alle besessen, und meine sind keine Phantome, sie haben keine Wölkchen in der Hose, ich habe sogar eine, Kumpel, ah, wenn du wüßtest, du wärst verrückt, wenn du hören würdest, wie sie schreit im Auto und flennt, du wärst verrückt! Man müßte dich einsperren, Kumpel! Also deine Carole ...«

»Sie heißt nicht Carole«, sagte Toni zerstreut. »Carole gibt es nicht. Wirf mir mal deine Funzel, da passiert was.«

Als er sich vorbeugte, um die Taschenlampe zu fangen, hörte er ein Gluckern vom Grund des Bootes aufsteigen. Er senkte den Blick. Das Lachen von Julius war verschwunden, der Mond wogte und dehnte sich aus wie das Spiegelbild einer Rüstung.

»Ach, ja?« fragte Julius ernüchtert. »Und ohne indiskret zu sein, wie heißt sie?«

»Was Dummes«, murmelte Toni mit klopfendem Herzen.

Er konnte es nicht fassen. Vom Heck zum Bug schien der Lichtstrahl über die Wände einer Badewanne zu gleiten, die gerade gefüllt wurde. Die Kisten mit den Raketen standen in einem abscheulichen Gebräu; es mußte so ähnlich sein wie das Meer, das man austrinken muß, oder das Wasser des Brunnens, wenn es in die Lungen eindringt. Der Kahn sank. Selbst wenn es ihnen gelänge, ein Notsignal zu geben, würden die Raketen nur die auf den Schultern ihrer Papas sitzenden Kinder begeistern. Beifall und Hochrufe würden erschallen.

»Sie heißt Marie-Thérèse II«, sagte Toni zähneklappernd, »kennst du sie? Hast du mit ihr gevögelt? Hast du sie zum Schreien gebracht in deinem Auto?«

»Noch nicht«, sagte Julius, der sich nicht mehr in die Brust warf. »Die Phantome überlasse ich dir. Jedem das Seine.«

»Und das, ist das ein Phantom?« fragte Toni und holte ein tropfendes Holzstück aus dem Wasser, das er anleuchtete, das Aststück, das er zwei Jahre zuvor auf dem Grund des Bootes angeleimt hatte.

»Was ist das?« fragte Julius.

Solange er die Füße noch im Trockenen hatte, gab er sich ironisch, aber als er sich aufsetzte, betrachtete er das Wasser auf dem Grund mit grimmiger, beleidigter Miene.

»Was ist das?« sagte er noch einmal böse.

»Ein Stöpsel. Das sieht man. Hast du mit ihr gevögelt? Wir müssen die Kisten rausschmeißen, und zwar schnell.«

»Was ist los?«

»Komm da runter. Laß Raketen los«, befahl Toni, der genau wußte, daß die Raketen nichts nützen würden.

Er watete in dem Boot umher, das bei jeder Bewegung die Schwimmlage änderte. Er klapperte mit den Zähnen, er führte Selbstgespräche, ohne wirklich die Notwendigkeit zu verspüren, die Kisten anzupacken. Er dachte nur an Maï. Mit wem, Maï? Wer hatte sie unter den Sternen entjungfert? Die Angst ließ ihn phantasieren.

»Marie-Thérèse II ist auch nicht ihr Name. Ihr Name ist Maï. Das steht ihr gut. Milch in der Nacht, könnte man glauben. Bloß daß sie schwanger ist, und das ist blöd zum Heiraten ...«

»Was erzählst du da, kleiner Mistkerl?« fauchte Julius, Haß auf den Lippen.

Er verließ seinen Sitzplatz und watete zu Toni, die Souris des Mers kam aus dem Gleichgewicht.

»Sag das noch mal, dreckiger kleiner Mistkerl, dreckiger kleiner Scheißkerl, Mistkerl!«

»Wir werden heiraten«, sagte Toni.

Er spürte das Boot unter ihren Füßen schwanken, er hatte den Eindruck, daß es auch in seinen Ohren schwankte.

»Wir werden morgen heiraten ...«

»Mistkerl!« schrie Julius und stürzte sich auf ihn, packte ihn mit beiden Händen am Kragen, und sie purzelten in den wassergefüllten Kielraum. »Sag, daß du lügst!« schrie Julius, »sag, daß du lügst!«

Und mit aller Kraft schüttelte er Toni, der versuchte, den Kopf über Wasser zu halten.

»Was geht dich das an?« schluchzte er.

»Mich angehen!« explodierte Julius. »Als wüßtest du das nicht, dreckiger kleiner Scheißkerl. Du hast immer geprahlt.«

Und Tonis Kopf schlug hin und her, Toni sah Julius über sich wie ein aus den Seen aufgetauchtes Ungeheuer.

»Mich angehen!« sagte Julius, ein Knie auf Toni. »Seit Jahren vögle ich mit deiner Cousine! Und du kriegst sie nicht, Mistkerl!«

»Wir werden heiraten«, sagte Toni.

»Halt's Maul, Mistkerl! Du lügst.«

Julius versuchte, ihn fertigzumachen, mit einer Hand zerrte er ihn am Kragen und schüttelte ihn, mit der anderen drückte er seinen Mund zu und knebelte ihn, die Finger wie ein Schraubstock auf den Wangen, Toni sabberte gegen die Handfläche und sagte immer wieder:

»Wir werden heiraten, heiraten.«

Die Sterne taumelten in einem irren Himmel.

Das Geräusch einer ins Wasser fallenden Kiste ließ den Burschen von den Antillen zusammenzucken. Bestürzt richtete er sich auf, blickte um sich, entdeckte keine Hoffnung in dieser Finsternis der Sterne und Seen, wo der Schatten der Ulysses in der Ferne in heiligem Lichterglanz zu strahlen schien.

»Bring uns hier raus«, flehte er, indem er den Griff lockerte.

Sein Gesicht hatte den Hochmut verloren und drückte nur noch Entsetzen und Bestürzung aus.

»Es sinkt«, sagte er mit tonloser Stimme. Dann unhörbar zwischen den Lippen: »Ich kann nicht schwimmen.«

Im nächsten Augenblick wurde der Himmel schwarz, Toni fühlte kein Boot mehr unter sich, das Wasser bedeckte seine Augen, lauwarm und weich, ein friedliches Wasser, in dem er auflebte. Jetzt wußte er. Er hatte immer von Julius und Maï gewußt. Er hatte immer diese Wahrheit unter der Haut gespürt. Die Worte änderten nichts daran. Er machte die Augen wieder auf, die Sterne waren da. Er hörte Julius schreien, er sah eine Silhouette sich bewegen, er sah mondfarbene Spritzer, er sah in der Ferne das Wrack in seinem Märchenlicht. Er schwamm zu Julius, den Blick dicht über der Wasseroberfläche. Die Sterne versanken, leuchteten auf, die Luft roch nach Minze, er hörte das Keuchen, die Schreie. »He, Julius!« rief er, als er ganz nahe war, so nahe, daß er das Gesicht im Profil sah, die Hahnenkappe mit dem Zickzackkamm und die Zähne im offenen Mund. Er kam noch näher, um von Angesicht zu Angesicht, Auge in Auge, mit ihm zu reden, taub für sein Flehen. »He, Julius!« schrie er ihm ins Gesicht, »hörst du mich, Julius? Wir heiraten ...« Dann machte er kehrt und hielt auf die Lichter von Saisine zu, wo Maï ihn erwartete, um zu tanzen, zu heiraten.

Kaum hörte er noch, wie der andere sich die Lunge aus dem Hals schrie und mit dem Wasser kämpfte. Schwimmend murmelte er: Halt's Maul, Julius, klammere dich an die Aale, an deine Scheißzunge, klammere dich an die Sterne, und halt's Maul! Er sagte sich: Ich werde es schaffen, ich weiß jetzt alles, ich habe es immer gewußt. Halt's Maul, Julius. Häng dir deine Zunge um die Taille und schwimm. Den Blick auf die Lichter des Dorfes gerichtet, bemühte er sich, die Schreie in seinem Rücken zu vergessen, die grauenhaften Geräusche, die auf den Tod hindeuteten, das letzte Röcheln eines Tiers, das von einem anderen Tier verschlungen wird.

Eine vergängliche Insel, ein Haufen vom Wind genährtes Gras, eine wandernde, müde Insel. Das Dunkel vor ihm wurde rötlich, der Tag wollte anbrechen, er schwamm auf den Horizont zu. Saisine war verschwunden, der Mond war untergegangen. Die kleinen Wellen knabberten nur noch an verblaßten Sternen. Er schlief ein, erwachte wieder, redete leise mit sich selbst. Es war gut, Julius nicht mehr zu hören. Er war nicht müde und sich auch nicht bewußt, daß er noch einmal davongekommen war, er wollte nach Hause. Er wußte nicht mehr wohin, aber er wollte nach Hause. Maï wartete auf ihn, Maï entging nichts, und ihr Name hallte wie dumpfes Echo, wie eine Prophezeiung. Wo war nur die Souris des Mers? Der Schiffbruch, stimmt, das Feuerwerk. Zumindest würde sein Boot nicht als Geranienbeet in einem Garten dienen. Er stellte sich vor, wie die Souris des Mers auf dem Grund des Sees ankam, eine Schlammwolke aufwirbelte und blicklose Tierchen auseinanderstieben ließ, wie sie dort für immer ihre Bestimmung als Wrack fand, auf gleicher Höhe mit den Ertrunkenen und den Mortas, den bleichen Schatten, wo all die Seinen und er selbst schon ihren im voraus gekennzeichneten Schatten, ihre Nacht hatten. Er war nicht müde, aber er schwamm mit geschlossenen Augen. Er war nicht müde, aber er bewegte die Arme nicht mehr. In einem kaleidoskopartigen Wirbel sah er unter Wasser den langsamen, schwebenden Fall eines Säuglings im Clownskostüm, vielleicht ein Zwerg. Dann sah er Mamina in ihrem Brautkleid schweben, seinen Vater und seine Mutter, umschlungen wie zwei Spinnen beim Liebesspiel, ein Pferd, eine Klarinette mit schwarzen Bändern, dann die bis zu den Füßen dekolletierte Reiterin mit erhobenen Armen und nacktem Schlitz. Dann sah er nichts mehr, Ovide hat sein Gewehr abgesägt, das Ende der Welt ist nah, ein verdorrter Kreis im gelb gewordenen Gras.

16

Juni

Die Sprengladung ist explodiert, mein Waggon zittert noch, der Rauch dringt aus dem Eingangsloch, mein Fenster wird dunkel. Gleich wird die Luft stinken. So ist es zehnmal am Tag, und ich stelle mir das Schlimmste vor, das Unglück, daß die Stahlträger im ganzen Tunnel nachgeben und der Berg die Menschen bei der Arbeit zermalmt. Die Hölle, wenn man unten ist. Der Lärm zerreißt dir das Trommelfell. Du bist ihm ausgeliefert bis nach Feierabend, bis in dein Bett.

Der Tunnel will sich nicht öffnen, ich spüre es. Nicht wie Dein Schlitz, Maï, er will sein Wasser für sich behalten, seine nie gestirnten, nie getrunkenen, nie beschmutzten Nächte, sein jungfräuliches Wasser, Maï, jungfräulich! Und wir, die Arbeiter, wir graben, wir sprengen. Wo bin ich? Das möchtest Du wissen. Du brauchst nur zu suchen, die Telefonbücher und die Straßenkarten zu studieren. La Pierreuse, Les Blévens, Pyrénées-Atlantiques 64, schau mal nach. Nimm an, ein Güterwaggon wie aus dem Western steht einige Radlängen von einem widerspenstigen Tunnel entfernt auf den Schienen. Da bin ich zu Hause, bitte Füße abtreten. In dem Waggon sollte das Essen und der Sprengstoff gelagert werden, und jetzt bin ich der Sprengstoff, mich hat man dort gelagert. Ja, alle Betten in den Baracken waren voll! Es ist geräumig bei mir, geblümt, es riecht nach Pulver und Angst unter den Achseln. Auf dem Fenstersims hast Du die Pyrenäen, Du hast einen Schlafsack, einen Klapptisch, meine Taschenlampe und meine Plastikbrieftasche mit dem Foto von Dir als Winzling, Du hast mein zerfleddertes Stück Bibel und dann hast Du die Nächte, draußen, drinnen, die sind ganz schön groß, die Nächte, wenn Du in der Stimmung bist, Schäfchen zu zählen. Das ergänzt die Bibel.

Ich warte auf sie, sie werden kommen, ich werde ihre Lampe sehen und Angst haben. Irgendwann kommen sie immer: Auf geht's, Toni ... Schon? Ich bin krank. Auf geht's, Toni, be-

eil dich. Doch sie sind nicht böse. Ich ziehe meine Stiefel und mein Ölzeug an und sage: Ich habe Bauchschmerzen, das stimmt, ich habe Schmerzen. Ich komme nicht. Sie müssen mich in den Berg schleifen, und wenn ich drin bin, vergesse ich, ich stapfe mit ihnen durch Steinschlag und Wasser zum Sammelkanal hinauf. Das Wasser rinnt durch die Widerlager, überschwemmt mich, und ich vergesse. Was tue ich? Alles sprengen. Ich reiße dem Berg die Eingeweide heraus, ich stekke ihm das Gedärm in Brand, und ich sehe ihm jetzt ähnlich, wenn das nicht verrückt ist! Wir haben die gleiche Augenfarbe, die gleichen Fehler, Einsamkeit und Mißtrauen. Was suche ich? Einen Fußbreit Boden, eine Briefmarke, wo ich sagen kann: Ich bin zu Hause, hier ist es, das bin ich.

Da sind sie, Maï, ich gehe, die Fron.

Irrtum, es war Walter, der Mechaniker, ehemaliger Bergmann in den Steinkohlezechen. Bei der Entlassung hat er eine Nougatfahrt nach Montélimar gemacht. Er war so deprimiert, daß er hierherkam, auf diese Baustelle von Les Blévens, die uns am Ende alle verschlingen wird. Du pfeifst darauf? Und wir erst! Würdest Du uns sehen, würdest Du sie sehen, gar nichts juckt einen mehr. Sie sind alle mit dem Berg verheiratet, mit einem Loch im Berg, man zahlt ihnen einen Hungerlohn, damit sie es bohren: sie bohren. Mit der Hacke, mit den Fingernägeln, mit dem Hammer, man muß Stein und Wasser aufbohren, aufbrechen, man muß vorstoßen bis zum Licht, bis zum Blut. Und wer nicht bohrt, den binden die Kameraden auf die Schienen und lassen ihm die Abraummaschine mit Schutt übers Fleisch fahren, mehrmals. Am Schluß ist der Kerl so platt, daß er sich mit dem Schotter vermischt, wozu ihn begraben, es ist schon geschehen. Anständige Leute, Maï, Piraten. Sie haben ihr Dorf, ihre Frau und ihre Kinder sitzenlassen, sie haben die Zukunft, ihre gute alte Zeit, die Träume sausenlassen, einmal in der Woche fahren sie nach Le Puymarzun hinunter, um begehrliche Blicke auf die verpönte Welt der Verführerinnen zu werfen, und jeder hat sein Mädchen, und es macht sie fertig, in den Salon zu gehen, den ganzen Zaster zu verlieren für ein Loch an einem Abend, ei-

nen Schnabelhieb. Motzig gehen sie hin, beschämt kehren sie zurück, ganz stolz, wenn sie sich mit einem Bier begnügt haben und das Mädchen, ohne etwas zu bekommen, feststellen konnte, daß sie die Taschen voller Scheine hatten. Ich gehe in Feststimmung hin, Maï, ich bin verliebt. Die große Liebe, bis zum letzen Centime, eine Chinesin mit Schilfblick, der gebogene Schlitz des jungen Schilfs. Sie nennt sich, wie sie will, das ist ihre Sache, ich nenne sie Maï: Maï mit dem langen schwarzen Haar, Maï mit den Schattenaugen, Maï mit dem Kind, das geboren wird, Maï mit dem untreuen Bauch, Maï mit den seidigen Wimpern, Maï mit den Brüsten wie Elfenbein, Maï mit der zerkratzten Haut, Maï mit der angebissenen Haut, Maï mit den abgebrochenen Zähnen, Maï mit den Lippen aus Blut, ich nenne sie Maï, sie ist gut sechzig Jahre alt, aber sie hat eine Olivenhaut, und ich vergesse bei ihr, Maï, ich vergesse Dich. Im Dunkeln schlage ich sie auf den Bauch und umklammere sie, ich sage zu ihr: Bist du Jungfrau, sag? Bist du Jungfrau? Es liegt in ihrem Interesse zu antworten, ja zu antworten. Danach spendiere ich ihr Tröstungen, mein ganzes Geld geht dabei drauf. Ich sage zu ihr: Wir sind zwei Alte, du und ich. Bei dir stimmt es, bei mir so gut wie, unsere Kinder und Enkel pennen mit geschlossenen Fäusten, wir haben die Neugeborenen gestillt, den Älteren die Bibel vorgelesen, wir haben Sand auf allen Schlaf gestreut, vermischen wir nun unsere Begierden, werden wir naß wie zwei kämpfende Gewitter, erfinden wir noch ein Baby, Maï, ein letztes greinendes Baby vor dem Tod. Ich kann zahlen für ein Kind von dir, du mit dem größten, nassesten Schlitz. Nimm mein Geschlecht und mach ein Kind daraus. Sie beschimpft und verhöhnt mich mit ihren aus dem Mund eines Kleppers gestohlenen Zähnen. Maï mit den Maultierzähnen. Blank gehe ich wieder nach Les Blévens hinauf, ich lege mich hin und vergesse, ich vergesse Dich, ohne zu schlafen, Maï, die Du mich retten konntest, gerissenes Ding! Kleiner unmöglicher Schlitz, und dieser Ring, der sich dreht und dreht um meine Augen, Du bist keine Jungfrau, Maï, und der Ring dreht sich und blutet.

Und Julius, was glaubst Du? Daß er von selbst untergegangen ist? Ich habe ihn ins Wasser gestoßen, siehst Du. Ich habe gewartet, bis er mir den Rücken zugewandt hatte, und habe ihn regelrecht gestoßen. Mit Dir hätte ich es genauso gemacht. Als er versuchte, sich am Boot festzuklammern, habe ich ihn mit der Ruderstange weiter weggestoßen. Der Angeber konnte nicht schwimmen, das ist dumm! Und ich war erleichtert. Das Vergnügen, eine Hornisse zu verbrühen. Ich habe angelegt, bin ein paar Tage herumgelungert und bin dann weggegangen. Und ich werde nicht zurückkommen. Lebenslängliches Schweigen. Mein Vater, meine Mutter? Sie haben den Trottel nicht mehr, den sie sich für ihre alten Tage aufgehoben hatten wie einen lebenden Verband. Stell Dir das doch mal vor, ich mit ihnen, da unten! Sie hätten mich so hin und her gezerrt, daß ich im Bademandel des einen, in der Kappe des anderen geendet hätte, auf die Dauer hätte man uns verwechselt. Später hätte man uns alle drei in einen in Fächer unterteilten Familiensarg gelegt, einen engen Sarg, der die Intimsphäre wahrt. Ich sehe sie vor mir, unsere Gemeinschaftsrestekiste. Mein Vater sondert sich ab, er nörgelt. Was meine Mutter und mich betrifft, benachbarte Leichen, wir lassen unsere Gebeine ganz einfach anstoßen, Prost!, wir borgen uns gegenseitig unsere Überreste und unsere Radieschen, sie flüstert und flüstert wieder, sie wird Jahrtausende so flüstern und noch weitere Jahrtausende, wir sind beide hier, mein Toni, wir haben dieses Glück, weil wir, siehst du, uns nie verlassen haben, und so weiter und so fort, Jahrtausende, deine Großmutter hatte ihre Geschwulst an der Leber, das ist nicht schlimm, aber man muß es beobachten ... Deshalb bin ich weggegangen. Um nicht dazubleiben. Um nicht eines Tages, ohne es zu wollen, meine Wurzeln mit den ihren zu vermischen in der plombierten Kiste, brrr!, wie sie sich langweilen werden, die beiden. Um dieses schwankende Spiegelbild zu bleiben, abgelöst vom Spiegel, den Du angehaucht hast in der Nacht. Um allein zu sein in meiner Wahrheit, die Du früher gemocht hast; Kinder erraten sie auf den ersten Blick. Die Sphaignes haben mir Lebwohl gesagt. Eines Morgens habe ich das Boot des Briefträgers genommen und bin wieder über die Seen gefahren, ich wollte die Geheime niederbrennen, meine Kindheit vernichten. Es gab nichts mehr zu verbrennen, keine Insel, keine Kindheit, die Geheime war untergegangen.

Eine heikle Sache, das schwankende Spiegelbild und die einsame Wahrheit, Freundin der Kinder, und die plombierte Kiste, obwohl ... Ich bin weggegangen, getrieben von einem einzigen Wunsch. Ich habe einen biblischen Pakt mit mir selbst geschlossen, zum Andenken an Julius, der Dir Deine Unschuld geraubt hat. Ich bin weggegangen, um später Dein Mann zu sein. Maï mit dem gemordeten Schlitz.

Nun gut, per Anhalter lande ich in Paris, Job als Styroporschneider im Bazar de l'Hôtel de Ville, einer Stadt für sich. Da schnitzte schon ein anderer. In der Nacht per Anhalter zurück auf der Autobahn Aquitaine, und am nächsten Abend bin ich in Les Blévens, um genau zu sein, in La Pierreuse, einem komischen Kaff, ein Erdrutsch auf der Höhe à la Damokles, der, wie es aussieht, noch vor dem Sommer auf uns niedergehen dürfte. Die Burschen haben mich gleich adoptiert, die Jugos, die Portos, die Algerier, die Deutschen, die Polacken, die Nadas, die Nullen. Das Bier ist unsere Umgangssprache, wir sind eher redselig. Die Weiber? Verboten, die Weiber, verboten bei uns, den Bergleuten. Sie bringen Unglück über die Mayonnaise und Unglück unter Tage, mit ihrem magischen Blut. Das Wort Weiber ist tabu, weg da, Mondhexen! Und tabu das Wort señora, woman, Fräulein, Weibsbild oder Hure. Wenn die Woche vorbei ist, faßt man sich an den Sack, jeder versteht.

Ich liebe Euch, Hexen, und ich liebe Euer Blut, das vom Tierkreis geregelt wird. Es lebe der Samstag, es lebe der Sack.

T.

P.S. Ich habe gerade etwas begriffen. Dich liebe ich nicht. Ich habe Dich nie geliebt. Halleluja. Ein Tunnel gebohrt, ein Tunnel weniger.

17

Die Baustelle Les Blévens zwischen Gebirge und Fluß, direkt über dem Wasserlauf, erweckte den Eindruck einer verlassenen Eisenbahnstation, schmutzverkrustete Schienen, Triebwagen, Schuppen, Masten und Baracken, eine verdorrte Landschaft, überzogen vom rötlichen Staub des Sprengstoffs. Tag und Nacht wechselten sich die Schichten tief im Stollen ab. Unten brauste die ebenfalls rötliche Pierreuse in ihrem Lehmbett. Oberhalb, auf dem Hang, hatte der Bergrutsch eine Woge von Geröll ausgelöst, gekrönt von einem schmucken Häuschen, einer Tortenverzierung, die dem Riesen in seinem trägen Sturz folgte, dreihundert Meter, seitdem zwei Jahre zuvor die letzten Schäfer weggegangen waren. Der geringste falschen Tritt bedeutete: alles stürzt ins Tal, der Fluß führt Hochwasser, das Dorf wird überschwemmt, die romanische Kirche schwimmt davon. Stromaufwärts sollten zwei bereits gebohrte Zusatztunnel dazu dienen, das Hochwasser zum Sammelkanal zu leiten, der die über das Ufer getretenen Wassermassen durch den Berg befördern und zehn Kilometer südlich in ihr natürliches Bett zurückleiten würde. Jeden Abend schrieb die Gemeindeverwaltung von Les Blévens die Messungen der Seismographen an, auf den ersten Blick Lappalien, Flohsprünge. Ein großer Floh, im übrigen, fünfundvierzig Millionen Einheiten. Daher die Ratlosigkeit der einheimischen Abgeordneten, daher das Anbohren der Pierreuse und die unlängst getroffene Entscheidung, die Lawine zu programmieren. Murren der Dorfbewohner. Der Berg rutschte seit ewigen Zeiten. Die Gemeindeverwaltung log, die Ingenieure logen, der Berg war weniger verkommen als sie. Die Tunnelarbeiter züchteten Atompilze im Innern der Erde, sie wollten die Region vernichten.

Toni arbeitete tief im Sammelkanal, fünf Kilometer zu Fuß durch Schotter und Schlamm, unter dem Brummen der Ventilatoren. Im Sammelkanal liefen die Hilfsstollen zusammen, es war ein riesiger tropfender, dröhnender, rostiger Gang, den man unablässig wischen, von Schlamm, Grundwasser, rotem Sand und Gas befreien, dem schwärzesten, dem jungfräulichsten und schwärzesten Schwarz abgewinnen und jeden Augenblick befestigen mußte, damit er sich nicht wie ein Grab über den Arbeitern, die ihn vortrieben, schloß. Die Sprengladung explodierte, die Abzugskanäle saugten die giftigen Dämpfe ab, und die billigen Arbeitskräfte machten sich ans Wegräumen. Toni ging voraus. Er kletterte auf die Gesteinsblöcke und stieß sie qualmend zum Maul der Abraummaschine. Er stieg hinein, um die Zahnstange zu inspizieren. Er schien sich weder vor Explosionen zu fürchten noch davor, daß er zermalmt werden oder ersticken könnte. Bei den Bergleuten galt er als unberechenbar und gefährlich. Gefährlich, wenn er, mit einem Bohreisen bewaffnet, dem Bauleiter, einem elsässischen Koloß, drohte, es ihm in die Fresse zu hauen, wenn der sie weiterhin »Arschlöcher« nannte. Unberechenbar, wenn er nach sechs Stunden Hauen für noch einmal sechs Stunden einen alten Araber, der gar nicht darum gebeten hatte, beim Aufstellen der Stahlträger ersetzte.

Untertage machte jeder für sich Pause. Die Arbeiter saßen schweigend auf Felsblöcken, im Licht der Scheinwerfer, direkt an der Abbauwand. Die beiden Sprengmeister aßen mit dem Fahrer in der Kabine der Vortriebmaschine, die abgeschlossen war wie ein Bathyskaph. Toni verließ den erleuchteten Bereich, kehrte in die Dunkelheit des Tunnels zurück, indem er sich an der durchweichten Wand entlangtastete. Das Wasser rieselte um ihn, auf ihn. An den Stein gelehnt, aß er seine drei Brote, stets mit Thunfisch, Rillettes und Käse, und löschte seinen Durst an der Wand. Dann streichelte er sich mit geschlossenen Augen, rieb sein von Sperma und kaltem Wasser triefendes Geschlecht am Fels. Ein paar Minuten lang vergaß er die Einsamkeit, vergaß den Berg und nickte im Geheul der Ventilatoren ein. *Maï Maï ich bekomme deinen Schlitz und ich töte ihn.* Fünf Minuten vor zwei. Er kehrte an die Abbauwand zurück.

Jeden Tag, wenn er aus dem Stollen kam und seine Dämonen besiegt hatte, betrachtete er die Pierreuse und lächelte ihr zu, als wäre er ihr Herr und Meister. Er war in ihren Bauch gekrochen, er hatte ihr ins Fleisch geschnitten, er hatte sie auf seinem Nacken getragen und mit Sperma und Blut benetzt. Sie war zugleich seine Kraftquelle und sein Säugling.

Eines Abends, als er noch an der Abbauwand war, öffnete sich durch die Explosion, die er, am Boden kauernd, die Hände auf den Ohren, erwartete, eine Art riesige, in den Gesteinsfalten versteckte Wasserblase. Eiskalte Wassermassen schossen hervor, zwangen die Abraummaschine, in aller Eile zurückzuweichen, und die Arbeiter, die Flucht zu ergreifen. Bei Tagesanbruch versperrte ein See den Eingang des Tunnels, das Wasser überschwemmte den Bau, die Gänge, die Schienen, die Motoren, die Kanäle, verhinderte jede Arbeit. Von seinem Waggon aus sah Toni in ein paar Metern Entfernung eine Schlammlache von der Farbe zerquetschter Kirschen. Die Luft war still, die Zeit aufgehoben, der Himmel grau. Ein Boot glitt unwirklich dahin; der Bauleiter paddelte, während vorn ein Ingenieur im Straßenanzug versuchte, den verschwundenen Tunnel auszumachen. Der dem Chaos geweihte Berg trotzte seinen Verfolgern. Sie glaubten, eine Überflutung zu säen, sie ernteten eine Hämorrhagie. Der Putzlappen verdrängte das Dynamit. Mittags hatte sich ganz Les Blévens auf der Straße versammelt, beschimpfte die Ingenieure und betete zu Gott, daß die von Infrasol, der bilderstürmerischen Firma, angekündigten Pumpen zu spät kämen, wenn das Wasser bereits alle Installationen, Maschinen, Büros und geheimen Pilze zerstört hätte. Die Feuerwehrleute, den Helm am Gürtel, spotteten mit den Dorfbewohnern. Die Gendarmen von Le Puymarzun verboten den Zutritt. Zur Enttäuschung der Spötter kam der von motorisierten Polizisten eskortierte Spezialtransport mit der Pumpe früher, eine Pratt und Wilson mit einer Leistung von sechzigtausend Kubikmetern pro Sekunde. Um sechzehn Uhr eingeschaltet, pumpte sie den Ort in weniger als hundertzehn Minuten leer, und die Gaffer gingen wieder nach Hause. Das Leck war deswegen noch nicht verstopft. Die Ingenieure, die an die Abbauwand zurückgekehrt waren, palaverten, berechneten, machten Notizen, es ärgerte sie, daß sie kein Mittel gegen die Invasion sahen. Wie konnte man eine Öffnung verschließen, durch die der Strahl mit einem solchen Druck herausschoß? Die Arbeiter warteten mit den Händen in den Taschen oder rauchend. Die Zeit verging.

Da tat Toni, was niemand zu tun gewagt, zu tun erwogen hatte, eine Verrücktheit, ein Willkürakt, den der Präsident der mit japanischem Kapital arbeitenden Firma Infrasol in keinem Bericht erwähnt finden, von dem er nie etwas ahnen würde, da er sich darauf beschränkte, zu wissen, daß die Fristen eingehalten und die Milliarden des Saldos an die Bank in Tokio überwiesen wurden. Toni schlüpfte seitwärts dicht am Fels entlang, wo er vor dem Strahl sicher war, durch den Spalt und schaute. Das Wasser vor seinen Augen führte Sand und Steine mit sich, und eiskalte Gischt spritzte ihm ins Gesicht. Plötzlich funkelte das Kristall einer Flut, die so gewaltig war, daß sie reglos schien, und der Lärm steigerte sich, wurde gellend. Toni erspähte sein Spiegelbild, das bald klar, bald vom Schlamm getrübt war, und mit klopfendem Herzen, doch ohne Panik, lächelte er seiner Angst zu, einer unschuldigen und von ihm losgelösten, fast freundschaftlichen Angst. Der Spalt hatte den rautenförmigen Umriß einer Vulva oder den runderen eines Kircheneingangs. Er hätte stundenlang dableiben können, seine Angst in der Vulva betrachten und sich einer unerwarteten Ausbuchtung, einem gewaltsamen Tod ausgeliefert wissen. Die Ingenieure draußen mucksten nicht. Die Ingenieure verließen sich auf ihn, den kleinen Däumling eines Tunnels, der Schiffbruch erlitten hatte wie ein altes Unterseeboot. Sie taten übrigens gut daran, denn Toni sah die Lösung, er sah sie in diesem fliehenden Kristall schimmern, das unaufhörlich vom Dunkeln ins Helle überging und seiner Vorstellungskraft die zerbrochenen Träume von einer gebärenden Maï entriß.

»Los, komm zurück«, rief einer der Ingenieure in sein Megaphon.

Toni kehrte zu den anderen zurück.

»Na, wie sieht's aus?«

»Schlecht«, sagte Toni.

Man mußte schreien, um sich zu verstehen, die Gesichter trieften.

»Da gibt es nur eins«, sagte der Bauleiter, »bis hierhin Steine aufschütten, um den Druck wegzunehmen, dahinter eindeichen und die Wasseransammlung umgehen.«

»Um sie ein Stück weiter weg wieder vorzufinden«, sagte ein Ingenieur. »Das kann Jahrhunderte dauern, so eine Geschichte, versuchen wir es lieber mit Zement.«

»Genausogut könnte man mit dem Sieb Wasser schöpfen, genausogut könnte man alle Arbeiter mit dem Sieb Wasser schöpfen lassen.«

»Ich weiß was«, sagte Toni.

Alle sahen ihn verdutzt an.

»Reis.«

»Reis ...!«

»Nicht Zement muß man einspritzen, sondern Reis«, sagte Toni. »Tonnenweise Reis. Dieser Berg braucht etwas, das stopft. Die Körner werden aufgehen, das Wasser aufsaugen, einen Pfropfen bilden. Das läßt uns Zeit, die Träger anzubringen und zu betonieren.«

»Nicht dumm«, mußte der Bauleiter mit beleidigter Miene zugeben.

»Sogar überhaupt nicht dumm«, bestätigten die Ingenieure.

Es bringt einen auf die Idee, daß man gern etwas zu sich nehmen würde ...

Zwanzig Sorten Reis, Langkorn, Rundkorn, ungeschält oder geschält, von russischem bis zu indischem, von chinesischem bis zu türkischem, von spanischem bis zu pakistanischem, wurden nacheinander hineingepumpt, ohne Erfolg. Die Arbeiter wateten in einer Pampe umher, die die Räder der Maschinen durchdrehen ließ und am Tunnelausgang zu einer schwärzlichen Sprungwelle auflief. Erst dank des französischen Reises, der schneller zusammenklumpte, klebriger war, konnte der Überschwemmung Einhalt geboten werden. Kein Wort der Anerkennung für den findigen Arbeiter, kein Händedruck. Hinter geschlossenen Türen machten die Ingenieure beim Abfassen des Berichts einander das geniale Heureka des Klebereises streitig.

Er war seit acht Monaten an der Pierreuse, jeden Tag ließ er sich ein bißchen mehr in dieses verlorene Loch gleiten, das er grub und das ihn einschloß. Er erwartete nichts vom Tunnel, nichts außer Nacht. Er erwartete nichts von der Arbeit, nichts als Brot und die tägliche Erschöpfung. Unter die Arbeiter mischte er sich nur mit der Hacke in der Hand, auf den abzubauenden Felsblöcken, während der Arbeitsstunden. Abends aß er nicht in der Kantine, er forderte niemand zum Kräftemessen heraus, er mied die trübsinnigen Saufgelage im »Haus der Gemsen«, einem zum Empfang der Gäste flüchtig geschmückten Wellblechwürfel: perspektivisch gemalte Stechpalmenblätter und Rundhölzer, bläuliche Neonröhren. Dort bliesen die Bergleute Trübsal und hörten Schlager; mit dem Bier in der Hand, den Blick auf eine imaginäre Tanzfläche geheftet, sahen sie ihr vergangenes Leben sich drehen, sahen ihre Mutter, ihre Geliebte, ihre Schwester, die Verlobte tanzen, die sie in ihrer Ehe an der Küste immer geschlagen hatten oder von der sie geschlagen, betrogen, zum Hahnrei gemacht, davongejagt worden waren und in die sie sich in der Einsamkeit wieder verliebten.

Abends schrieb Toni Briefe an Maï, die er nicht abschickte. Der Berg bewegte sich, der Berg rückte nach und nach in seinen Schatten und dann in die Nacht. Die Baustelle lebte nur noch durch die Lichter des Hauses. Die Lichter erloschen. Toni ging zu Bett, schlief eine Stunde oder zwei, die Schlaflosigkeit quälte ihn, er stahl sich wie ein Dieb zurück in den Tunnel. Mit einer Taschenlampe ausgerüstet, durchmaß er die Finsternis, die er selbst vorgetrieben und mit seiner Verbissenheit genährt hatte. Als ehemaliger Nutzer eines Wasserlabyrinths herrschte er über das stille Geflecht der Stollen, die er mit der Nase unterscheiden konnte. Er stellte sich Inseln vor, er stellte sich das Meer vor am Ende des Sammelkanals, eine Bucht würde sich öffnen, er würde sein unversehrtes

Gedächtnis und seine früheste Kindheit vorbeiziehen sehen, er würde den Mann mit der weißen Hose auf einer reglos in der Hitze daliegenden Landstraße sehen, und er würde wissen, er würde wissen, es würde Tag in ihm werden.

Schließlich erreichte er die noch warme Abraummaschine. Er erklomm die Sprossen und ließ sich im nassen Führerhaus nieder. Er probierte die Hebel aus, drehte den Zündschlüssel, und oben ging der Scheinwerfer an, ein blendendes Licht, das aus dem geringsten Schaufler im kanariengelben Ölzeug den leichenblassen Chirurgen einer Hölle aus Stein machte. Die Abbauwand zeigte ihre Wunden, vom Dynamit und der Hacke zerfurcht, aufgerissen, behauen. Toni erforschte den Stein, hypnotisiert vom Auge des Zyklopen, einem Strahlenbündel, das mit voller Wucht auf die Geister fiel, die schwankten zwischen Erinnerung und Schlaf, zwischen Traum und Nichts, zwischen Maï und niemand. Maïs Schatten schmiegten sich in die Falten des Vorhangs, die schwarzgoldenen Augen zersprangen zu Konfetti, das auf dem schwarzen Lack des Wassers flimmerte. Die Souris des Mers trieb in der Tiefe des Tunnels zwischen den Mortas und den verrosteten Sprengkapseln, zwischen den blicklosen Tierchen, den Äffinnen im Röckchen und den Elefantenkühen mit hölzernem Rasiermesser. Er hörte Klarinetten näseln und verlor das Bewußtsein für die Zeit. Die Peitsche geht los und knallt über einem reglosen Pferd, und das Zirkuszelt wird fallen wie ein Leichentuch, und der Kahn sinkt in Zeitlupe in ein schlammiges Licht und nimmt einen fahläugigen Hahn mit. Er hört lachen, das spiralförmige Lachen von Julius, wohin sinkt er? Er sieht die Lichter der Boote zittern, die ausgelaufen sind, um sie zu suchen, und Stimmen rufen einander etwas zu. Er schwimmt, ihm ist nicht kalt. Er umarmt den Sternenhimmel, der weicher ist als ein Otterfell zwischen den Schenkeln. Er erinnert sich. Der Schwimmbagger fuhr langsam am Ufer entlang, wo er sich hinter einem Busch versteckte. Der Scheinwerfer suchte den Nebel dicht über der Wasseroberfläche ab, ein Mann beugte sich vornüber. Er blieb verborgen, fröstelnd und hundeelend, er wollte nicht hinaus. Im Morgengrauen zogen sie Julius aus dem Wasser, ein Karnevalstoter, quer über dem Kahn der Schleusenwärter. Die anderen folgten, ein Leichenzug, fünfundzwanzig bis dreißig fahnengeschmückte Boote, die aus dem Nebel auftauchten und vom Unglück kündeten.

Er hatte Julius vielleicht nicht umgebracht, aber er hatte nichts getan, um zu verhindern, daß er das ganze Wasser schluckte, das Wasser des Moors, der Flüsse und des nahen Ozeans, der auch Amerika und seinen Orinoko bespült. Er hatte Julius vielleicht nicht umgebracht, aber er verspürte im Herzen die Wollust eines satten Mörders. Ein Tunnel weniger. Und später würde er Maï heiraten, und später ...

Eines Abends, als Toni von der Abbauwand zurückkam, erhob sich ein unheimlicher Gesang, abwechselnd tief und kreischend, wütend, weinerlich, grotesk, man hätte glauben können, das Wimmern eines Geistes, der in einer Zwangsjacke steckt. Ein Ungeheuer? Ein Gespenst? Ein Salamok? Julius, der eigens aus der verbotenen Welt der blicklosen Tierchen gekommen war? Mit Angst im Bauch fragte er sich, wie er entfliehen könne. Kein Ausgang. Der Berg verschloß die eine Seite, das Wesen nahm die andere ein, und so weit Toni auch leuchtete, er konnte nichts erkennen, nicht den Schatten eines Gespensts an der Wand des Gangs, wo die Klagelaute wie dissonante Echos grollten ... Die Stimme schwieg. Er wartete ein paar Minuten. Kein verdächtiges Geräusch. Das Wesen war verschwunden. Er fing wieder an zu gehen, seine Hand schwitzte an der Lampe, die er vor sich hielt wie zur Dämonenabwehr. Mit der anderen Hand, in der Tasche, hielt er sein Messer. Die Schatten tanzten unter seinen Schritten. Bei Marke 26 würde er den Notausgang nehmen, einen Schacht, der ins Freie mündete. Hundert Meter weiter fing das Wehklagen wieder an, ganz nah, und diese verflixte Gaslampe, die sich damit begnügte zu zischen, anstatt zu leuchten! Vor ihm gabelte sich der Tunnel, der Schatten der Biegung fiel von der Decke und reichte schräg bis zu seinen Füßen. Er machte einen Schritt in die Dunkelheit, bereit, Reißaus zu nehmen, noch einen Schritt, und plötzlich tauchte fast in Reichweite die vertraute Silhouette einer Kuh auf, zwei große verdutzte Augen hoben sich davon ab wie zwei schwebende harte Eier. Eine Kuh! Ein lebendes Nebelhorn. Sie schlotterte unter dem eisigen Geriesel der Stahlträger. Sie stolperte über die Gleise. Bei seinem Anblick wich das Tier zurück, fiel auf das Hinterteil, schwang mit hysterischen Schnauben den Kopf hin und her, dann wollte es angreifen. Toni ergriff die Flucht, behindert durch sein Ölzeug, die Kuh hinter ihm her. Sterben, er würde sterben, niedergetrampelt von dem Tier, das er wüten und stolpern hörte. Bei der nächsten Marke hatte er den dummen Einfall, sich mitten im Lauf umdrehen zu wollen, und schlug hin. Als er sich verloren glaubte, stürzte auch die Kuh, ein dumpf dröhnendes Geräusch, gefolgt von einem so lauten Schmerzgebrüll, daß ihm ganz schlecht wurde. Er machte seine Lampe wieder an. Das Vieh lag auf dem Gleis, ein gebrochenes Bein ragte wie ein Bugspriet empor, die anderen drei traten den Schlamm. Aus der Nähe, ihrer Stärke beraubt, war sie nur noch eine Milchkuh mit großem geschwollenen Euter, die ihre Milch auf dem Schotter verlor, heitere Patin des Camembert und der Dampfeisenbahnen, die durch die Felder schnaufen. Was hatte sie hier zu suchen? Wie konnte man über sie steigen, ohne sich einen Stoß mit den Hörnern einzuhandeln? Sie schien jetzt resigniert. Sie wartete auf Hilfe. Sie richtete kollegiale und irgendwie verliebte Blicke auf Toni. Dieser legte sich erschöpft neben sie und schloß die Augen. Sie war sicher nicht bloß eine Kuh, sie war eine symbolische Kuh, die der Himmel geschickt hatte. Er sah sich als kleinen Jungen, wie er kuscheln wollte. Es gab Abende, an denen seine Mutter ihn in ihr Bett legte wie eine Wärmflasche, und sie weinte an ihm, und er wollte keine Wärmflasche sein. Und an anderen Abenden schloß sie sich in ihrem Zimmer ein, und es war nicht ratsam für die Wärmflasche, Angst zu haben oder hineinzuwollen. Es gab Abende, an denen sie überhaupt nicht nach Hause kam. Sie sagte, sie habe bei seinem Vater im Krankenhaus bleiben müssen, und da er zu große Angst hatte, zeichnete er sich mit Kreide eine Schutzzone unter das Waschbecken und ließ alle Wasserhähne des Hauses laufen, er manipulierte die Wasserspülung, er machte alle Lichter an, er verstopfte das Schlüsselloch, so konnten die Ungeheuer weder durch die Wasserhähne noch durchs Schlüsselloch, noch durch die Kloschüssel kommen, und er verbrachte die Nacht unter dem Waschbecken, ohne zu schlafen. Die heilige Kuh der Erinnerung an Mama. Als er die Verletzte nicht mehr klagen hörte, richtete Toni sich auf, sah die Zunge aus dem offenen Maul hängen, und kam näher. Sie war weggetreten, sie pennte jetzt selig und süß. Mit der Stiefelspitze tippte er an ihre Stirn: keine Reaktion. Eine Kuh? Die letzte Sandbank eines ausgetrockneten Meers, Ebbe seit jeher, eine übelriechende Insel, deren überdimensionaler Schatten sich auf den Wänden ausdehnte. Dem riesigen Bauch ausweichend, überwand Toni den Hals und begab sich außer Reichweite. Seine Lampe beleuchtete den roten Pflock der Marke: 127. Er brach in Gelächter aus. Eine ohnmächtige Insel gerade dort, wo ein paar Stunden zuvor sein Sperma gespritzt war. »Ich säe, und die Kühe beginnen zu wachsen«, murmelte er. Dann wünschte er der Schönen der Nacht einen guten Abend und kehrte in seinen Waggon zurück. Er legte sich ins Bett. Unter dem Kopfkissen zwei Photos: seine Mutter in der Klinik nach der Entbindung, Maï bei einer Preisverteilung am Ende des Schuljahres. *Liebe Maï, heute nacht habe ich geträumt, daß ich dich auf einem Eisenbahngleis festband. Aber der Zug kam nicht, ich habe dich mit Benzin übergossen und angezündet. Liebe Mama, heute nacht habe ich geträumt, daß ich dich auf dem Bahngleis festband, dich und deinen alten Bademantel, den Du bei der Weihnachtsfeier im Altersheim von Lanvaur gewonnen hast. Ich übergoß euch mit Benzin, und rumms! Aschermittwoch, Bartholomäusnacht der Bademäntel.* Dann sah er Maï am Strand. Es ist Sommer, es ist warm. Der schwarze Badeanzug ist über die Hüften gerollt. Sie hat Kinderbrüste, violette Nippelchen darauf. Neben ihr ringelt sich ihr Haar in einer Emailschüssel voller Blut. Ein Ruck ließ ihn hochfahren. Um ihn flogen lautlos Gesteinsbrocken, sie rollten durch die Nacht wie Kinderballons.

Am Morgen bat Toni um Urlaub.

»Meine Mutter ist krank. Ich komme zurück. Zum Durchstich bin ich wieder da.«

18

Bus um Bus brauchte er zwei volle Tage, um Les Angéliques zu erreichen. Er hatte das Gefühl, am Ende der Welt anzukommen. Von der Pierreuse fuhr er nach Le Puymarzun, von Le Puymarzun nach Mont-de-Marsan, dann nach Bordeaux, dann Angoulême, La Roche-sur-Yon, Lanvaur. Lanvaur kam ihm vor wie ein unbeschädigtes Wrack, das vor seinen Augen auftauchte, als wären die Sonnen und die Stunden rückwärtsgegangen und hätten nach einer unvorhergesehenen Umwälzung alle Einzelheiten Schritt für Schritt so wieder in Ordnung gebracht, daß seine Spur erhalten blieb. Er sah sein Gymnasium wieder. Schüler gingen hinein, kamen heraus, er ging an dem von Kunstlicht erhellten Spielsalon vorbei und hörte die Laserschüsse und das Geschrei der Synthesizer, das die Agonie der Feinde aus dem Weltraum imitierte. Der Bus hielt mit einem letzten Ruck in Höhe des Verkehrsbüros, dessen Leiterin Julius früher gut gekannt hatte.

Es war grau und warm. Unter einem Ligusterstrauch liegend, wartete er fast eine Stunde auf den Bus von Lanvaur in die Sphaignes. Er hörte den Brunnen gluckern, er schlief ein, von einem Singsang eingelullt, der ihm mit unbekannten Stimmen seine Kindheit ins Ohr flüsterte, aber wann denn, um welche Tür handelt es sich, du bildest dir etwas ein, ganz bestimmt, es ist erstaunlich zu sehen, wie sehr, ich weiß nicht wieso, aber er ist mir böse, was mich betrifft, mir gefällt es auf dem Kamin besser, das ist kein Kind mehr, das ist ein Engel, was sagst du?

Der Bus von Lanvaur nach Saisine war bei der Abfahrt leer. Er setzte sich hinten auf die Bank bei den Notausgängen. Der gleiche asthmatische Bus, der gleiche Fahrer in stahlgrauem Lehrerkittel und Schiffermütze. Wenn er schaltete, schien irgendeine unmöglich zu erfüllende mechanische Anforderung den Motor zum öffentlichen Geständnis von Ohnmacht und Verzweiflung zu zwingen. Und die Steigungen waren endlos. Zwei Geflügelhändler gingen hinauf, der eine trug eine Gans auf dem Arm. Der andere begann zu singen. Toni stellte sich vor, er wäre Fremdenlegionär, ein sanfter, schöner Legionär, auf den in der Ferne eine Frau hofft, die er nicht mehr wiedersehen würde, eine Liebende mit Gitarre, deren Lied noch lange nach seinem Tod in den Bussen der verlorenen Käffer mitfahren und vibrieren würde. Der Bus wurde schneller, sauste in gerader Linie zwischen den Eichen des Bois du Vent dahin, deren zum Gewölbe gebogene Äste sich am Ende öffneten und das Abendlicht einließen. Bei den ersten Mooren klärte sich der Himmel auf, der windstille Himmel der Sommerabende auf den Wiesen, wo in einer silberdurchwirkten Dämmerung die Kastanie so schwarz und gezackt ist über dem glänzenden Wasser und der Azur um das reglose, durchbrochene Blattwerk der Kastanien und Weiden herum so lila und das Tremolo der für die Nacht versteckten Rohrdommel so schrill wie nirgendwo sonst. Ein paar Augenblicke von einem nebligen Horizont entfernt, ahnte man die Sonne wie eine Hand unter einem Bettlaken. Gegen Westen brach sich ein diffuses, gedämpftes Licht in der feuchten Hitze, die über den Lagunen hing, und verlieh der Landschaft Weite. Der Bus kam ins Land der Spiegel, der Seen und der Sphaignes. Überall glitzerte das schimärische Gekräusel des Wassers, Verheißung von Erinnerungen und Inseln, Verheißung von Rückkehr. Toni kurbelte das Fenster herunter, beugte sich hinaus und atmete die laue Abendluft ein, diesen Geruch von trunkenen Bienen, von Äpfeln und verbranntem Horn. Er ging nach Hause. In seine Kindheit zurück. Fast ein Jahr, daß er weggegangen war. Zuerst war er glücklich, ganz leise die Orte aufzuzählen, die er wiedererkannte, die Motte aux Gallois, die Gagnerie und ihre Mühle mit der abgebrochenen Krone, die Überreste der ehemaligen Stromleitung, den von den Wasserhuhnjägern so geschätzten deutschen Beobachtungsstand, die Schlangeninsel, wo man nie auch nur den Schatten einer Schlange gesehen hatte, nur die Strömung schlängelte sich dort um die Landzungen, und plötzlich entdeckte er bei seiner allgemeinen Umarmung der Gegend die den Horizont einnehmende schillernde Fläche der Lagune.

Wie viele Nachmittage hatte er den wogenden Binsen zugesehen, dem Licht, das sich auseinanderzog, perlte, zu Nebel verdichtete oder apokalyptische Himmel gestaltete, sich den Fluchten und Strichen des Korns anschmiegte, den Regenbogen. Wie viele einsame Nachmittage und wie viele andere, an denen er die auf dem Dollbord des Kahns liegende Maï begehrt, die irisierenden Tröpfchen auf ihrer Haut gezählt, sie beobachtet hatte, wie sie schwamm, sich abtrocknete, ihr Haar über Bord auswrang, und damals liebten sie sich mit einer freien und geheimen, endlosen Liebe. Abends gingen sie Hand in Hand an den Seen entlang.

Und wie viele Nächte, an denen er dem quälenden Geräusch der Disteln gelauscht hatte, das an Fledermäuse und Gebeine, Templer in Höhlen, nackt auf den Grabplatten liegende Hexen denken ließ, wie viele Nächte, an denen er Maï gezeichnet hatte, bis ihm die Hände abfielen. Der Bus fuhr an der Bucht der Wasserjungfern vorbei, der Eingang des Stollens war zu sehen, lächerlich, mitten im torfigen Brombeergestrüpp. Beim Anblick der Motorjacht Ulysses widmete er Julius einen emotionslosen Gedanken, so wie man einen anthropologischen Blick auf eine Meldung aus dem Polizeibericht wirft. Der Kerl von den Antillen brüstete sich unter seiner roten Kappe mit Hahnenkamm, er tanzte Walzer und Rock 'n' Roll und ließ die Röcke der Mädchen hochfliegen, er warf Konfetti in die Runde, er besaß die Frechheit, Maï aufzufordern und sie an sich zu pressen, seine großen Hände auf ihren Hüften, er zog sie in den Schatten, und als er wiederkam, hatte er sie um die Taille gefaßt, und sein Lachen hörte nicht auf. Ein paar Minuten später lag sein Kikeriki im Wasser der Sphaignes. Und wieder kreiste die Nacht rund und schimmernd um die Stunden.

Toni stieg an der Batellerie aus, fast vor dem Haus. Der Fahrer sagte ihm auf Wiedersehen, und er erkannte einen ehemaligen Klassenkameraden, einen Faulpelz, mit dem er das Knöchleinspiel gespielt hatte. Gleich würde der Bus auf dem freien Platz wenden, im Tabakladen Briefe und Päckchen einsammeln und leer wieder zurückfahren, Richtung Stadt, Busbahnhof. Es war noch Zeit, nach Lanvaur zum Knöchleinspiel zu gehen, oder sich mit dem Fahrer vollaufen zu lassen oder umzukehren und sich tief im Tunnel von Les Blévens zusammenzukauern. Der Bus fuhr weiter und verschwand in der Ferne, als zerfiele er zu Staub.

Er kam an mit den Händen in den Taschen. Zwei Tage hatte er nicht geschlafen, nicht gegessen. Er war weder hungrig noch müde. Er überlebte irgendwo zwischen Müdigkeit und Hunger. Er hatte Lust, sich angekleidet in eiskaltes Wasser zu legen und sein Leben gründlich zu vergessen. Er sah keine Menschenseele um sich her. Die Vogelscheuche des Lauchfeldes, in Trauer um Julius, war verschwunden, um anderswo Vögel zu scheuchen. Kein Handschuh, kein Schal zierte den Pflock zum Vertäuen, wo der Wasserspiegel fast den niedrigsten Stand erreichte. Maï nahm kein Sonnenbad auf dem Steg. Sie waren nicht mehr da, die Sauveurs, die Bernards, Toni war nicht mehr da, Gaétan zitterte nicht mehr mit dem Finger am Abzug, und nachher, wenn es dunkel war, würde sich Maïs Licht nicht mehr im Blattwerk der Weide verkriechen. Der kleine Alte, die Souris des Mers und Madame Merla, das Dideldum und Doing des Zirkus Universal, die lagen drunten. Man brauchte nur im Wasser zu graben und sich vor den blicklosen Tierchen, den Elefantenkühen auszuweisen. Sie lagen unter dem Schlamm, wo am Ende alles liegt, trotz des Schlitzes und der Sternennächte über den Liebenden. Er ging am Ufer entlang in Richtung Les Angéliques und stieß auf die lautesten seiner Kindheitserinnerungen, die Enten, die ihre ewige Wanderung durchs Gras machten. An der Anlegestelle glaubte er zu träumen, als er seinen Vater auf der Bank sitzen sah, wo Julius und er sich früher verabredeten.

Die Beine übereinandergeschlagen, eine Hand wie vergessen auf dem zusammengeflickten Griff des Kinderwagens, schien Lucien für einen unsichtbaren Maler zu posieren, der das Vorhandensein dieses Gefährts auf dem Bild gefordert hatte. In dem Glauben, er sei geheilt und entlassen, stürzte Toni hin, um ihn zu umarmen. Der Anblick eines Durcheinanders von Büchern im Innern des Kinderwagens bremste seinen Schwung. Sein Vater sah nicht aus, als wäre er besonders erstaunt über sein Kommen. Er schien nur unschlüssig, ob es zweckmäßig sei, seinen Sohn zu erkennen, ihn plötzlich in Verbindung zu bringen mit der Szenerie dieser Orte und Augenblicke, wo er so etwas wie Inspiration empfing.

»Toni Bernard«, sagte er mit einem Seufzer, »Ihr Ausblick hat sich nicht verändert.« Und zum See gewandt: »Anblick und Ausblick sind die zwei Seiten derselben Medaille, die, wenn du sie aufschneidest, so hohl ist wie ein Fischauge.«

Er war in Khakihemd und Shorts, Schlappen an den Füßen. Toni erwiderte nichts. Toni sagte sich, sie seien wirklich nicht mehr da, weder er noch sein Vater, es war fast die Situation, daß man einander in die Arme sinkt und beklagt, noch am Leben zu sein.

»Zu spät für meinen kleinen Rückfall, Toni«, sagte Lucien dann mit enttäuschter Stimme. »Letzten Endes ging es mir gut im Gefängnis. Sechs undurchsichtige Mauern, das ist genug für einen Mann allein.«

Die Szenerie blieb stehen, aber er überquerte die Bühne als Usurpator, und Maï glänzte durch Abwesenheit, bevor der Vorhang fiel. Wo war sie? In Paris? In China? Im Himmel? Wem gab sie sich jetzt gerade hin? Welcher verteufelte Liebhaber entlockte ihr Tränen? Welcher Teufel gab ihr im Morgengrauen ihre Haut besudelt, geschlagen, von Liebe blaugefleckt und vergewaltigt zurück, ihre Haut, die am Anfang so jungfräulich war und so geheim? Ihre vergewaltigte Haut hatte nichts mehr von einer Insel. Lucien faltete sich mehr auseinander, als daß er aufstand, und schlug seine Handgelenke aneinander wie ein Übeltäter, der auf die Handschellen wartet.

»Gehen wir ins Haus, Toni, magst du? Aber rühre den Kinderwagen nicht an.«

Lucien schob die Bücher, und so gingen sie zu Les Angéliques hinüber.

»Wie geht es mir, Toni?« fragte Lucien, »antworte mir bitte aufrichtig.«

»Und mir, Papa, wie geht es mir?« sagte Toni.

Doch Lucien verfolgte seine Idee.

»Mama denkt, daß es schlimmer wird. Sie macht mir das Leben schwer, weißt du! Zum Glück habe ich meine Bücher. Denkst du manchmal an meine Bücher? Alle wollen mich von ihnen trennen. Schickt sie dich?«

Die Wiesen tauchten allmählich in die Dämmerung ein, und wie früher war da die Abendstille, der zweifelnde Ruf eines vereinzelten Froschs, das letzte Gezwitscher auf dem Wasser, das erlosch wie Asche, das Gefühl, daß die Landschaft vorübergehend aufbrach, um die Schatten durchzulassen.

»Warum sagst du Mama?« fragte Toni.

Lucien zog verlegen den Kopf zwischen die Schultern. Er sah seinen Sohn verstohlen an, wie ein Irrer einen Arzt ansieht, ein Häftling seinen Wärter.

»Seit deine Mutter nicht mehr da ist, habe ich so etwas wie Absencen. Und meine Bücher auch, stell dir vor. Sie sind da, ohne dazusein, und sogar ein bißchen mehr. Das muß es sein, was sie Verschlimmerung nennt ...«

Sie kamen ans Mäuerchen. Auf den ersten Blick hatte Les Angéliques immer noch den hellen, fast kindlichen Charakter der weißen Häuser. Das Geißblatt wogte rot und grün an der Wand des Zollhauses. Doch die Läden und Türen waren geschlossen, und der Garten machte einen verwahrlosten Eindruck.

»Ist meine Mutter nicht mehr da?« fragte Toni heftig.

Er machte seinem Vater offenbar Angst, denn dieser begann zu zittern und beugte den Nacken.

»Solltest du es nicht erfahren haben?« murmelte er und sah weg. »Unglaublich!« Der Widerwille verzerrte ihm den Mund. »Sie ist gestern gestorben wie eine kleine Dornenranke, eine ganz kleine Dornenranke. Sie sticht nicht mehr. Das war abzusehen ...«

Schon rannte Toni, was er konnte, zum Haus, wie die geköpfte Ente. Er fand seine Mutter nirgends, in keinem Zimmer, keinem Schrank. Er fand sie weder erdolcht in der Werkstatt, noch in Stücke zersägt unter dem Bett seines Vaters im Zollhaus, noch zerhackt unter den Büchern im Kinderwagen. Sie mußten sie ins Leichenhaus gebracht haben. Er spürte, daß seine Kräfte ihn verließen, als er Geräusche hinter dem Haus vernahm; er ging nachsehen. Im grauen Trainingsanzug, eine Wäscheklammer im Mund, hängte sie Wäsche auf, die sie aus einer dampfenden Wanne zog.

»Mama!« rief Toni.

Außer Atem stürzte er zu ihr.

»Papa hat gesagt ...«

»Ich weiß, Toni«, sagte seine Mutter, »er hält sich für sehr schlau. Tot ist eher er. Komm, hilf mir.«

Er machte sich mechanisch an die Arbeit, wrang triefende Bettwäsche aus. Es waren bestimmt fünfzehn oder zwanzig Laken, die sie begonnen hatte, am durchhängenden Drahtzaun der ehemaligen Schneckenbahn festzuklammern. Sie schien von seinem Kommen genausowenig überrascht zu sein wie der Vater. Sie überspielte die Rührung, sie lenkte ab. Toni Fragen zu stellen bedeutete, ihn ins Licht zu rücken und großes Aufhebens zu machen von dem unbedachten Schritt, der ihn von Les Angéliques und vor allem von ihr entfernt hatte. Die Tropfen sprühten im Licht. Er fragte sich, ob er nicht träumte, ob er je fortgegangen war, um tief in einem Tunnel seine Brötchen zu verdienen, ob er wirklich ein Jahr lang Finsternis und Schweigen zwischen sich und seine Eltern gebracht hatte. Seine Mutter sagte, sie habe ärztliche Untersuchungen hinter sich. Nicht sehr glänzend. Sie wolle ihn damit nicht belästigen. »Ich sehe gut aus dabei, ich bin voller Schwung ... Ich möchte, daß ihr alles sauber vorfindet ...« Sie hielt den Blick über die Arbeit gesenkt. Sie hatte die gegerbte Haut der Bäuerinnen und trug ein verwaschenes rosa Tuch um den Kopf geknotet.

»Ich werde einen Aprikosenkuchen backen, um dein Kommen zu feiern. Deinen Vater einzuladen kommt aber nicht in Frage. O nein, seit du verschwunden bist, kann ich ihn nicht mehr ertragen. Aber du bist wiedergekommen, das ist schon mal was. Wenn man dein Gesicht sieht, na so was! ... Warum bist du eigentlich gekommen?«

»Ich?« sagte Toni. »Um dich zu sehen, Mama. Du hast mir gefehlt.«

Das Essen ging zu Ende. Toni hatte sich vollgestopft mit gefülltem Kohl, Kuchen, Butterbrot. Er nahm noch einmal Kuchen. Seine Mutter rührte Zwiebackstücke in eine Schüssel mit Mayonnaise und schenkte sich regelmäßig aus der in Reichweite stehenden Karaffe Rotwein ein. Sie tat es mit der Sorgfalt eines Apothekers, der mit Reagenzgläsern hantiert. Ihr Blick war verschwommen; ihre Gesichtszüge reduzierten sich auf die vereinfachten Linien eines Phantombildes. Die Unterhaltung war von langen Pausen unterbrochen, in denen Toni mechanisch aß. Und wenn seine Mutter seinen leeren Teller sah, beeilte sie sich, ihm wieder Kuchen abzuschneiden, wobei sie mit leiser, vom Alkohol heiserer Stimme betonte: »Na, siehst du, das schmeckt dir! Das freut mich ...« Eine leise, honigsüße Stimme, ein klagendes, animalisches Flüstern, langsam, wie für ein fremdes Ohr bestimmt. Außer diesem Lob für den Esser hatte sie nur Vorwürfe auf Lager. Sie hatte nur Scherereien mit ihm gehabt, das Wort war zu schwach: Sie hatte nur Unglück mit ihm gehabt, sagen wir es nur. Wenn er es wenigstens zugeben könnte. Aber Mut war nicht seine Stärke. Sie hatte aus Pflichtgefühl alles geopfert. Toni antwortete nicht, er aß. Er schien zuzustimmen, indem er nicht antwortete. Seine ganze Kindheit hatte er sie drangsaliert, er war nie mit etwas zufrieden, er tat nichts in der Schule, er war hinterlistig, er versäumte die Messe, er log, und wie! Toni antwortete nicht, seine Mutter schenkte sich wieder Wein ein. Die Regelmäßigkeit, mit der sie sich bediente, beunruhigte ihn. Gewöhnlich machte der Alkohol sie nicht traurig, sondern gemein, kleinlich, rachsüchtig, selbstmörderisch ... Er sah sie nicht an. Er wartete, bis sie fertig wäre, um ihr eine Frage zu stellen, eine einzige, die erste und die letzte. Dann würde er gehen. Wo ist Maï? Hat sie mir geschrieben? Hat sie dir geschrieben? Wo wohnen die Sauveurs?

Hast du sie wiedergesehen? Ist sie verheiratet? Hat sie ein Kind? Denkt sie an mich? Liebt sie mich? Wenn er ihr ganz brav bis zum Schluß zuhörte, würde sie antworten, dann wäre er an der Reihe ... Sie sage nicht, daß sie vollkommen sei, vollkommen sei sie nicht. Niemand ist vollkommen. Fehler habe sie gemacht. Jeder macht welche. »Aber ich war ganz allein. Ich hatte niemanden, auf den ich mich stützen konnte ...« Und seit dem Beginn des Essens betete sie immer dieselbe für Toni quälende Litanei her, sie rief winzige Erinnerungen wach, gestützt durch Zitate, die auf keinerlei Resonanz bei ihm stießen. Sie schien Tag für Tag den Kalender eines Lebens aufblättern zu wollen, eines Lebens, von dem jeder Augenblick einen Tadel, ach, ewigen Groll verdiente: seinetwegen, deinetwegen, mein kleiner Junge, später wirst du es verstehen, du wirst auch leiden, ich nehme es dir nicht übel ... »Bis zu dem Tag, da das Leid ein Balsam auf unsere Wunden wird. Für mich wird es das. Das ist das Alter der Heiterkeit. Erinnerst du dich, wie du absichtlich meine Brille versteckt hast? Erinnerst du dich, wie du mir endlos die gleiche Frage gestellt hast, um mich verrückt zu machen?« Die Heiterkeit hatte sie teuer erkauft. Er würde nach und nach entdecken, daß sie nicht mehr die gleiche sei. Eine Frau, die sich verändert hat durch die Prüfungen und die Einsamkeit, nicht glücklich, nein, denn das Glück will geteilt sein, aber friedfertig und noch bereit, viel zu geben, ihm viel zu geben.

Der graue Wecker tickte auf dem Büffett. Der graue Wekker tickte, als Mamina noch lebte. Ein ganzes Leben konnte sich um dieselben Stunden und dasselbe Zifferblatt winden. Er war vielleicht nie aus dem grauen Wecker herausgekommen. »Du hast mir viel Kummer gemacht, Toni, noch einmal, aber du bist mein Sohn, und die Pflicht einer Mutter ...« Er hatte den Eindruck, sie versuchte ihn zu betäuben durch ihr Genörgel, sie hielt so die Engel in Schach. Sie betrachtete die Krümel von geriebenen Mandeln auf dem Tisch, sie sprach mit den Krümeln. Sie wußte genau, daß er darauf wartete, an die Reihe zu kommen.

»Ich habe für dich Stellenangebote ausgeschnitten. In der Bäckerei haben sie eine sehr gut gemachte Verbraucherzeitschrift. Denn ich kann mir natürlich denken, daß du die Ausbildung aufgegeben hast. Oh, grinse nur ...«

»Ich grinse nicht, Mama.«

»Freilich, du bist großartig, ganz großartig. Heute kommst du prahlerisch daher, als wärst du der König. Als könntest du auf deine Lage stolz sein.«

»Hör mal, Mama ...«

Aber es war zu spät, sie beugte sich zu ihm, flüsternd, besessen, die Halsschlagader violett.

»Mich aufzuopfern, wie ich es für dich getan habe, für einen kleinen Ausreißer, einen armen Trottel! Da wäre deine Cousine gut beraten gewesen, mit einem solchen Trottel, einem widerlichen Kerl, wie dein Vater. Was für eine Schande! Ich brauche dich nicht, Toni, warum bist du gekommen? Weil du kein Geld mehr hast? Weil die Polizei dich sucht? Weil du dich wer weiß wo hast feuern lassen? Weil du Mitleid hast? Dein Mitleid! Das Mitleid eines Sohnes, für den ich mich schäme! Aber zum Glück bist du nicht verheiratet! Heirate nie! Wovon solltest du auch leben? Wer würde einen solchen Trottel haben wollen? Stell dir das mal vor, wenn du Kinder hättest, du, Toni! Arme Kleine! Du wärst ein Unglück für sie, Toni, wie du meines bist! Nur daß ich jetzt an mich denke und mich schütze. Das wenige, was mir vom Leben bleibt, das gehört mir. Schluß mit der Komödie, mein kleiner Junge, dort ist die Tür ...«

Sie fiel aschfahl und erschöpft auf ihren Stuhl, man hätte glauben können, sie kehre aus einer Ohnmacht zurück. Als Toni dann aufstand, streckte sie mit starrem Blick, ohne ihm den Kopf zuzuwenden, die Hand aus, um sein Handgelenk zu umklammern.

»Komm, setz dich wieder, mein kleiner Junge. Es gibt Dinge, die du wissen mußt ...«

Toni fuhr in seiner Hängematte hoch. Er hatte ein rundes, näselndes, unheilvolles Geräusch gehört, als wäre er schon einmal gestorben. Maï schlief nicht mehr im Stockwerk darunter. Darauf kam es auch nicht mehr an. Er fühlte sich schlecht. Das Zimmer drehte sich um ihn. Zu weich, diese Hängematte. Er hatte das Gefühl, angezogen in einer Waagschale voll geriebener Mandeln und Buttercreme zu liegen. Zum Schreien schlecht. Allein hatte er diesen honigglänzenden Mandelkranz verdrückt, mit dem man ein ganzes Regiment hätte ernähren können. Mit Mandeln und Aprikosen. Und dann noch: gefüllter Kohl und Butterbrot. Wenn er den Arm hob, stieß er nur auf Leere. Wenn er in Les Blévens auf dem Gehäuse des Gebläses schlief, das warm und wirbelnd bei Marke 108 in eine Vertiefung eingelassen war, konnte seine Hand den Fels über ihm berühren. In regelmäßigen Abständen fiel ein Tropfen auf das Blech oder auf seine Hand. Ein ganzer Berg beruhigte ihn durch diesen Wassertropfen, die kleine Schwester der Lichtjahre und des Urknalls, die kleine unterirdische und nasse Schwester der namenlosen Sterne.

Er griff nach dem Seil und kletterte aus der Hängematte. Er zog sein altes Bett ans Ende des Zimmers, in einen Winkel, wo dieser verflixte Mond nicht hinkam.

»Es ist Zeit«, murmelte Toni.

Er sah Blasen tanzen, wenn er die Augen auf- und wieder zumachte, in der Dunkelheit die Spuren des Geräuschs suchte, das ihn aufgeschreckt hatte. Nichts. Er gewahrte seine Dinge von früher, bedeckt von gezackten Schatten und schrägen Reflexen, nebensächliche Requisiten eines Toni, der er nicht wieder sein wollte. Höllische Übelkeit. Die Sonne gab sich nicht geschlagen. Toni fühlte, wie sie sich bewegte, kribbelte. Er drehte sich auf die Seite. Maï wohnte nicht mehr im Haus. Noch vor einem Jahr konnte er sein Ohr an den Fußboden legen und sich einbilden, sie zu hören. Wenn er jetzt sein Ohr an den Boden legte, würde er seine Mutter hören. Und so wäre es im ganzen Haus, an allen Wänden, zwischen allen Vorhängen, Tag und Nacht, alle Schatten wären der ihre, es gäbe nur noch sie. Hexe. Sie hatte geschworen, nichts über Maï zu wissen. Sie hatte gesagt, sie habe keine Nachricht von den Sauveurs, wenn das nicht empörend ist, Toni, ein kleines Mädchen, das ich aufgezogen habe wie mein Kind. Leute, die man jahrelang beherbergt hat, ohne einen Centime von ihnen zu verlangen, und die es geschafft haben, Schereien zu machen. Sie könnten ja ab und zu schreiben, an den Feiertagen einen kleinen Besuch machen, ich weiß nicht einmal, wo ich sie erreiche im Fall ... »Ich nehme an, deine Cousine ist in Paris, aber wenn du mich fragst, wo ...« Was du nicht sagst! Eine Hexe und eine Diebin. Sie hatte Maïs Zimmer gestohlen, das ehemalige Zimmer Maminas, seine Kindheitsnächte. Toni stieß die Decke zurück und verschränkte die Arme. Da der Zufall seine Rolle vernachlässigte und er nun einmal da war, er, der arme Trottel, der Gelegenheitsarbeiter, der Handlanger vom Dienst, würde er dem Ekel ein Ende machen. Ich werde nicht meine Tage unter deinen Röcken, in deinen Kesseln beenden, Hexe! Vielleicht hast du mir das Leben nur geschenkt, um dich an meinen Hals zu hängen, wenn die Toten dich an den Füßen packen.

Er stand auf, stieg die Leiter hinab, kam auf den Treppenabsatz des ersten Stocks, öffnete tastend die Tür, zu Maïs Zeiten war sie abgeschlossen, war sie ein Teil der Wand, ein geheimer Durchgang.

»Schläfst du nicht, mein Toni?« sagte Irènes Stimme.

Es war dunkel, die Stimme kam aus einem Abgrund.

»Nein, Mama«, antwortete Toni kalt.

Dann wiederholte er in versöhnlichem Ton, daß er nicht schlafe. Er sah nichts, doch seine Mutter war da, ihre Gegenwart erfüllte das Zimmer.

»Ich habe Weißdorntabletten, wenn du willst«, sagte sie. »Die sind ganz leicht. Das Röhrchen liegt auf dem Waschbecken. Warte, ich mache Licht.«

»Mach kein Licht, Mama.«

Doch schon verbreitete die Nachttischlampe ihren Schein ums Bett; die Mutter erhob sich seufzend, schlaftrunken, ging die Tabletten holen und drückte sie ihm in die Hand.

»Sie war ein schwieriges Mädchen«, sagte sie, während sie sich wieder hinlegte. »Du wärst nicht glücklich gewesen.«

Und das Licht ging aus, die Stille kehrte zurück, wieder

der Abgrund. Er hatte nichts Vertrautes gesehen, außer ihrer Handtasche auf dem Sessel.

»Soll ich sie mit Wasser nehmen?« fragte Toni.

Er hörte die Andeutung eines Schnarchens.

»Nimm sie jetzt«, seufzte eine belegte Stimme. »Sie wirken nicht gleich.«

»Mit Wasser?« fragte Toni und ging aufs Bett zu.

Die Läden waren geschlossen, die Vorhänge zugezogen, das Zimmer war versunken. Noch ein Schritt, und er stieß an den Sessel; seine Finger griffen nach der Handtasche.

»Mama«, sagte Toni, »hast du nicht ein Messer?«

»In der Küche«, sagte eine immer schläfrigere Stimme. »Wozu?«

»Keine Ahnung«, sagte Toni.

»Um mich umzubringen?« flüsterte die Mutter, und plötzlich ließ ihr Lachen ihm das Blut stocken. »Aber dazu bist du ja nicht imstande, mein Schatz, du bist zu feige. Komm, nimm deine Tabletten.«

Im Klohäuschen des Gartens eingeschlossen, öffnete er die Tasche und suchte das Geld, Scheckbuch, Scheine, Portemonnaie. Kein Geld. Ein Sammelsurium, aber kein Geld. Fotos, Rechnungen, medizinische Befunde, Ausweise, Brille, Schlüssel, Hustenbonbons. Aber nicht ein Sou. Erbost drehte er die Tasche um und suchte weiter. Ein Briefumschlag fiel ihm ins Auge. Er erkannte Maïs Schrift, er sah seinen Namen geschrieben, »Toni Bernard«, und »bitte nachsenden«. Der Umschlag war leer. Verblüfft fuhr er mit seiner Suche fort und fand nichts. Warte nur, sagte er, warte nur. Der Brief war verschwunden.

Wutentbrannt entledigte er sich im Klosett der mütterlichen Tasche und ihres Inhalts, dann durchquerte er den Garten. Der Mond stieg groß über dem Haus auf. »Warte nur, du wirst schon sehen ...« Er stellte sich vor der schlafenden Fassade von Les Angéliques auf, einem bösen, abscheulichen Haus, warte nur, diesmal bringe ich sie um. Er hob Kieselsteine auf und warf sie ins Fenster seiner Mutter: »Hexe, Hexe, armselige Hexe!« schrie er. Licht im ersten Stock. Irènes Schatten tauchte im mondbeschienenen Fensterrahmen auf. Toni warf Steine.

»Gib mir den Brief, Hexe! Gib ihn mir.«

»Ich habe ihn nicht mehr«, sagt Irènes unschuldige Stimme in der Nacht. »Ich habe ihn vorhin verbrannt.«

»Verbrannt«, sagt Toni, »verbrannt!«

Er war wie trunken, er hatte das Gefühl, überhaupt kein Gewicht mehr zu haben, das Gefühl, er könnte sich bis zum ersten Stock erheben und sie mit voller Wucht ohrfeigen.

»Sie heiratet, mein kleiner Junge, du kannst nichts machen.«

»Wen?« schrie Toni. »Wen?«

»Dich jedenfalls nicht ... Geh jetzt schlafen.«

»So ist es«, sagte Toni mit Tränen in den Augen, »so ist es ...«

Er lief zum Mäuerchen, stieg hinüber. Er drehte sich um und starrte eine lange Weile mit klopfendem Herzen auf den reglosen Schatten seiner Mutter am erleuchteten Fenster. Dann hörte er den Chor der Frösche und verschwand pfeifend unter den Sternen.

19

Als Toni wieder in Les Blévens war, hatte der Durchstich des Tunnels stattgefunden. Ohne ihn. Während er in Les Angéliques in wenigen Worten nicht die Wahrheit, doch eine Wahrheit, die die Wahrheit überflüssig machte, erfuhr, zermalmten die Wolframbacken der Tunnelvortriebsmaschine die letzten Zentimeter Felsen, und die begeisterten, erlösten Bergarbeiter brachen in Hurrarufe aus, als hätten alle und jeder für sich ein Wunderwerk vollbracht. Cidre, soviel man wollte. Erfolgsprämie. Der Tunnel war nur noch ein sauberes Loch, durch das an beiden Enden das Licht einfiel. Ein gelöstes Rätsel. Was gab es zu entdecken? Nichts. Der Tunnel war gebohrt, Maï heiratete.

Auf der Baustelle herrschte jetzt die gute Laune der Kasernen am Vortag des Urlaubs. Die Ingenieure nahmen den Aperitif bei den Arbeitern. Man borgte sich Zahnpasta, man tauschte sich über andere Baustellen aus. Man erschien angeheitert bei der Arbeit, die nur noch darin bestand, die Installationen abzubauen, Schienen, Stromleitungen, Gebläse. Die für den übernächsten Tag geplante Einweihungsfeier schien eine Kirmes zu werden. Die Zeitung kündigte tausend Besucher an, nicht mitgerechnet die geladenen Gäste, die Presse und das Fernsehen, nicht mitgerechnet die Fachleute aus aller Welt. Genau festgelegter Ablauf. Die drei Bergarbeiterkolonnen würden die offizielle Tribüne einrahmen, die auf dem Hügel gegenüber dem Erdrutschgelände aufgebaut war. Punkt zwölf Uhr Eintreffen des Ministers und des Bürgermeisters und Schweigeminute zu Ehren des bei der Arbeit umgekommenen Feuerwerkers. Dann verschiedene Reden und Ansprachen, dann ein Erdbeben als Tusch: der Sprengmeister würde dem Bürgermeister die Fernbedienung überreichen, damit er selbst die Zündung des Sprengstoffs auslösen könnte, von dem die Pierreuse jetzt schon gespickt war; die erste Ladung müßte genügen, eine zweite war vorgesehen. Wenn sich die Umweltschützer nicht einmischten, würde man um ein Uhr zu Tisch gehen, ein Festessen, ein Bankett in den Straßen des mit Fähnchen geschmückten Dorfes, wozu das Bürgermeisteramt die Tische und die Getränke liefern und jede Familie ihren Beitrag in Naturalien leisten würde. Vorgesehen waren Lämmer am Spieß und riesige Salate, eine mehrere Meter lange Blutwurst, Berge von Fritten und Würstchen. Abends Dorftanz nach Lust und Laune; in den überfluteten Stollen würde die Pierreuse ihren neuen Lauf einweihen.

Am frühen Samstag morgen regnete es. Beim Aufwachen fand Toni zwei nasse Kuverts unter der Tür. Ein unverschlossenes Schreiben, das ihn davon unterrichtete, daß der Waggon gleich abgeholt würde; ein Brief von Maï. Der erste, den er persönlich in Empfang nahm. Ein verschlossener Brief, von keinem anderen gelesen, ein jungfräulicher Brief, o Maï, Maï. Er kam zu spät. Er wußte schon alles. Er wollte nichts mehr wissen, er wollte nicht noch mehr leiden. Er warf ihn auf seine Pritsche und ging hinaus. Bedeckter Himmel, dichter Regen, schöne Aussichten für morgen. Die Gewässer brodelten schon. Wenn das Wetter sich nicht besserte, würde der Berg unter Schirmen explodieren, die angekündigte Staubwolke stiege nicht sehr hoch, Schlamm juhe! Kirmes der Froschmänner und Nachtkonzert bei den Schnecken.

Er saß in Jeans und Schlappen auf dem Trittbrett des Waggons und sah zu, wie die Bäche den nassen Boden auswuschen. Ein Fluß bildete sich zwischen den Gleisen mit Strudeln, Stromschnellen, mit fortgeschwemmten Dörfern, die das Auge nicht sah. Tausende von Menschen schrien um Hilfe und klammerten sich an Flöße, unsichtbare Menschen, stumme Schreie. Er hätte sich übrigens nicht gerührt, er hätte nichts getan, um sie zu retten, er hätte Maï ertrinken lassen, wie er Julius hatte ertrinken lassen, er hätte ihr mit dem Ruder auf den Kopf geschlagen. Ganz in Gedanken zog er den leeren Briefumschlag an Toni Bernard aus der Tasche und begann ihn über der Strömung zu zerpflücken. Die Schnipsel folgten dem Wasser, das immer zum Meer fließt, ein wenig, über alle Maßen, ganz rasend, das Wasser der Kanalisation, das Wasser der Flüsse, das Wasser der Abschiede und der Tränen, das Wasser des Blutes kehrt ins Meer zurück, Dämmerung und Tagesanbruch. Durch Unwetter und Tränen würde Maï dorthin zurückkehren, ihr Brautkleid steigt zum Himmel auf, die Reiterin ist nackt wie der Azur, durch unterirdische Nächte und Abschiede treffen sie sich als Kinder auf dem Meer wieder.

Um acht Uhr kam im prasselnden Regen eine Lokomotive mit brennenden Scheinwerfern und kuppelte sich an den Waggon, um ihn wegzuziehen. Der Lokführer hatte es eilig. Alle Schienen vor und im Tunnel mußten noch bis zum Abend weggeräumt werden. Toni zog sich an, nahm Maïs Foto an sich, ließ das Foto seiner Mutter und Clochys Schädel zurück. Er stieg die drei Holzstufen hinunter. Die Lokomotive und der Waggon entfernten sich langsam, sie skandierten ein Geräusch, das klang wie metallisches Gluckern. Wir werden uns auf dem Meer wiedersehen, dachte Toni.

Er verbrachte den Tag damit, die Schienen abzuschrauben. Maï heiratete, er zerlegte das Gleis. Normalerweise schraubte er fest. Heute war es umgekehrt. Der Schlüssel ging ihm fast bis zum Kinn. Der Schlüssel öffnete nichts, ein Schlüssel ohne Geheimnis und ohne Erscheinung. Der Schlüssel schraubte ab. Dreihundert Schienen, zweitausendachthundertzweiundfünfzig Schrauben. Toni verspürte keine Müdigkeit, keine Langeweile. Er schraubte ab. Der Regen fiel. Hinten gingen mit langen Brecheisen die Schienenträger im Ölzeug vorbei. Walter, der lothringische Bergmann, schraubte in der Nähe. Toni arbeitete im Stehen, Walter in der Hocke, die Fersen am Boden, die Hände in Höhe der Stirn. Die Luft um sie her quietschte. Maï heiratete. Wann heiratete sie? Wen? Miststück! Die Erinnerungen Viertelsdrehung um Viertelsdrehung abschrauben, eine nach der anderen herausziehen, den Pennern in die Mütze werfen. Der Schlitz und die schmalen Augen, die violetten Nippelchen der Brüste, das Namensschild und der angenagte Daumen: weg damit. Die nassen Schienen glänzten. Schiene um Schiene kam der Tunnel näher. Der Tag würde zu Ende gehen, wenn die beiden Abschraubkolonnen, die von Norden und die von Süden, irgendwo unter der Pierreuse zusammenträfen. Mittags ernährte sich Toni von Kaffee und belegten Broten, die an Ort und Stelle ausgeteilt wurden, und machte sich wieder an die Arbeit. Schiene um Schiene ließ er sich in seine alten Träume hineinziehen, er sah seine Familie vor sich und das Haus, Maï als Baby, Maï als Kind, Maï in schwarzen Strumpfhosen, wie sie schreiend und hüpfend, den Mund voll Zahnpasta, mit der Zahnbürste um sich schlug, nachdem sie Toni über ihrem Tagebuch erwischt hatte. Und was stand in ihrem Tagebuch? Nicht daß sie verliebt in ihn sei, nicht daß sie später am Meer heiraten würden. Es stand drin, daß sie einen Fischotter hatte schwimmen sehen und daß es war wie das Kielwasser eines Spielzeugsegelschiffs. Es stand drin, daß der Fischotter von allen Tieren der Schöpfung am meisten die Stille liebt und daß sie ihrem Vater verboten hatte, auf die Tiere zu schießen. Ah, doch, es stand drin, daß sie Toni gern erfundene Fehler vorwarf, um sie ihm dann zu verzeihen. Es stand drin, daß sie Angst habe, im Tagebuch zuviel zu sagen, weil Toni überall herumwühlte. Und Maï mit der Zahnpasta hatte sich auf ihn gestürzt ... Woher wußte sie, daß er wühlte? Was wagte sie in ihrem Tagebuch nicht zu gestehen? Maï heiratete. Er hätte auf den Schultern des Mannes mit der weißen Hose bleiben sollen. In Wirklichkeit war er nicht geboren, um erwachsen zu werden. Er war geboren, um auf der Geheimen zu wohnen und nach dem Gewitter eine Hütte zu befestigen. Er war für die Kindheit und die Träume geboren, er war für die Liebe zu Maï geboren, und Maï war erwachsen geworden, Maï hatte ihn verraten. Er stellte sich seine toten Eltern vor, so tot wie Julius, so tot wie Mamina, ohne den geringsten Kummer zu spüren. Eines Tages würde er Maï töten und keinerlei Kummer verspüren. Dann sah er in der Abenddämmerung einen Entenschwarm fliegen und bemerkte, daß er blutige Handflächen hatte.

Es war elf Uhr abends. Die letzte Schiene war fortgetragen worden, die Bergarbeiter umarmten sich, die Luft stank nach Auspuffgas. Der Lieferwagen sammelte die beiden Kolonnen bei Marke 73 ein; als sie nach draußen kamen in die Nacht, funkelten die Sterne. Toni glaubte, auf der Souris des Mers mitten im Torfmoor zu sein, und sagte sich, daß all dies vielleicht gar nicht so groß und so geheimnisvoll sei.

In der Kantine traf er den Lokführer.

»Warte«, sagte dieser und kramte in seinem Blaumann, »das hast du in deinem Waggon liegenlassen ...«

Und er reichte Toni den Brief von Maï, den ungelesenen Brief, den jungfräulichen, verschlossenen Brief.

»Das ist meine Verlobte«, sagte Toni errötend, und er setzte sich zwischen den Lokführer und Walter.

Er schlug sich den Bauch voll ohne Hunger, betrank sich, ohne es zu merken, und bei jedem Bier fühlte er sich ein bißchen mehr allein. Maïs Brief brannte durch die Tasche auf seinem Schenkel. Walter schwatzte. Er fahre morgen früh mit dem ersten Bus. Er fahre nach Hause. Was brächte es ihm, den Felsen vor einem Minister im Smoking in die Luft gehen zu sehen? Was brächte es ihm, die manikürten Pfoten der Bürgermeister und Bürgermeistersgattinnen zu drücken und dem Gequatsche dieser Damen und Herren zuzuhören. Er würde keinen Sou mehr verdienen.

»Du kannst ja mit mir kommen«, sagte er zu Toni, »du weißt doch nie wohin. Die sind nett bei mir. Die sind nicht sehr manikürtiert.«

»Einverstanden«, sagte Toni.

Und er dachte an Maïs Brief, an diese lebendigen und geheimen Worte, die er fast verloren hätte, er lauschte der Stimme des Lothringers, die sich mit dem schläfrigen Stimmengewirr all der anderen Bergarbeiter an den Tischen im Bierschaum verfing. Und der Brief verfolgte ihn. Lebendige Worte, geheime Worte, Worte, auf die er am Guckloch des Schuppens vergeblich lauerte, wenn sie ihre lebendige und geheime Haut duschte und er nur Nebel und Schaum am Horizont sah. Die Worte, die sie nicht in ihr Tagebuch zu schreiben gewagt hatte damals, als sie seinen Blick fürchtete, und die sie ihm jetzt an den Kopf werfen konnte, jetzt, da sie heiratete und es sie einen Dreck interessierte, ob er lebte oder eine anonyme Leiche war, zermalmt unter den Rädern eines Lastwagens auf offener Straße am Arsch der Welt. Sie waren da, diese Worte, an seinem Schenkel, diese Worte, die seine Mutter vor ihm gelesen hatte, Miststück auch sie! Und die sie aus Mitleid vernichtet hatte. Miststück! Als wäre er nicht groß genug, um allein zu leiden.

»Und deine Verlobte«, fragte der Lokführer, »wie heißt die?«

»Josette«, antwortete Toni.

»Ist sie nett?«

»Hast du eine Ahnung«, sagte Toni, »eine einmalige kleine Schlange ...«

Er stand auf, hob sein Bierglas und sagte, er wolle einen Toast auf seine Verlobte ausbringen, die ... Vor ihm drehten sich die erschöpften Gesichter der Bergleute.

»Die nicht halb so schlimm wie eine Schlange war«, sagte Toni, »vor allem für den Apfel ...«

Und er fiel vor Scham auf seinen Stuhl zurück, wußte nicht, ob er Apfel oder Schlitz oder noch Schlimmeres gesagt hatte, wagte nicht, seine Nachbarn zu fragen, sah nach, ob das Wort nicht in sein Bier gefallen war, wo Klarinetten und blicklose Tierchen herumwirbelten. Er wollte einen Toast auf seine Mutter ausbringen, doch der Lothringer forderte ihn auf, sich wieder zu setzen.

»Du hast genug getrunken«, sagte er.

»Nicht sicher ...«, sagte Toni.

Die Baracke war jetzt leer, die Gesichter der Bergleute hatten sich verzogen, der Lokführer war verschwunden.

»Deine Mutter wäre nicht froh ...«

Als Antwort zeigte Toni ihm das Foto von Maï als Baby mit dem Schild um den Hals.

»Sie ist schön, hm? Schade, daß sie heiratet ...«

Er nahm sein Bierglas und leerte es in einem Zug. Er erklärte, er habe soeben zu Hause eine hübsche kleine Säuberungsaktion vorgenommen. Sein Vater und seine Mutter, beide auf einmal. Er sei jetzt ganz und gar frei. Frei, die Säuberung zu beenden. Er würde es bald tun, später, er habe jetzt Zeit. Das sei gut, Freiheit. In der Bibel sei nicht viel die Rede davon.

»Geschwätzig sind sie ja, die Propheten, aber Freiheit: Pfeifendeckel ...«

Der Lothringer begann ihn anzusehen wie einen Irren. Er versicherte Toni, daß er betrunken sei und schlafen gehen solle.

»Du hast recht«, sagte Toni, »das kann warten. Das Wichtigste war Julius. Julius, das hätten wir.«

Dann schwor er Stein und Bein, daß er viel zu besoffen sei, um sie heute abend umzubringen, daß man eine Frau nie im Zustand der Trunkenheit töten solle, schon gar nicht die Verlobte.

»Sieh dir das mal an«, sagte er und zog den Brief aus der Tasche. »Wenn die nicht niedlich sind, die Schlangen! Das Gift zu Hause, ein Gläschen, um besser zu schlafen.«

Er nahm eine Gabel, schlitzte den Umschlag auf und blieb stumm angesichts der Worte, die zu ihm aufstiegen, schwebend, tanzend, wankend vor Trunkenheit, er hatte den Eindruck, Maï sprechen zu hören.

Antworte auf meine Briefe, Toni, und komm. Komm morgen, komm jetzt, komm, bevor ich diese Zeilen abgeschickt habe. Und dann laß uns heiraten. M.

»Miststück!« sagte Toni mit Tränen in den Augen. »Miststück!«

Er versuchte, den Brief noch einmal zu lesen, plötzlich sank er bewußtlos vornüber, mit dem Gesicht zwischen die Gedecke.

Als er die Augen wieder aufschlug, lag er auf einem Bett. Es war Nacht. Er hörte nicht das wütende Schnarchen der Bergarbeiter, er hörte einen Singsang aus einem Nebenbett. Das Geträller entrollte seine Mäander und verfing sich unter den Neonröhren der Nachtleuchten, wo die Mücken schwirrten. Ihm war zu heiß. Er wußte nicht, wo er war. Vielleicht ein Lagerplatz von Nomaden mitten in der Wüste? Vielleicht gehörte er zum Geleitzug der Heiligen Drei Könige auf dem Weg nach Bethlehem? Vielleicht erwartete man ihn, um Weihnachten zu feiern, das allererste Weihnachten der Lebenden in der Krippe und im Stroh, mit Ochs und Esel, dem Elefanten mit dem hölzernen Rasiermesser, den Äffinnen im Röckchen, Ovide im rot-goldenen Frack am Bettchen des Weltenretters, *er kommt er kommt*, im Gänsemarsch alle Zeiten vereint in seinem Atem, und dideldum die Klarinette und doing die Küßchen. Vielleicht der Schlafsaal eines Irrenhauses? Vielleicht hatte er den Stern gewechselt? Der Araber sang, der Araber schien die Nacht bis zu den Lichtern des Morgens begleiten zu wollen. Toni setzte sich auf den Bettrand. Wie zum Ausgleich stieg ihm der Schmerz in die Schläfen, und er rieb sich den Kopf. Er erinnerte sich weder an den übermäßigen Alkoholgenuß noch an sein Versprechen, einen lothringischen Bergmann nach Hause zu begleiten. Dieser schmachtende Gesang Arabiens ließ ihm keine Ruhe. Er schwebte und wurde tiefer, stieg steil wieder an, erfüllte die Dunkelheit, lockte die Mücken an und hörte nie auf, moduliert von einem unsichtbaren Palmenbeschwörer, der sicher nicht von hier war, aber woher? Woher kam seine Stimme? Von welchem leuchtend roten orientalischen Horizont? Toni fand sich mit einer Taschenlampe in der Hand wieder, an andere Schläfer stoßend, tastete er sich zum Ausgang. Er drehte den Knauf einer Tür und war draußen. Der Singsang ertönte noch immer, er vibrierte bis zu den Sternen, er kam von überall her in der funkelnden Nacht. »Nur Mut, Kleiner, ich komme ...«, murmelte Toni und begann auf den gähnenden Tunnel zuzugehen, die warme und mit gutem Stroh ausgepolsterte Höhle, wo man sich ausstreckt, wo man Vergessenheit wird. Mut, Kleiner, Mut, ich bin da. Weißt du, die Augen der Wölfe sind manchmal nur verängstigte Marienkäfer, verkleidete Glühwürmchen. Ich bin da, Kleiner, ich trage meine Laterne und meine Milch, halt aus ... Er erreichte den Eingang des Tunnels, ging in das Gewölbe hinein, und der Singsang verstummte, aber er hatte den Singsang vergessen. Er ging mit tüchtigem Schritt, die Lampe leuchtete in der

Finsternis. Die kühle Luft weckte seine Lebensgeister. Er war Bergarbeiter an der Pierreuse, er kehrte von einer Pilgerfahrt nach Les Angéliques zurück. Als er neulich abends seine Mutter an Maïs Fenster gesehen hatte, hatte er begriffen, daß er diese Kulisse schwankender Illusionen, denen er nur allzusehr unterlegen war, auf den Besenstiel rollen konnte. Nur Mut, Kleiner, weine nicht, brummte er, und er schwang seine Lampe beim Gehen, wie es die Eisenbahner am Zugende tun. Er war Bergarbeiter an der Pierreuse, und er war gewieft, die Seinen würden ihn nicht mehr mit Käse locken können; er sah vor sich, wie seine Mutter früher die Mausefallen aufstellte, sie glauben sich zu ernähren, mein Schatz, und sie bringen sich um, da siehst du, wohin die Naschhaftigkeit führt. Ich weiß, Mama. Nein, du weißt nicht, du willst immer alles wissen. Ein eisiger Luftzug vom Gewölbe her ließ ihn schlottern. Eines Tages würde in den Gärten der Wind über ihn wehen, und er würde nichts mehr spüren. Schluß mit Les Angéliques, Schluß mit den Sphaignes. Er begehrte auf gegen die Illusionen und die Versuchung der Erinnerung, gegen diesen kleinen Fratz mit blutigem Zahnfleisch, der ihn anflehte, die Mutter bei der Hand zu nehmen, ein letztes Mal, *bitte, bitte*, den Vater in den Kissen aufzurichten, ein letztes Mal, sich an den Schultern des Mannes in der weißen Hose festzuhalten, sein Leben, Kelle in der Hand, Lüge auf den Lippen, mit dem Ausbessern des silbergrauen Verputzes zu verbringen, mit dem Reparieren der Vogelscheuchen und dem Flicken der Spinnennetze in den von Bitterkeit verzehrten Herzen, die nach seinem Untergang trachteten. Er zerriß die Spinnen, er erdolchte die Vogelscheuchen, nur Mut, Kleiner, glaube an mich, ich komme. Er war Bergarbeiter, und morgen würde der Berg in die Luft gehen, der Fluß über seine Ufer steigen. Er war Bergarbeiter, und Maï hatte ihn verraten. Und alle Berge der Welt konnten in die Luft gehen, alle Flüsse und Ozeane überlaufen, es würde nichts ändern, alle Briefe Maïs und all ihre Entschuldigungen würden nichts daran ändern, *du wirst mich nie verlassen, sag? Ich schwör's, Toni, schlaf*, Maï hatte Julius ihren Schlitz gegeben, die Morgendämmerung ihres Körpers und ihrer Geheimnisse. Und solange der Wind nicht über ihn wehen würde in den Gärten, so lange würde eine tödliche Begierde nach Maï in ihm brennen. Maï heiraten? Was für eine Idee. Wie könnte er ein Mädchen heiraten, das verdorben genug ist, ihn zu wollen? Bitte, rettet mich ...

Bei Marke 73 beschloß er, daß er müde sei, und legte sich auf das, was von einem Gebläsegehäuse übrig war, eine Art Metallkasten, der der Überschwemmung entgegensah. Ihr Schlitz und die Nächte in ihren Augen würden nie ihm, ganz und gar ihm, gehören, er würde sich immer andere, heimlichere Nächte vorstellen, in denen sie Julius einen zärtlicheren und hingebungsvolleren, ihm allein vorbehaltenen Körper schenken würde. O nein, ihr Brief entschuldigte nichts, änderte nichts. Ihr Brief bedrückte ihn. Ich gehe nicht mehr in die Mausefallen, meine Liebe. Er beugte sich zur Seite, leckte Wasser von der Wand. Er schlief ein, der Singsang fing wieder an. Er würde niemand heiraten. Er heiratete den Singsang in einem Tunnel. Der Horizont in ihm ging auf, machte den Weg frei für frühere, intakte Welten, ungeahnte Zeiten, die er in seiner Hand halten konnte, seine Kindheit ging in seine Hand.

Beim Aufwachen pochte die Migräne in seinen Schläfen. Alle im Körper seines Großvaters steckenden Geschosse mußten sich dort ein Stelldichein gegeben haben. Er hörte das zischende Geräusch eines offenen Wasserhahns. Er erstarrte, spitzte die Ohren. Das Wasser. *Toni, Toni, ich kann nicht schwimmen.* Er setzte sich, die Füße im Leeren, und machte sein Licht an. Das Wasser stieg. Er sah eine lange gelbliche Schlange auf dem Schotter kriechen, die sich ausbreitete. Sein Magen verkrampfte sich, er erbrach zwischen seine Füße. Das Geräusch schwoll an. Einige Sekunden später verwandelte sich die Schlange in einen brausenden Strom, der jeden Augenblick schneller wurde. Was war das für eine Brühe? Wo war seine Uhr? Sein Herz schlug so laut, daß ihm war, als hörte er es gegen das Gewölbe hämmern, das vom Tosen der in die Tunnel einströmenden Fluten widerhallte. *Toni, Toni, verlaß mich nicht. He, Julius, wir werden heiraten.* Er stieg von dem Gehäuse herunter und wollte zum Ausgang marschieren. Die Strömung hätte ihn fast mitgerissen, er mußte wieder hinaufklettern. Und wenn das Wasser bis zu mir kommt, was mache ich dann? Trinke ich es? Schwimme ich? *He, Julius!* Es war wie eine Feuersbrunst, als würden Wälder brennen unter dem Gewölbe, er sah einer wahnsinnigen, durch das Gefälle beschleunigten Überschwemmung zu. Ertrinken, er würde ertrinken, im Morgengrauen würde man seinen wassergefüllten, violetten Körper mit einem Stock, der am Ende einen Haken hat, herausfischen, zu mehreren müßte man ihn in den Kahn hieven, *verlaß mich nicht, Toni*, seine Mutter käme, um ihn zu identifizieren. He, Maï ... Er spürte plötzlich seine nassen Knöchel, er rief aus Leibeskräften nach seiner Cousine und schloß die Augen. Heiratet alle! Vermählt euch miteinander. Meine Mutter wird euch alle heiraten, früher oder später. Mich kriegt sie nicht mehr. *He, Maï!* Sie wird aufkreuzen, meine Mutter. Morgen ist sie da. Sie bringt ihren Plunder mit, ihre Fläschchen, ihre Windeln, ihre Schnuller, ihre Babyschuhe, die sie die ganze Nacht gestrickt hat, ihre Hemdchen, ihre Mandelkuchen. Sie ist schon da, sie erklimmt den Berg zu Fuß, die Arme voll Taschen, immerzu Taschen, die Arme schwer behängt mit Taschen der Aufopferung. Und in den Taschen das, womit sie mich fesselt, mich vollstopft, mich einschnürt, Halseisen aus Zärtlichkeit und Kummer, Eisenkugeln, Ringe. Sie sucht mich, sie scharrt mit ihren Nägeln in der Erde, mit ihren Nägeln hätte sie den Durchstich des Tunnels beendet, mit ihren Nägeln wird sie bis zu mir graben, überall, wo ich sein werde, tot oder lebendig. Du bist da, mein Toni, ich wußte ja, daß du da bist. Mach mir ein bißchen Platz, mein Schatz, sieh mal, was ich dir bringe, Mohairpantoffeln, du hast so kalte Füße. Maï will dich heiraten? *Maï Maï verlaß mich nicht.* Siehst du diese Falschheit, mein Toni, diese Scheinheiligkeit? Sie hätte dich gedemütigt bis zum Schluß. Ah, wenn ich gespürt hätte, daß sie dich lieben kann, das wäre etwas anderes gewesen. Wenn ich gespürt hätte, daß sie dich lieben kann, wie ich möchte, daß man dich liebt und wie man die Pflicht hat zu lieben, dann wärt ihr meine beiden Kinder gewesen, die beiden Mittelpunkte meines Lebens. Ich hätte euch zusammen mit meiner Milch genährt. Ihr hättet in derselben Wiege geschlafen, und ich hätte mich ganz klein gemacht zwischen euch. Ich hätte euch an mein Fell gedrückt, und niemand hätte gewagt, näher zu kommen, mein Toni, und wir wären alle zusammen gestorben im finsteren Wald.

20

Zwanzigtausend Tage später haben die Lebensalter das Aussehen eines glücklichen Apfels in der hohlen Hand angenommen. Eine runde Frucht, geformt für andere Versuchungen, andere Zukünfte, deren Saft Toni in sich hochsteigen fühlt. Er wartet, sein Leben wartet auf ihn. Zwanzigtausend Tage und Nächte später zögert er noch bei der Erinnerung an den Zufall, der einst unter den Stahlträgern der Pierreuse zwischen den Tod und ihn getreten ist, an einem Sonntag, am Ende des zweiten Jahrtausends. War er das denn ...? Der Mond im ersten Viertel war um drei Uhr fünfundfünfzig aufgegangen. Die Erdachse auf ihrer Bahn war um 23°27' geneigt und drehte sich kreiselnd, schwankend, wie Hipparchos es bereits mehr als ein Jahrhundert vor Jesus Ben Joseph wußte: eine winzige Schwankung, ein Winkel von 3°55'91"; das unschuldige Schielen einer Kugel, die sich auf ihrer Umlaufbahn um die Sonne um sich selbst dreht, geheimnisvoller und mächtiger in der sanften Unendlichkeit als der bärtigste der Propheten. Verschont, gerettet. Von wem? Von welcher guten Fee oder welchem Dämon? Von welchem Sämann, der durch Fels und Welten hindurch auf seinen Herzschlag horcht? Welcher Engel hatte damals die Hand aufgelegt? Die eisigen Strudel rissen ihn mit, schlugen ihn nieder, die Nacht schloß sich über ihm, *he, Maï, wir heiraten*. Die Strudel, die ihn mitrissen, schleuderten ihn aus der Strömung, die Strudel hörten auf. Im Notausstiegsschacht atmete er frei. Hoch über ihm schimmerte Licht. Er hatte nur die Sprossen erklimmen müssen.

Zwanzigtausend Tage ... Er kennt alle Reflexe auf dem Apfel. Er kennt die Schatten, die Flecken, die Wunden, er, der wissen, alles wissen wollte. Seine Haut ist kein Luftschloß mehr, wo unsichtbare Spitzbuben in Filzschuhen seinen Untergang betrieben. Seine Haut ist nicht mehr das Schloß der in den Spiegeln verborgenen Reflexe und Tuscheleien. Er hält den Apfel, er ist der König. Der König kann den Apfel neigen, wie es ihm gefällt. Um 23°27', wenn das sein gnädigster Wille ist. Er kann ihn genausogut zermalmen wie ein Riese einen Stein und sich die Lippen lecken beim Anblick der verirrten Kinder, die er bald verschlingen, bald wiegen möchte.

Die Männer, die seine Akte anlegen, wissen nichts davon. Er wird es ihnen nicht sagen. Jedem seine Umlaufbahn und seine Strafe.

Mit den Männern, die seine Akte anlegen, spricht Toni über Ovide, einen Freund von früher. Sie bilden sich ein, daß er ihnen imponieren will. Er vergißt weder Madame Merla noch Gigi, noch Cucu, den koreanischen Esel und abgeschabten Schüler des Archimedes. Cucu konnte bis fünfzig zählen. Er kühlte sich die Hufe in den Schlammlachen. Eines Tages haben Lausbuben den Schlamm durch Zement ersetzt. Daneben erriet Cucu die untreuen und die betrogenen Ehemänner auf den Zuschauerbänken. Als galanter Esel verschonte er die Ehefrauen. Er nahm Rücksicht auf ihre Knochen. Mit ihnen ist der Zirkus im doppelten Boden des abgesägten Gewehrlaufs verschwunden. Wann denn? Niemand hat etwas gesehen oder gehört. Selbst die Zeugen sind verschwunden. Bleibt der König, der Apfel und der König. Sie werden sich nicht jeden Tag satt gegessen haben, die Ehemänner, die Zeugen, die Esel, die Ehefrauen. Bieten wir ihnen also ein Stückchen Apfel an, in Erinnerung an den Schlamm, das durchlöcherte Zirkuszelt, das Dideldum und Doing. Das gehört auch zur Akte, das Dideldum und Doing, zur dicken, mit einem Gurtband verschlossenen Akte. Niemand soll davon erfahren. Vor allem nicht die Männer in Weiß. Sie wären imstande, es aufzeichnen zu wollen. Und womöglich zu beschlagnahmen.

Er hat viel gelernt in zwanzigtausend Tagen. Er hat sich über die Sterne informiert, er hat sich Lehrbücher verschafft. Er kennt den höckrigen Mond und den fahlen Mond, den verabscheuten Schlangenträger des Tierkreises, die zwölf Abschnitte des Tierkreises auf der Ekliptik, die geheimen Übereinstimmungen zwischen der Krümmung der Binsen und den

Armen des hier unten unsichtbaren Kreuzes des Südens. Er hat sogar ein Teleskop angeschafft, das er abgeben mußte. Er antwortet den Männern, die die Akte anlegen, ohne Umschweife. Das Trommelfeuer der Fragen ist nichts neben dem Trommelfeuer der Nächte. Armselige kleine Menschen. Sie bilden sich ein, er könnte unbewußt, in der Begeisterung darüber, sie irrezuführen, Schlüssel zu seiner Akte liefern. Sie würden ihn gern durchschauen. Mit Sternen! Ein Labyrinth, das so groß ist wie Gott.

Maï teilte seine Leidenschaft für die Nächte nicht, aber was teilte Maï schon! Es stimmt, daß er die Sonntage damit verbrachte, in seine Hefte Sternpositionen einzutragen, und daß in gewissen Epochen seines Lebens die Zeit und vor allem die 3 Sekunden, die die Zeit der wahren Zeit stahl – 3 Sekunden, die imstande waren, durch eine einzige Runde eine Spanne von fünfundzwanzigtausendachthundert Jahren zu erzeugen –, daß diese 3 Sekunden ihn verrückt machten. Verrückt vor Unwissenheit. Als schlösse die Zeit das Bewußtsein von ihrer Absurdität in sich und wäre bemüht, ihr ein Ende zu machen. Es stimmt, daß er heimlich die Stunden notierte und daß er, um die genaue Eintragung von Sternzeit, Sonnenzeit, Ortszeit zu rechtfertigen, sie mit den Notwendigkeiten eines laufenden Registers verknüpfte, indem er für seine Frau und für sich ausführliche Listen von Gewohnheiten und Gegenständen aufstellte. Samstag, 23. September 2015, Mittag überall: Maï ist immer noch so eigensinnig. 55 Minuten später: Maï wäscht sich die Haare. Er notierte den Zeitpunkt, zu dem Maï nach Hause kam, einschlief, aufwachte. Den Zeitpunkt, zu dem Maï ihre Regel bekam, jeden Monat. Sie tat alles, um es vor ihm zu verbergen. Er wußte, er ahnte. Er liebte sie, wenn sie ihre Regel hatte, er verzieh ihr, fühlte sich gerächt. Über ihren verletzten Stolz mußte er lächeln. Wieso sah sie nicht, daß sie in diesen Augenblicken, wie das Meer, die Sterne, die Nächte, den Gesetzen der Schwerkraft unterliegend, nicht mehr Maï Bernard, geborene Sauveur, war, sondern ein zu einem bestimmten Zeitpunkt in seinem Fall wahrgenommener Himmelskörper, ein Stückchen von einem universellen Taumel, zu dem alle zurückkehren würden. Maï vernichtete seine Hefte. Freitag, 8. Dezember 2029, Sonnenhöchststand: die Lust auf Maï bringt mich um. Fünf nach zwölf: ich möchte sie umbringen, in ihrem Blut liegen sehen.

Durch sein Verfolgen der Zeit und des Augenblicks in der Zeit kam er dazu, sich wie durch eine Lupe zu beobachten. Jeden Tag um fünf Uhr fünfundfünfzig erwachte er mit einer Stinkwut, dann schlief er wieder ein. Einer brutalen Wut, er hatte es aufgeschrieben, er hatte den Augenblick aufgeschrieben. Er hatte Hörner wie ein Auerochse. Er schlug die Wände ein.

Den Männern, die die Akte anlegen, trägt er die Gesetze von Orthodrome und Loxodrome vor. Er beruhigt sich bei der Darlegung dieser fünfundzwanzigtausendachthundert Jahre, die die Achse der Pole braucht, um alle Orte des abweichenden Kreises, den sie beschreibt, zu durchlaufen. Den Männern, die die Akte anlegen, schwört er, daß er schließlich alles wußte und daß nichts einfacher ist, in der Theorie wie in der Theologie. Es genügt, sich anzunehmen als das, was man ist, ein Punkt im Weltraum, und die Sphären um den Punkt kreisen zu lassen. Das ist alles. Monade und Sphären. Ein Geheimnis von unschätzbarer Bedeutung. Wetten, daß die Hypothese eines wandernden Durchmessers, von Aristoteles befreit, allen Grund hätte, aufgestellt zu werden. Schreiben Sie, meine Herren, schreiben Sie das auf. Vielleicht werden wir das erleben?

Sie hören zu, sie kritzeln. Aber schreiben sie Wort für Wort, was er sagt? Eines Tages ist Toni böse geworden. Er hat geschrien: Hier bin ich der König! Sie haben es sich gemerkt.

Er weiß alles, sagt aber nicht alles. Er sagt das Böse, die Finsternis und das Ebenholz mit den schrägen Kristallen, die in der nördlichen Hemisphäre flacher sind. Er sagt nicht mehr die Salamoks, er sagt die Apollins, aber was ändert das? ... Wahrscheinlich alles. Das Universum schaukelt gern von einem Wort ins andere, und jedesmal stoßen die Sphären leise zusammen und Milliarden Tote fangen an sich zu drehen. Die Männer fragen ihn, und er antwortet. Schweigen Sie doch und überlassen Sie mir Ihre Unterlagen, ich werde direkt die passenden Formulierungen schreiben. Die Männer lächeln. Verbrennen Sie mich, schlägt Toni vor, Sie werden sehen. Errichten Sie einen Scheiterhaufen. Ich werde hinaufsteigen, meine Herren. Verwandelte man so nicht einst, in einer frühen Zeit, den Menschen in eine Schlange? Die verschiedenen Glieder und Anhängsel resorbiert durch lautlose Kalzination? Dann brennt die Schlange selber, ein verdorrter Kreis.

Genug geredet, erklärt. Eine Wahrheit, die auf ihre Beweise zeigt, gibt dadurch zu, daß sie nicht existiert. Er zeigt nicht auf den Apfel. Er zeigt nicht auf die Nacht im Apfel. Welche Nacht? Schließen Sie die Augen und die Fäuste, seien Sie Kinder, das ist die Nacht.

Zwanzigtausend Tage, und was hat er gemacht? ... Jede Menge Jobs und Gratisrasuren, ausgestreckte Hände, erbärmliches Gestöhn für ein Brötchen mit nichts, Vergessen und Umherwandern im Dschungel der Städte, in den Tunnels oder auf den Dächern mit dem Geflügel im Gefolge, unter dem fahlen Mond, und die Kugeln ließen das Zink der Dachrinnen jaulen, eine ganze Kollektion von Abschieden und Toten. Überstürzte Fluchten, lange und zärtliche Fluchten, mit dem Schiff, mit dem Lastwagen. Warum wanderst du? Warum rufst du Lastwagen an auf schwimmenden Autobahnen, mittags, wenn der Asphalt glüht? Als hätten die Lastwagen die Pflicht und die Gabe, die Umherirrenden, die ein Paradies vermissen auf Erden wie im Himmel, zu befördern. *Ein letztes Scheibchen Rindfleisch, bitte. Stört es Sie, wenn ich ein Schläfchen auf der Sitzbank mache? Sie müssen nur die Tür gut zuschlagen, wenn Sie abfahren.* Falsche Bärte und echte Blicke, echte Einsamkeit. Und da steht er zwanzigtausend Tage später vor einer Akte, die das Ende des Tunnels bezeichnen will. Wahnsinn! Der Tunnel ist vielleicht nur ein Köder, aber ist er ihm nicht zwanzigtausend Tage lang gefolgt? Er ist dort heute abend, während er durch die Scheibe den unsteten Himmel betrachtet. Er bewegt sich, wie es mir gefällt. Ein unsteter Himmel kommt immer vom Meer, von weit draußen auf dem Meer, da, wo die halb gekenterten Frachter Schaluppen voller Menschen entlassen. Ein Himmel der Grautöne mit schieferblauem Schimmer, ein Himmel der Brüche, ein Himmel der Flucht. Wenn der Himmel flieht, wie sollen wir an ihn glauben? Auch der Himmel sucht das Ende des Tunnels.

Beruhigend ist für ihn an der Akte auf dem Richtertisch, daß sie dick ist. Wie die Bibel. Auf jeder Seite, in jeder Zeile ist nur von ihm die Rede. Als wäre er diesmal Gott. Zumindest ist er der Gott der Akte. Der König. Für seinen Tod wird er verlangen, daß die Akte mit ihm in die Kiste gelegt wird, *bitte, rettet mich*. Es ist eine Akte, die alles zu wissen scheint. Eine Akte, die sein Leben sicherlich verändert hätte, wenn er sie als Kind gelesen hätte, anstatt die Bibel und Blueberry zu lesen, anstatt im Spielsalon seine Familie abzuknallen.

Manchmal ist er eifersüchtig auf die Akte. Er würde gern Einsicht nehmen, wie die anderen, auch eine Fotokopie davon haben. Verboten. Top secret. Zum Glück hat er ganz im stillen seine eigenen Akten. Ganz genauso verboten. Was ihn betrübt und ein bißchen kränkt, das ist, wenn sein Rechtsanwalt zu ihm sagt: »Sie waren nicht Sie selbst« oder auch »Sie haben unter Drogeneinfluß gehandelt ...« Jedesmal spürt Toni, daß er in den Toni der Akte eingreifen will. Den Toni der Akte verharmlosen will. »Wenn niemand er selbst ist, mit welchem Recht urteilt man dann über mich? Ich habe unter meinem Einfluß gehandelt, und dieser Einfluß ist ziemlich groß.« »Und wie haben Sie sich gewehrt?« »Gar nicht. Ich bin wehrlos. Als ich klein war, ging ich mit Maï in den Zirkus Universal. Ich war es, der sie mitnahm. Wir gaben uns die Hand.« »Und was dann?« »Maï aß Eis. Ich auch ...« »Erzählen Sie uns vom Zirkus Universal.« »Es gab Ovide und Madame Merla. Madame Merla machte die Kassiererin. Sie machte alles. Sie machte sich sogar an den Taschen der Besucher zu schaffen. Gelegentlich ersetzte sie die Raubtiere. Wenn sie krank war, verkleidete sich Ovide als Wolf. Maï hatte Angst vor ihm. Noch mehr Angst als vor einem echten

Wolf. Eines Tages hat er seine Frau entzweigesägt. Dann hat er sie wieder zusammengeklebt.«

Er sprach gern vom Zirkus und den Clowns und diesem kleinen Viereck echter Nacht da oben, in einem Loch des Zeltes, der Stoff knatterte. Die Männer machten höflich Notizen, aber es schien sie nicht sehr zu interessieren. Wenn er vom Eiskaufen zurückkam, erwartete Maï ihn auf der Zuschauerbank. Zwischen ihren Schenkeln sah er das Höschen. Das möchte er auch gern später in der Kiste haben, das Höschen von Maï als Kind, als sie nach dem Eis in den Zirkus Universal gingen. Aber gut, dann würde es nicht mehr aufhören. Nach dem Höschen würde er den gewölbten Schlitz wollen, die schmalen Augen, den Schneidezahn und all die zärtlichen Einzelheiten der Erinnerung und des Traums. Er würde den Zirkus Universal wollen, *er kommt, er kommt*, Gold und Asche, Dideldum und Doing. Er ist nicht von Bedeutung, er kommt und geht wieder, adieu Toni. Auseinandergeschraubt, die Klarinette, abgebaut die Wölfe und die Clowns, die Zwerge mit den Uniformschnüren, die Trapeze, verschwunden der Schatten der Reiterin zwischen den roten Vorhangbahnen, das verlassene Fest verliert das Gedächtnis und stirbt, verdorrtes Gras, gelb gewordener Kreis.

Eines Tages werden sie, die Rechtsanwälte, die Richter, die anderen Umherirrenden, die Liebenden, sich zusammen auf die Suche machen müssen nach dem großen Zirkus Universal, dessen ausgebreitetes Zelt von Norden nach Süden die Nacht durchwandert und ganz in die geschlossene Hand eines Greises namens Toni hineingeht, der nicht unbedingt Lust hat, sie vor seinem Tod wieder zu öffnen. Es geht in seine Hand, es geht in die Nacht, es geht in den Apfel. Und die geschlossene Hand, eine Hand der Gerechtigkeit und der Liebe, will Toni mit unter die Erde nehmen.

»Eines Abends hat Ovide nach einem Freiwilligen gefragt, und ich bin hingegangen, um Maï zu imponieren. Ovide hat mich als Dompteur verkleidet, mit Hut und Peitsche. Er hat gesagt, ich soll in den Käfig hineingehen. Er war leer, der Käfig, und ich wollte nicht. Maï machte sich über mich lustig, alles pfiff, ich wollte trotzdem nicht. Da hat Ovide mich eine Wollmütze aufsetzen lassen mit einer Schnauze wie ein Wolf. Aber ich bin kein Wolf, das ist nicht wahr.« »Eine letzte Erinnerung, Bernard. Geben Sie sich Mühe, tragen Sie das Ihre dazu bei.« *Bitte, rettet mich, bitte.* »Maï machte sich lustig, Madame Merla lachte sich schief, alle bogen sich, und ich machte in die Hose. Was treibt meine Mutter, daß sie nicht nach Hause kommt? Was treibt sie nur? Und dann ...« »Und was dann, Bernard? Reden Sie weiter, Bernard! Und was dann, Bernard? Stehen Sie wieder auf, Bernard, und reden Sie!« *Der Wolf dachte nicht daran, den Kopf des Mannes zu fressen, er nahm den Mann auf seinen großen Rücken und trug den Mann zu den Wölfen.*

Seit dieser Geschichte will er nicht mehr mit den Leuten reden, die die Akte anlegen. Sie haben feige einen Moment der Freimütigkeit ausgenützt. Gewöhnlich sind sie nett. Sie ahnen, daß er der König ist, übrigens, sie haben es notiert. Sie lassen ihn in Frieden. An der Wand hat er nur ein Foto: Maï als Baby. Marie-Thérèse II, ein Namensschild um den Hals. Er könnte mehrere haben, er könnte die Wand mit Fotos bedecken, wenn er wollte. Ein Foto genügt. Wen hat er sonst geliebt? ... Das ist seine Akte. Würde man sie ihm stehlen, er wüßte noch, wie er entkommen könnte. Der Apfel.

Ob Maï ihm fehlt ...? O ja. Das ist nicht neu. Das ist ein alter Traum, der unerreichbarste. Maï hat ihm immer gefehlt. Maï fehlte ihm selbst in Les Angéliques und als sie verheiratet waren, als sie sich nachts nahmen. Maï hat wirklich nur einmal geruht sich zu nähern. Auf dem Flughafen, Marie-Thérèse II. Allerdings war er nicht da. Blumen auf Milch.

Was fängt er mit seinen Tagen an? Nichts Sichtbares. Er erinnert sich. Die Erinnerung verändert sich nicht, tut nicht mehr weh. Kaum, daß Toni um sich blickt, daß er auf die Brüche des Himmels achtet, auf Tag und Nacht. Er liest die Bibel nicht mehr, er hat sie eingeholt. Auf dem Boden sitzend, vergißt er seine Zelle, noch eine Insel. Er wartet auf den Tod, noch eine Insel, die geheimste, die letzte hienieden. Er ißt mechanisch. Er hat keinen großen Hunger. Manchmal bietet ihm ein Mann in Weiß Schlaftabletten an. Wozu allein schlafen? Was er vor allen Dingen möchte? Einen Frauenkörper und schlafen. Tief schlafen in einem Frauenkörper und möglichst dort den Tod finden. Gib uns den Tag, gib uns die Nacht, bitte. Alle Greise sollten so sterben, eingeschlossen in die Regungslosigkeit einer feuchten Riesin mit starkem Herzen. Getaucht, geschmiegt in die fruchtbare Wunde, wo alles Leben entsteht. Wie soll er den Männern, die die Akte anlegen, erklären, daß er ein Baby ist. Selbst nach zwanzigtausend Tagen ist er nur ein altes Baby in einem Park mit Eisenstäben. Seine Spielsachen sind in ihm, seine Taten aufgebraucht, seine Haut läßt ihn gleichgültig. Er wäscht sich wenig, rasiert sich aber sorgfältig, immer in Null Komma nichts. Er schreibt die Zeit auf. Manchmal schneidet er sich. Er sagt sich, daß das Blut in ihm kreist voller Sonnen und Atome und daß alle Lebensprozesse wiedererstehen werden. Er weiß, daß Maï und er wiedergeboren werden, später, wenn die Bibel zu Ende, der Staub erleuchtet, die Menschlichkeit eingeholt, zurückgegeben, gerettet sein wird. Abwesenheit und Rückkehr. Er berauscht sich an dieser Gewißheit. Maï und er werden zurückkehren, schwebend und einander durchdringend.

Was er nicht weiß, wenn er den Apfel umdreht, das ist, wie die trostreichste Erlösung die Milliarden Ewigkeiten beseitigen könnte, die schreiend im Gedächtnis der Welt treiben, und mitten in diesen Milliarden, blutend bis zum unerschöpflichen Ende von allem, Maïs von Julius massakrierter Schlitz. Im König lehnt sich das verratene Kind noch auf und schreit: Strafe! Strafe für die Mutter, die ihn mit Argwohn und Ängsten nährte. Strafe für Julius, Strafe für Maï, mit der er immerhin fünf Jahre gelebt hat, tausendachthundertzweiunddreißig Tage und dreieinviertel Stunden, bevor er wagte, die Hand gegen sie zu erheben und die Arbeit, die der Kerl von den Antillen begonnen hatte, mit dem Messer zu beenden.

Er erinnert sich, er vergißt. Er gibt vor zu vergessen. Maï? ... Ach, ja, Maï. Er hielt sich damals für einen so schüchternen und schwächlichen Jungen. Er konnte seine Kraft und sein Leben nicht einschätzen. Er mußte es tun. Er tat es aus Pflichtgefühl. Sie hat für die Möwe und für Mamina gebüßt. Auch für den Schnee, grausamer als der Regen. Die Pflicht eines Mannes ist es immer, aus Liebe zu strafen. Sonst ist er ein Lügner und liebt nicht. Daher dies zugleich bedauerliche und fatale Drama einer Leidenschaft, die rächt und die tötet. Und vielleicht, ja, vielleicht auch die teuflischen Spiele des Bösen, die danach strebten, sich in diesen beiden zu verkörpern, als sie ihre Kreise kreuzten.

Die Männer, die die Akte anlegen, schreiben auf, sie senken verlegen den Blick. Toni bleibt allein. Er ist der König. Ein befriedeter, gestrafter König, in ein Alter gekommen, da sein Leben Fabel und Sprichwort wird, da die Fragensteller verstummt sind. Gitterstäbe umklammernd, die ihn bis ans Ende isolieren werden, ahnt er die Zukunft, *er kommt, er kommt.* Er weiß wohl, daß er bei der Rückkehr wieder das gleiche Leben leben wird, die gleichen Schritte tun wird, der gleichen Hoffnung und dem gleichen Begehren, der gleichen frustrierten Einfalt zuhören wird. Er lächelt ohne Groll diesem früheren Selbst zu, das er nicht umhin konnte zu sein und das ihn schon erwartet. Er sieht Toni keuchend die Sprossen des Notausstiegs bei Marke 73 erklimmen, er folgt ihm schwankend auf die Straße, wo die Dunkelheit hereingebrochen ist. Maï und er bemerken einander, oh, Maï, Maï, du bist gekommen, meine geliebte Maï ... Sie fallen einander in die Arme, sie benetzen einander mit Tränen, und als sie fragt, wohin er will, hört sich Toni die Worte murmeln, die er noch nach zwanzigtausend Tagen mit gleicher Inbrunst sagen kann: »Zuerst heiraten wir, meine Liebste. Und später wird man sehen ...«